THOMAS HERRMANN

THA[illegible]

Für Gabriella!

Herzlichst,

Thomas

[illegible], 9. Juni 2010

THOMAS HERRMANN

Thales trägt Purpur

ROMAN

ISBN 978-3-902540-90-4

thales@gmx.net
www.freya.at
Cover: Wolf Ruzicka, Manfred Mitterlehner
Satz: Wolf Ruzicka, Manfred Mitterlehner
printed in Austria

Prolog

Man sagt, sie seien einsam, die weißen Strände im Westen Sri Lankas, jenen vorbehalten, die dachten, das Leben gesucht und gefunden zu haben. Die Fußspuren, die den schmalen Sandstreifen teilen und zu einer mondänen Villa führen, gehören einem Mann. Versonnen blickt er von der mit Palmen geschmückten Terrasse auf das vertäute Boot, das rhythmisch in den smaragdgrünen Wellen schaukelt. Surrend spannt sich die Leine im Takt der Brandung, als suchte das Schiff voll Ungeduld die Weite des Meeres. Das Grundstück, das von üppiger Vegetation umgeben ist, gewährt nur seewärts den Blick in die Ferne, gleich einer Loge aus grünem Samt, von der aus seine Bewohner behütet den Tanz der Wellen verfolgen können.

Der Mann kennt jeden einzelnen der hohen Feigenbäume und Palmen, durch deren Blattwerk er in sternklaren Nächten den Himmel beobachtet. Er nimmt seinen Korbstuhl, stellt ihn geräuschlos an einen marmornen Tisch im Schatten eines Mangobaumes. Falten durchziehen das braun gebrannte Gesicht unter dem dichten, schneeweißen Haar. Die kleinen Schweißperlen, die auf seiner Stirn glänzen, tupft er gelegentlich mit einem Tuch ab. Als sich auf der Terrasse Schritte nähern, wendet er sich um und nimmt von einem jungen Singhalesen lächelnd Tee und Früchte entgegen.

Auf dem Tisch vor ihm liegen neun leere Blätter aus purpurnem Pergament und eine Feder. Er wird eine Geschichte erzählen, eine Geschichte, die bereits zu Ende ist. Man soll Geschichten immer erst dann erzählen, wenn sie zu Ende sind. Bis auf ein Amulett, das unter seinem elfenbeinfarbenen

Hemd von einem ledernen Band gehalten wird, trägt er keinerlei Schmuck. Auch keine Uhr. Er verfolgt den Fluss der Zeit vom sicheren Ufer seiner Zurückgezogenheit aus, hüllt sich in das vertraute Rauschen der Meeresbrandung. Weit draußen kreuzt ein Schiff mit weiß geblähten Segeln und stemmt sich, der Macht des Windes vertrauend, kraftvoll gegen Wellen und Strömung.

Der Mann nimmt einen Schluck Tee, dann greift er zur Feder, taucht sie vorsichtig in ein Tintenfass mit mahagonifarbenem Rand. Die Tinte in dem elliptischen Behältnis ist nicht von gewöhnlicher Farbe. Golden schimmert sie in den letzten Strahlen der untergehenden Sonne. Gefolgt von den zarten Schwüngen der Feder treten seine Gedanken ihre weite Reise an.

Kapitel I

Thales auf den Schwingen von Cyrillos

Als er aufsah und das Buch auf der freien Liege zu seiner Rechten ablegte, bemerkte er, dass es bereits dunkel geworden war. Durch die gläserne Fassade des Thermalbades betrachtete er die im nachlassenden Sturm noch immer unruhigen Bäume, deren Zweige sich rhythmisch aneinander rieben. Leise sprudelte das Wasser über das glatte Gestein der Thermengrotte, neben der die Blätter zweier Palmen behäbig im lauen Luftzug tanzten. Um ihn herum nur Wärme und beglückende Trägheit.

Sie lag immer noch zu seiner Linken und da sie zu schlafen schien, wanderte sein Blick vorsichtig an ihr hoch. Ihre Hand umklammerte, so, als wäre es ihr kostbarster Schatz, ein Buch. Lächelnd bestaunte er die Badetücher, die sie nach dem Saunagang kunstvoll um ihren Körper gewunden hatte. Ihr Gesicht war ihm zugewandt, näher, als noch vor einigen Minuten. Oder bildete er sich das nur ein? Eines jedoch wusste er genau: Er hatte sie noch nie zuvor gesehen.

Das Leben geht sorgsam um mit den besonderen Momenten, die es für uns bereithält. Ganz selten nur dürfen wir sie erahnen. Viel lieber tauchen sie unvermutet vor uns auf. Manchmal sind wir überrascht, haben gar nicht mehr mit ihnen gerechnet nach der langen Zeit des Sehnens und Zweifelns. Sie schlug die Augen auf und sie lächelten einander an. Er überlegte nicht, wie er sie ansprechen sollte, wie er möglichst phantasievoll erreichen konnte, dass sie ihm weiter ihre

Aufmerksamkeit schenkte. Was er sagte, war das für ihn in dieser Situation einzig nahe liegende.

„Es sieht so aus, als könnten wir uns beide weder für Lesen noch für Schlafen entscheiden. Wir sollten miteinander reden".

Sie schien erstaunt über seine Worte. Pascal hätte sie nie zu ihr gesagt.

„Meinen Sie? Wir könnten doch auch einfach nur schweigen und die Sterne beobachten, die zwischen den Wolken hervortreten."

„Was wir dort oben wohl finden würden?"

„Ich weiß nicht, vielleicht etwas, das wir hier unten nicht vermögen zu erkennen, weil unser Blick getrübt ist?"

„Das ist gut möglich. Aber die Sehnsucht nach den Sternen kann auch verwirrend sein. Sie lenkt davon ab, uns dem zu stellen, was für uns vorgesehen ist."

„Sie glauben an Bestimmung?"

„Sie ist sogar mein einziger Trost. Kennen Sie Thales von Milet?"

„Der griechische Philosoph mit der glücklichen Hand bei Geschäften? Ja, von dem habe ich schon gehört."

„Er besaß nicht nur einen scharfen Verstand, er hatte auch scharfe Augen, leider nicht immer für das Wesentliche. Als er in einer klaren Nacht die funkelnden Sterne beobachtete und gedankenverloren durch seinen Garten wandelte, fiel er …"

„ … über seinen schlafenden Hund?"

„Nein."

„In die Arme einer hübschen Griechin?"

„Auch nicht. Er fiel in einen Brunnen."

„Ach."

„Und das kam seiner zänkischen thrakischen Magd gerade recht: „Ihr seid mir ja ein kluger Kopf!“, verhöhnte sie ihn, „Wollt wissen, was am Himmel ist und seht nicht einmal, was sich vor euren Füßen tut.“ Nun, damit lag sie nicht ganz falsch. Andererseits: Nur, wer riskiert zu fallen, vermag das Licht der Sterne zu erkennen.“

„Ein schöner Gedanke. Sehr poetisch.“

„Ist das ihr Ernst?“

„Natürlich! Ich finde ihre Gedanken sogar sehr interessant. Haben Sie Kyrill gut überstanden?“

„Kyrill?“

„Cyrillos, der gestrige Sturm. Sagen Sie bloß, Sie haben nichts davon bemerkt. 190 km/h Luftbewegung sollte auch einem Thermen-Philosophen nicht entgangen sein.“

„Ach, der Sturm. Ja, den habe ich beobachtet. Von meinem Dachboden aus. Was mag er uns bringen?“

„Ich weiß es nicht. Jeder Sturm bedeutet Veränderung, ist ein Wendepunkt für jene, die er einhüllt und aufrüttelt. Er zieht uns mit sich und lässt uns wieder los. Die Ruhe, die er uns schenkt, gibt uns Kraft, neu zu beginnen. Was immer er auch bringen mag, wir müssen es annehmen, vertrauensvoll eintauchen in seinen Sog und mit ihm weiterziehen.“

„Jetzt sind Sie die Philosophin.“

„Ich bin keine Philosophin. Und ich habe keinen Dachboden, um nächtens Stürme oder Sterne zu beobachten.“

Sie schloss die Augen und dachte an Pascal. Er war wie ein Sturm in ihr Leben getreten. Lange hatte sie gedacht, er würde ihr die Ruhe bringen, nach der sie sich seit Jahren sehnte. Wenn wir allzu lange hoffen, werden wir verleitet, einen Teil des Glanzes von unseren Träumen zu nehmen. Wir verwechseln Duldsamkeit mit Bescheidenheit, zerstörerische Nachsicht mit Reife. Erst waren es nur Kleinigkeiten gewesen, die sie daran zweifeln ließen, jemals den ersten Platz in seinem Leben einnehmen zu können. Die Türen, an denen er ihr immer seltener den Vortritt ließ, der Fernseher, der mit jeder Woche ihre Liebe öfter und länger zu überstrahlen schien. Seine Freunde, von denen sie doch immer gewusst hätte, dass sie ihm wichtig wären. Manches erinnert uns an Erfahrungen, die wir machen durften. Eine Liebe ruft andere Lieben zurück in unser Gedächtnis, lässt Gefühle wieder lebendig werden. Wir spüren, dass jede Liebe einzigartig ist und richten unsere Gedanken auf den einen Menschen.

Seine Stimme war angenehm, ganz anders, als jene von Pascal. Sie hörte ihm gerne zu. Er sprach ruhig und dennoch lebendig. Das „Du" ergab sich von selbst, als sie seine Einladung in die Cafeteria annahm. Marco. Sein Name war ihr sofort sympathisch und sie liebte die Art, wie er den ihren aussprach. Sie erhoben sich von ihren Liegen und blickten einander in die Augen. Er war wieder da, dieser Moment. Es ist immer dieser eine Moment. Wie lange hatte er ihn vermisst. Jetzt berührte er ihn mit der Sicherheit, dass eine wunderschöne Frau begann, sich für ihn zu interessieren. Rotblondes Haar. Leuchtend blaue Augen. Ihr Lachen. Lisa. Er wusste, dass er sie schon ewig kannte.

Erwartungsvoll trat er in die Thermen-Cafeteria und sah, dass sie bereits an einem der Tische Platz genommen hatte. Er zögerte, verweilte für ein paar Sekunden neben einer Säule, um sie zu beobachten. Ihr Haar war nun zusammengebunden. Zu ihren hautengen Jeans trug sie ein beigefarbenes Oberteil mit einem dünnen Kunstpelz-Besatz. Sie wirkte zufrieden wie auch neugierig gespannt. Warum war ihm ihre Nähe so vertraut? Mit einem Lächeln wandte sie sich plötzlich schwungvoll um und winkte ihm zu, wobei ihr wirbelnder Haarzopf einen verführerischen Halbkreis beschrieb. Auch er lächelte, setzte sich und versank in ihren blauen Augen. Gerade wollte er ihr ein Kompliment zu ihren extravaganten Ohrringen machen, als der Ober erschien.

„Einen Mokka bitte!" sagten sie im selben Moment, als hätten sie ein Duett angestimmt, das sie unzählige Male gemeinsam geprobt hatten. Durch das Fenster der Thermen-Cafeteria sahen sie auf das azurblau schimmernde Wasser. Kein einziger Gast befand sich mehr in der Therme.

„Die Sterne. Jetzt können wir sie nicht mehr sehen."

„Keine Angst, es gibt sie noch. Sie sind nur nicht mehr dort, wo sie waren und werden es auch nie wieder sein."

„Sie werden uns weiter leuchten."

„Und uns die Antworten auf all unsere Fragen schuldig bleiben."

„Ich würde noch gerne etwas über Thales von Milet erfahren."

„Wenn du möchtest, gerne!"

„Hat er seinen Brunnensturz unbeschadet überstanden?"

„Erfreulicherweise blieb er der kluge Kopf, der er war. Etwa ein Jahr nach seinem Missgeschick ahnte er, dass die Olivenernte besonders reich ausfallen würde und kaufte sämtliche verfügbaren Ölpressen. Die vermietete er dann zu hohen Preisen weiter und machte ein Vermögen!"

„Und heiratete eine schöne Frau."

„Nein, ganz im Gegenteil. Dank seines Wohlstands konnte er sich nun seinen Leidenschaften, der Mathematik und Astronomie widmen. Er berechnete eine Sonnenfinsternis und siehe da, der Himmel tat ihm den Gefallen und verdunkelte tatsächlich die Sonne! Es war der 28. Mai 585, die Geburtsstunde der griechischen Philosophie. So sagt man jedenfalls."

Obwohl sie spürte, dass er das Thema wechseln wollte, fragte sie ihn, ob er sich mit Philosophie beschäftige. Nein, die Philosophie bedrücke ihn zu sehr. Das Leben bräuchte nicht nur Fragen, sondern auch Antworten, die Erleichterung verschafften. Ob er also gläubig wäre? Ja, nur wüsste er immer noch nicht, wie und woran genau er glauben sollte. Ach, sie lese gerade ein Buch von Bernhard? Ein großer Mann! Er bringe sie zum Weinen? Das mache nichts. Bernhard habe beim Schreiben sicher auch geweint, viel gegrübelt und gehadert. Grübeln mache Falten? Na und. Lachen auch.

„Ob Thales von Milet gern gelacht hat?"

„Ich werde versuchen, es für dich herauszufinden."

„War er verheiratet?"

„Seine Mutter soll verzweifelt versucht haben, ihn zur Heirat zu überreden. Angeblich hat er ihr stets geantwortet: „Noch ist es nicht Zeit dazu!" Als er älter wurde und Mama ihn immer eindringlicher bestürmte, soll er erwidert haben: „Nun ist die Zeit dazu vorüber."

„Er scheint sich nicht allzu sehr für Frauen interessiert zu haben. Vergeistigt und gierig nach Wissen und Geld. Eine Art antiker Homo Faber. Ein technokratischer Egomane, für den es weder Schicksal noch Zufall geben kann. Ein Mann ohne Leidenschaften."

„Klingt interessant. Der Mann ohne Leidenschaften. Keine Ahnung, ob er Knaben, Männer, Frauen oder nur sich selbst geliebt hat. Jedenfalls war er ein rundum zufriedener Mensch. Seine Leidenschaft war die Suche, geprägt von dem Bewusstsein, dass sie kein Ziel haben konnte. Es geht ihm nicht um die Dinge selbst, sondern um das Wesen der Dinge. Die Vielfalt der Tiere und Pflanzen, der Berge, der Wässer, der Winde. Wie Cyrillos gestern Abend. Und um die Menschen mit ihrem

Denken und Streben, ihrem Wachsen und Sterben. Was ist der Ursprung von allem?"

„Wissenschaftlich oder poetisch?"

„Poetisch natürlich!"

„Die Liebe?"

„Die Liebe."

Wieder ergriff eine tiefe Vertrautheit von ihnen Besitz. Ihr Schweigen hatte nichts Peinliches. Es war da und sie nahmen es an, fühlten sich absolut sicher. Sie lehnte es ab, dass er die Rechnung übernahm und war erleichtert, als er auch kein zweites Mal darauf bestand.

Er bezahlte seinen Mokka und ließ das ungeöffnete Zuckerbriefchen schmunzelnd in seine Tasche gleiten.

„Du bist ein schräger Vogel, Marco."

„Das mag sein. Fliegst du eine Runde mit mir? Schräge Vögel kommen leicht vom Kurs ab."

„Es kommt ganz darauf an, wohin wir fliegen."

„Natürlich dorthin, wo es warm und gemütlich ist. Ich dachte an den Süden. Eine Insel wie La Digue zum Beispiel. Sie liegt gemeinsam mit hunderten anderen im Indischen Ozean zwischen Afrika und den Malediven. Einsame weiße Strände, smaragdgrünes Wasser. Die Menschen dort, Kreolen, lehrten mich, den Tag zweimal zu leben."

„Weihst du mich in ihr Geheimnis ein?"

„Vielleicht irgendwann einmal. Sehen wir uns wieder, Lisa?"

„Man trifft sich immer zweimal", lachte sie und warf dabei kokett den Kopf in den Nacken. „Es wird sich wohl so ergeben, wie das Schicksal es für uns bereithält."

„Oder der Zufall."

„Ich glaube nicht an Zufall."

„Ich auch nicht, aber ich hoffe auf ihn. Wir könnten dem lieben Zufall etwas unter die Arme greifen und unsere Nummern tauschen. Andernfalls könnte es passieren, dass wir uns wirklich nur noch ein einziges Mal wieder sehen, irgendwann, vielleicht erst in zwanzig Jahren. Damit würde der Zufall wiederum zu unserem Schicksal. Das wäre sehr riskant und äußerst ungeschickt von uns beiden. „Noch einmal" und „Noch ein Mal" ist nicht dasselbe. Sehen wir uns wieder?"

„Wir sehen uns wieder!", entgegnete sie lachend, „aber nur, falls ich mich dazu entschließe, die Nummer zu wählen, die du mir gleich in mein Handy tippen kannst, wenn du willst."

Es war nicht das, was er erhofft hatte zu hören, doch es war immerhin ein „Ja." Kein „Ja!", aber ein „Ja.". Mit Punkt eben. Sie reichte ihm ihr Handy und er las schmunzelnd „Thermenprinz" über dem noch leeren Nummernfeld.

Es war der 19. Jänner 2007. Der Tag nach dem Sturm Cyrillos. Sie verließen die Therme durch die hellblau leuchtende Glasfront und trennten sich ohne ein weiteres Wort. Er war unruhig. Hatte sie nicht etwas gleichgültig gewirkt, als er ersucht hatte, sie wieder sehen zu dürfen?

Er spürte, dass diesmal etwas anders war. Noch war er nicht eingestiegen, da hatte sie ihr Ausparkmanöver bereits beendet und näherte sich seinem Standplatz mit hohem Tempo. Steil fuhr seine Hand nach oben und sie bremste scharf, ließ das Fenster herunter und lächelte aus dem Wagen. Er war groß, ihr Thermenprinz. Mit seinem dichten dunklen Haar und der lockeren Kleidung erinnerte er sie an den italienischen Gitarristen, mit dem sie zu später Stunde gemeinsam die Bar in Florenz verlassen hatte. Und wie der Florentiner war er gut trainiert. Jeden Zentimeter seines Körpers hatte sie in der Sauna erkunden können. Was mochte er noch von ihr wollen? Es gab an diesem Abend nichts mehr zu sagen, selbst ihre Nummer hatte sie ihm beim Abschied gegeben, was sie ansonsten nicht so schnell tat. Wahrscheinlich hielt er sie wegen des defekten Abblendlichts an.

„Ich möchte dich küssen."

Er sprach es ganz selbstverständlich aus. Fordernd, dabei dennoch mit Gefühl und auf eine Art, dass es für sie nicht peinlich wäre, wenn sie einfach das Fenster schließen und abfahren würde. Er hätte es auch verdient! Schließlich hatte es an diesem Abend ein halbes dutzend besserer Gelegenheiten gegeben sie zu küssen, als hier auf der Straße! Sie stellte den Motor ab, stieg aus und sah ihm tief in die Augen. Dann legte sie liebevoll die Hand auf seine Wange.

„Ich möchte auch, dass du mich küsst, Marco."

Ihre Lippen legten sich weich aufeinander, begleiteten sanft das Spiel ihrer Zungen. Er sog ihren Duft ein, während seine Hand den goldenen Flaum in ihrem Nacken streichelte. Es hatte interessante Frauen gegeben in seinem Leben. Sie waren aneinander gewachsen, hatten gelacht und geweint, gefordert und entbehrt. Doch erst sie war es, die ihn wach küsste.

Sie drückte sich eng an ihn. Während er einen Kuss auf ihren Hals hauchte, fuhren ihre Finger durch sein dichtes Haar. Er hielt sie gerade so fest, wie sie es wollte. Wo auch immer sie sich wünschte, von ihm berührt zu werden, seine Hände folgten im nächsten Moment dem Weg ihrer Gedanken. Als er sie leise stöhnen hörte, war er das erste Mal seit Jahren wieder glücklich. Sie wusste, sie durfte den Abend nicht weitergehen lassen, so sehr ihr Körper auch danach drängte, ihn zu spüren. Ob es allein wegen Pascal war, darüber wollte sie nicht nachdenken. Sie löste sich, sah ihn an und trat einen

Schritt zurück. Dann ordnete sie ihr Haar. Seine Gelassenheit überraschte sie. Weder der Umstand, dass der Abend nicht weitergehen würde, noch die Unsicherheit, ob sie einander je wieder sehen würden, schienen ihn zu irritieren. Er schien erfahren zu sein. Sie spürte es an der Art, wie er küsste. Bestimmt gab es jemanden in seinem Leben. Alles andere wäre zu viel des Glücks gewesen, das sie an diesem Abend bereits erfahren hatte. Als hätte sie in Bruchteilen von Sekunden eine Entscheidung getroffen, sagte sie mit der sachlichen Kürze einer Vorstandsvorsitzenden:

„Ich küsse dich gern. Adieu."

Er stieg in sein Auto und atmete tief durch. Die letzten beiden Stunden hatten ihn auf eine Weise berührt, wie er es nicht mehr zu hoffen gewagt hatte. Was war es wirklich, das er fühlte? Der Begegnung mit Lisa haftete etwas Unausweichliches an, ausgelöst durch einen nebelhaften, sonnenwarmen Sog, der sie umschlang und mit sich nahm. Die Hände auf dem Lenkrad, beobachtete er die immer noch im Wind schaukelnden Äste. Noch immer rieben sich die Zweige der stolzen Baumriesen rhythmisch aneinander. Erst jetzt, mitten in die Stille hinein, dachte er an seine Ehefrau, Sabina. Und an seinen Sohn. Da heulte der Wind kräftig auf und es klang wie das Lachen eines Mannes, als er an der Seite des Wagens entlang pfiff. Der Sturm war noch nicht weitergezogen. Er war unschlüssig.

„Heureekaaa!!!" rief Thales. Wir haben sie gefunden."

Und sein Lachen ritt auf den Schwingen Kyrills.

Kapitel II

Von der Beständigkeit des Wandels

Es war bereits gegen Mitternacht, als er den Wagen vor dem Haus parkte. Wie zu erwarten, fiel aus den Fenstern keinerlei Licht auf die regennasse Straße. Sabina schlief wie meistens um diese Zeit tief und fest. Daheim. Daheim und dennoch so weit weg. „Nichts Neues“, dachte er und zögerte mit dem Aufsperren der Tür. „Nur wieder dieses unbefriedigende Gefühl, nicht angekommen, sondern eingetroffen zu sein, eingetroffen in einem nebelverhüllten Paradies.“

Etwas war anders dieses Mal. Lisa. Die sonst beim Heimkommen an ihm nagende Stille und Einsamkeit waren erfüllt von ihrem hellen Lachen, das ihn nach ihrem Kuss bis nach Hause begleitet hatte. Verliebt, dem Nichts entronnen, hinein in ein Meer von Glückseeligkeit, genussvolles Schweben im Schwerelosen. Dieses einzigartige, nur Verliebten vergönnte Gefühl im Leib, warm und prickelnd, als wäre der Bauch voll von langsam rotierender, rosaroter Zuckerwatte, an der Lisa mit sinnlichen Lippen naschte.

Was ist Glück? Über die Jahre war vieles um ihn entstanden, das Glück bedeuten konnte. Familie, Freunde, Bekannte. Ein gut bezahlter Job als Pressesprecher. Wer sonst sollte glücklich sein, wenn nicht er? Das Glück verteilt seine Gunst oft ungerecht, fragt nicht nach Sinn oder Verdienst. Er wusste nicht, ob er glücklich sein konnte oder durfte. Er wusste nur, dass sie sich gefunden hatten.

Thales, Lisa und er, vereint auf den Schwingen Kyrills.

Als er gedankenverloren in seiner Tasche nach dem Hausschlüssel tastete, vermeinte er aus dem Dunkel der Gasse ein Lachen zu hören. Wahrscheinlich einer der Nachbarn. Oder die letzten Sturmausläufer, die entlang der Häuserfassaden auf den Fensterläden ihre Melodie sangen. Ein heftiger Windstoß erschwerte das Öffnen der Eingangstür und seine Augen begannen zu tränen. Er beeilte sich, einzutreten, nahm verschwommen die beleuchtete Vitrine mit den Mineralien wahr. Amethysten, Opale, Aquamarine und ein seltener, grünschwarzer Chrysopras schimmerten in hellem Licht. In ihrer Mitte thronte ein riesiger Purpurit, umgeben von sieben glänzenden Bergkristallen. Sie alle zerflossen in seinen tränenden Augen zu einem vielfarbigen Aquarellbild. Er dachte an seinen Sohn, der die Steine immer mit Sternen verglich. „Leben die Steine bei uns Menschen, damit wir nicht traurig sind?"

„Warum sollten wir traurig sein, Felix?"

„Weil wir so weit weg sind von den Sternen."

„Wir sind nicht von ihnen entfernt. Wir sind ein Teil von ihnen."

Dann hatten sie ihre Märchenrakete bestiegen und waren durchs Weltall geflogen. Vorbei an Sternen und Zauberwelten, bunt wie die Steine in der Vitrine, hatten sie ihre Abenteuer bestanden. Er hatte sie niemals trophäenartig an sich gerafft, meist waren sie ihm in den Schoß gefallen.

Für einen kleinen Dienst etwa, den er einer alten Griechin während eines Urlaubs auf der Kykladeninsel Naxos erwiesen hatte, erhielt er ein Glas Wasser und einen braun-orange marmorierten Stein. Ob sie noch lebte? Die Lebensreise der Griechen dauert lange. Gott lässt sie länger und härter lernen, als andere Völker. Und später sterben. Im Jahr darauf war er noch einmal auf Naxos gewesen, hatte mit seinem Vorsatz gebrochen, nie zweimal an ein und denselben Ort zu reisen. Leda. So hatte sie geheißen. Seine erste große Liebe. Noch heute heißt er jeden Traum dankbar willkommen, der ihm ihr Lachen, ihren Körper zurückbringt. Den Duft ihres schwarz glänzenden Haars, das nass an ihren vollen Brüsten klebte, wenn sie im Abendrot Hand in Hand aus dem Meer stiegen. Er wäre geblieben, hätten ihre Eltern und Brüder ihn nicht verjagt. Doch nun war es gut, dass er hier war. Lisa wäre ihm sonst nicht begegnet.

Das Haus, das er mit Sabina bewohnte, lag nahe dem Stadtzentrum. Eingebettet in eine ruhige, selbst Linzern kaum bekannte Grünoase, schlummerte es vor sich hin. Und in ihm Sabina und er. Er hatte gehofft, dass sie es schaffen würden. Ewige Liebe hatten sie einander geschworen, doch manchmal währt die Ewigkeit nur kurz. Ihrer euphorischen Stimmung beim Kauf der Liegenschaft hatte er sich nur zögerlich anschließen können. Etwas stimmte nicht mit dem Haus. Es war einfach da, oder anders, es fehlte etwas, das da sein sollte. Er war an das Gefühl erinnert, das ihn bei ihrer Hochzeit verwirrt hatte. Fast war es, als wollte das Haus ihm eine Geschichte erzählen, als schien es auf ihn gewartet zu haben. Wie seine Steine. Und die Sterne, die er schon als Kind beobachtet hatte. Sie zogen einander magisch an. Und die Sterne waren es auch gewesen, die ihn auf den Astronom Johannes Kepler und den Philosophen Thales von Milet gebracht hatten.

Sterne. Ganze Galerien hatte er füllen wollen, als er mit großen Augen glückselig seine Himmelsbilder malte. Linz war in vielem eine Stadt, in der die Sterne zum Greifen nahe waren. Man musste nur die richtigen finden, schnell zugreifen und wissen, wann und mit wem man sie zu teilen hatte. Sollten es jene am Himmel sein, besuchte man am besten die stadtnahe Sternwarte am Freinberg oder fuhr über die Donau ins höher gelegene Mühlviertel, einer verträumten Region nördlich von Linz. Dort hatten Sabina und er in einer sternenklaren Nacht bei einem Champagner-Picknick Zukunftspläne geschmiedet. Heute fuhren sie nicht mehr dorthin. Es gab keine Pläne mehr zu schmieden.

Die Sterne sind dennoch seine Freunde geblieben. Vom Dachboden aus mit den Palmen, den duftenden Orchideen und dem Polsterlager, malte er weiter an den Sternenbildern seiner Kindheit. Sie grüßten ihn durch sein Schmidt-Cassegrain-Teleskop, das unter dem größten der drei Fenster aufgebaut war. Drei Fenster, eingefügt in das Dach des Hauses wie riesige Flachbildschirme. Auf ihnen lief sein privates „Sternen-Plasma-TV“ mit dem wohl spannendsten Programm im Universum.

Thales war sein Programm-Direktor. Nur bei ihm konnten die Seher ihr Programm selbst gestalten. Immer neue Gedanken setzte er ihnen in den Kopf, Gedanken, die sie zu einem Buch nach dem anderen greifen ließen. Der einzige TV-Sender, der Menschen zum Lesen animierte. Letzten September erstand er auf dem Flohmarkt am Linzer Hauptplatz bereits sein viertes Buch über ihn. Ein Mann mit spitzem Bart und purpurfarbenem Hut hatte es ihm wortlos in die Hand gedrückt, ehe er lächelnd zum nächsten Stand weiterging. An seinem Hut hatte nervös eine dunkle Feder gezuckt, während sein riesiger Umhang sich im Wind aufblähte. Schön, dass es sie noch gab, diese liebenswerten Originale.

Nachdem Felix eine Wohnung in der inneren Stadt bezogen hatte, pflegte er mit seiner Frau ein „vernünftiges Miteinander zwischen geistig gereiften Ehepartnern“. Genau so wollte er es ausdrücken, falls irgendjemand ihn genauer nach seiner Ehe fragen sollte. Es fragte nie jemand. Felix studierte an der Kunst-Universität Linz und Sabina war stolz und erleichtert zugleich, dass er seiner Heimatstadt den Vorzug gegenüber einem verlockenden Studium in Wien gegeben hatte.

Dass auch er erleichtert war, versuchte er so gut wie möglich zu verbergen. Felix sollte nicht glauben, dass sie ihn einengen oder gar zum Nesthocker erziehen wollten. Ohne ihn empfanden sie das Haus wie eine alte Burg, durch die ein eisiger Wind blies. Auch beim Kauf des Hauses hatte ein starker Wind geweht, als hätte er sie davor warnen wollen, ihre Freiheit zu verpfänden.

Kredite. Er hasste sie, hatte sie sein Leben lang vermieden. Abhängigkeit. Schulden. Schuldgefühle. Sie ließen einen schlecht schlafen, früh altern und dennoch lange leben. Wie die alten Griechen von Naxos. Wenn die Kreditabrechnungen der Bank wie Granatsplitter im Briefkasten einschlugen, hörte er sie wieder dröhnen, die tiefe Stimme aus den Tagen seiner Kindheit:

„Marco Reiler! Lass´ dir einen Rat geben. Kauf´ nur, was du zahlen kannst, mein Jongele". So hatte er gesprochen, der alte jüdische Bäcker aus Urfahr, einem Stadtteil nördlich der Donau, wo Marco unbeschwert und eng an der Natur aufgewachsen war. Er sah ihn noch vor sich, wie er vorbei an seiner riesigen Nase mit stechend blauen Augen auf ihn herabschielte. Sein glänzendes, schneeweißes Haar hatte ihm etwas Würdevolles verliehen, wenn er stolz hinter seinem hölzernen Ladentisch gestanden war. In seiner Bubenphantasie hatte Marco ihn immer als weisen Indianerhäuptling gesehen, in dessen Zelt er kommen durfte, um guten Rat zu erhalten. Er selbst sprach nie viel. Dem alten Juden war nicht entgangen, dass der Knabe seinen Ausführungen, die er stets lächelnd und gestenreich ausschmückte, aufmerksam und mit großen, glänzenden Augen lauschte. Der Alte mochte Marco. Eines Tages hatte er ihn mit hinauf in seine Bibliothek genommen und ihm ein Buch über Thales von Milet geschenkt. An diesem Tag war es auch gewesen, als Marco Ben, den Enkel des Bäckers, kennengelernt hatte. Ben war noch heute sein bester Freund.

Als er in der Nacht des 19. Jänner 2007 in seinen Garten blickte, tanzten die wuchernden Pflanzen lebendig im Wind. Sabina liebte es, den Garten als Ausgleich zu ihrem anstrengenden Job als Kinderchirurgin üppig zu begrünen. Immer hatte sie gewusst, wann welches Pflänzchen am liebsten zum Sprung ins leckere Erdreich ansetzen wollte. Wäre er bereit, sie zu verlassen? Sie liebe ihn, sagten alle. Verlassen, weil aus seiner Verliebtheit zu ihr nicht Liebe, sondern Freundschaft geworden war? Darf man einem Leben ohne Freude, aber voller Pflichten den Rücken kehren? Gedankenverloren betrachtete er den kleinen Apfelbaum in der Ecke des Gartens, der sich leicht im Wind wog, ganz so, als wollte er ihm zunicken.

Sofort hatte er das Besondere gefühlt, das der Begegnung mit Lisa anhaftete. Legionen von Schmetterlingen flatterten in seinem Bauch, flüchteten aufgeregt aus den Schatten, die sein schlechtes Gewissen wieder und wieder auf ihre bunten Flügel warf. Es blieb ihm nichts, als zu vertrauen, was immer auch das Leben für ihn vorgesehen haben mochte. Die Frau, die er vor zehn Minuten geküsst hatte, war sympathisch und attraktiv. Er würde sie wieder sehen. Er musste sie wieder sehen. Alles war still im Haus. Sabina schlief tief und fest. Wie viel sie doch immer schlief. Es hing mit Ihrem Beruf als Chirurgin zusammen. Innerhalb von Minuten brachte sie es fertig, in einen tiefen, erholsamen Schlaf zu sinken. Ob in Zügen, beim Friseur oder im Wartezimmer ihres Zahnarztes. Während andere die Zeit mit Magazinen oder Smalltalk überbrückten, sammelte sie in Morpheus Armen liegend neue Kräfte. Erst gestern wieder hatte sie gemeint, wie beruhigend es für sie wäre, dass der Mann an ihrer Seite sich selbst nicht wichtiger nahm, als ihm und anderen gut tat.

Er seufzte schwer, entzündete beklommen die Kerze auf dem gläsernen Tisch des Wohnraumes. Rotwein, Brot, Parmesan, Mozzarella mit Tomaten, Balsamico und Basilikumblättern. Seine Mitternachtshäppchen, die er spät nachts so gerne schlemmte. Nicht heute. Müde sank er in den weißledernen Polstersessel und dachte im Schein der Kerze nach. Verheiratet. Ein Kind. Pressesprecher eines Politikers. Es hätte schlimmer kommen können. Es hätte aber auch spannender werden können. War dies der Zeitpunkt, seinem Leben eine Wende zu geben? Manchmal schützt uns die Müdigkeit vor den schweren Gedanken und bietet uns den Schutz des Schlafes an.

Er löschte die Kerze aus und ging zu Bett. Kurz hatte er daran gedacht, die Nacht auf der Wohnzimmer-Couch zu verbringen. Es wäre nicht das erste mal und unverdächtig gewesen. Sabina wusste, dass er alleine besser schlief. Sie deutete es als Nachlassen seiner Liebe zu ihr. Das Gesicht zu ihm gewandt, ging ihr Atem gleichmäßig und ruhig. Traurigkeit und Gewissen drückten auf seine Brust. Manche Menschen entfernen sich langsam voneinander. Es sind keine Abgründe, die sich plötzlich auftun, während jeder seine Schritte in die entgegen gesetzte Richtung lenkt. Es ist eine Vielzahl kleiner, scheinbar unbedeutender Haarrisse, die sich unbemerkt ihren Weg bahnen. Bis letztlich alles einstürzt. Wie in vielen Nächten tunkte er kurz vor dem Einnicken seinen Pinsel in die Palette von

Farben, die der Tag für ihn bereitgehalten hatte. Heute würde ein besonderes Gemälde entstehen. Ein Bild von Lisa. Sanft lächelt ihr schönes, weiches Gesicht von der Leinwand, die sicher auf der Staffelei seiner Träume ruht. Der zarte Lidschlag ihrer Augen berührt sanft seine Seele, während ihr warmer, weicher Körper sich an den seinen schmiegt.

Eng umschlungen schließen sie die Augen, beschützen einander, atmen erregt den Duft der Liebenden. Wohltuend durchströmt er ihre Lungen, findet in sanften Wellen seinen Weg durch Brust und Bauch, hinab bis in die Lenden. Leise, fast nicht wert, beachtet zu werden, baut sich plötzlich in der Ferne ein geheimnisvolles Rauschen auf, gewinnt mehr und mehr an Körper, wird lauter, schneidender. Dann ein dumpfer Knall. Stille. Lisa! Sie ist fort!

Sekunden später ein leises Säuseln, unterdrücktem Stimmengewirr ähnlich, das sich wieder verliert und dem Klirren herabstürzender Eisspitzen Platz macht. Immer schwerer und tödlicher fallen sie herab, ihr gnadenloses Konzert geht über in den stählernen Klang tausender Windspiele. Hart schlagen sie gegeneinander, hasserfüllt ist ihr Treiben, dem Tanz sich aneinander stoßender Messer ähnlich. Rasend schnell vereinigt sich das stählerne Klangballett zu einem fast wütenden Tosen, das nun wieder Geschwindigkeit aufnimmt und auf sie zuschießt. Es klingt, als sei es unbarmherzig auf einem exakt vorgezeichneten Weg, gleich einem Wasserstrahl, der mit hoher Geschwindigkeit durch ein Stahlrohr mit unausweichlichem Ziel schießt.

Immer lauter wird das Brausen und Tosen, begleitet von Angst einflößender Dunkelheit. Dann ein kreisförmiges Schaben an seinem Arm. Sein Radius wird größer, erfasst seinen

Hals, Ohr, Brust und Bauch. Entsetzt begreift er, dass ein gewaltiger, purpurner Strom ihn erfasst hat und droht, ihn mit sich zu ziehen. Lisa! Verzweifelt versuchen sie, sich aneinander festzuklammern, die Gesichter voller Tränen. Lisas Hände um ihn, tausendfach gefühlt wollen sie ihn mit sich ziehen. Er kann nicht! Er fürchtet den Strom, kennt nicht sein Ziel, seine launischen Strudel und verschlungenen Kehren. Da ertönt eine Stimme, kalt und bedrohlich:

„2029, im Feuer von Apophis!".

2029. Lodernde Flammen brennen die Zahl in seine Brust, verwandeln sich in Lava triefende Feuerzungen, die elliptische Bahnen auf seinen Körper zeichnen. Gierig lecken sie über den bebenden Körper, während der Gestank verbrannten Fleisches ihm den Atem raubt. Lisas Griff wird schwächer, klagend lösen sie sich voneinander. Langsam fließt nun der purpurne Strom, nimmt Lisa sanft und behutsam mit sich. Eingehüllt in Perlmutt schimmerndem Nebel entfernt sie sich auf purpurnen, flachen Wellen.

Da streift ein frostiger Windzug seine linke Schulter, dann die rechte, wieder die linke, als wolle er ihn in eisige Ketten legen. Er erstarrt in unbarmherziger Kälte, will verzweifelt seine Hände nach ihr ausstrecken. Liiisa! Sein Rufen geht in Schreien über. Er setzt sich in Bewegung, verfolgt von einem Sturm, der seine riesigen Hände nach ihm ausstreckt. Sein Schritt wird schneller, geht in Hasten, dann in Laufen über. Vor ihm der purpurne, gallertartige Strom entlang grauer und düsterer Häuser. „Spring!" ruft sie ihm zu. Ihr Ruf bohrt sich in seine Brust. Ein warmer Mantel umhüllt ihn, vertreibt die eisige Kälte, die ihm die Hände bindet, umarmt ihn sanft und trägt ihn fort. Sonne und das Singen bunter Vögel aus dem

Laubwerk eines Mangobaumes. Ein Haus an einem weißen Strand. Eine Terrasse. Ein Tisch mit einem Buch darauf. Lachende Menschen mit kaffeebrauner Haut vor azurblauen Meereswellen. Eine Hängematte zwischen zwei Palmen. Ihr Kopf auf seiner Brust.

Es war Sabina, die den dünnen Faden durchtrennte, den seine Sehnsucht tief in seinem Inneren gesponnen hatte. In scharfem Galopp ritt ihre schrille Stimme in sein rechtes Ohr, vertrieb, was sein Traum noch für ihn bereitgehalten hatte. Ihr Gesicht war dicht über ihm und als er erschrak, sah sie ihn irritiert an.

„Schlecht geträumt, wie?"

„Ich hätte heute gerne länger geschlafen."

„Schlaf eben weiter."

„Das wird nun nicht mehr gehen."

„Du bist empfindlich."

Ihr Beruf kannte keine Wochenenden. Für sie waren alle sieben Tage der Woche gleich. Das Knallen der Schlafzimmertür raubte ihm den letzten Rest von Schläfrigkeit. Sabina und er waren zu verschieden. Sie hatten es zu spät bemerkt. Lisa. Sein erster Gedanke, gebettet in diesen gnadenlos kurzen, nur eine tausendstel Sekunde währenden Zeitsplitter, der sich zwischen Schlaf und Erwachen gräbt. Sein erster, schöner Gedanke. Von Sabina weggefegt, wie die Scherben eines Prosecco-Glases, das sie kurz davor gegen die Wand geschleudert hatte. Sein Traum war gütig. Trotz des Streits beschloss er, ihn noch etwas zu begleiten und spannte seine Hängematte quer durch den bunten Garten seines Hirns. Dort baumelte er nun hin und her. Er war verliebt und wollte dennoch weinen. Erleichtert hörte er, wie Sabina den Wagen startete. Erst dann ging er ins Bad. Sein Spiegelbild weigerte sich von Jahr zu Jahr hartnäckiger, ihm ein morgendliches Lächeln zu schenken. Blaue Augen. Sein Gesicht. Markant, aber nicht hart. Eingerahmt von dunklem Haar. Sicher verdankte er es dem italienischen Seemann, der sich in der Zeit der Monarchie in den Stammbaum der Familie geschlichen hatte. Keiner wusste es. Außer ihm und seinem Großvater.

„Spring!" sprach er leise, die Stirn gegen den Spiegel gepresst. „Spring! Mach nicht so weiter." Der Spiegel beschlug von seinem Atem und er wischte hektisch sein Bild zurück. „Verlier dich nur nicht aus den Augen, alter Junge, du bist nicht allein. Den meisten, die du kennst, geht es ähnlich. Verheiratet und ausgedünnt, die letzten Samurai, aussterbende Helden eines veralteten Lebensmodells. Oder doch die Helden von Morgen? Durchhalten oder Harakiri. Raus aus dem Vakuum, atmen und lachen. Endlich wieder lachen!"

Er beugte sich vor, tauchte seine Hände in den Wasserstrahl und benetzte vorsichtig sein Gesicht. Kühles, klares Wasser.

Was hatten sie doch für kühles, klares Wasser in Österreich.

Kapitel III

Ein Bild für Copernicus

Zufrieden blickt Pater Frowin aus dem Fenster seiner spärlich eingerichteten Kammer. Neugierig beobachtet der fast taube Mönch die Schüler des Stiftsgymnasiums, die zügig und geordnet den Schultrakt des Klosters verlassen. Nach wenigen Schritten tauchen sie in die noch wärmenden, herbstlichen Sonnenstrahlen ein.

Als sie sich der Stiftskirche nähern und die dreischiffige Basilika mit Westwerk erreichen, werden sie von einer frischen Brise begrüßt.

Fast gleichzeitig senken sie die Köpfe und jene, die der Gruppe voranschreiten, befreien sich von kleinen, orange- und rotfarbenen Blättern, die sich in ihrer Kleidung verfangen haben. Pater Frowins scharfe Augen verfolgen mühelos die bunten Punkte, die nach kurzer Rast den dunklen Stoff der Zöglingskleider verlassen und hoch aufsteigend ihre Reise fortsetzen. Welche Köpfe würde er wohl hervorbringen, der Jahrgang 1549? Der allererste Jahrgang des neu gegründeten Stiftsgymnasiums Kremsmünster? Musiker, Dichter, Kardinäle, oder gar … .

„Beim Heiligen Agapitus, ich darf nicht eitel sein!“, murmelt der alte Benediktinermönch in seinen schlohweißen Bart. „Doch sei er frei von Sünde, der erste Gedanke. So und nicht anders hat es Gott gefallen. Ich will mein Bescheidenes beitragen, die unfertigen Geister an der Hand nehmen und behutsam formen, auf dass es ihnen gut gehen möge auf ihrer Lebensreise. Und jenen, die ihre Wege kreuzen.“

Nachdenklich verlässt Frowin seinen Fensterplatz und sinkt mit einem tiefen Seufzer in den alten hölzernen Stuhl, der die Cella noch kleiner erscheinen lässt. Mit gerunzelter Stirn betrachtet er das Kreuz an der gegenüberliegenden Wand. Er senkt sein Haupt, schielt über seinen Bart hinweg auf die leichte Wölbung seines Bauches. Nur kurz sinnt er nach, dann erhebt er sich und zieht unter seinem Bett eine mittelgroße, aus dunklem Holz gefertigte Kiste hervor.

„Herr, du hast mir die Ohren eines tauben Ochsen und die Augen eines Falken geschenkt! Und du hast mir auf dem Markt zu Lince den braven Bauern mit den Schriftstücken über den Weg geschickt."

Der Bauer hatte ihn beim Leben seiner Kinder angefleht, die Schriften mit den seltsamen Zeichen, dem „Teufelszeug", an sich zu nehmen. Die Herkunft der Bögen hatte er eisern verschwiegen. Frowin war dem Flehen des verängstigten Mannes gerne nachgekommen, als er sah, was er in seinen schwieligen Händen hielt: Eine Abschrift von Copernicus sechs Jahre alter astronomischer Abhandlung „De revolutionibus orbium coelestium", ergänzt mit zahlreichen geheimnisvollen Anmerkungen.

Das Lächeln kehrt in das pausbäckige Gesicht zurück. Frowins Augen glänzen in den letzten Sonnenstrahlen des Tages. Vorsichtig öffnet er den Deckel der Kiste und entnimmt ihr zwei in grobes Leinen gewickelte Päckchen. Am Boden der Kiste liegt ein schweres Buch. Sein Herz schlägt heftig, als er mit der Hand über den Einband streicht. Mit zittrigen Händen schiebt er eilig Copernicus Schriften unter das Werk, ordnet hastig den übrigen Inhalt der Kiste: eine Feder, Tinte, Kerzen und ein weiteres Schriftstück mit dem Titel „Regula Ptolemaei". Dann verschließt er die Kiste wieder und schiebt sie unter sein Bett. Nun hat er alles, was er braucht.

Als Frowin sich an diesem Abend nach der Vesper zurückziehen will, nimmt Abt Gregorius Lechner ihn zur Seite. Er kennt Frowin gut. Vielleicht sogar besser als seine engsten Mitbrüder.

Es steckt mehr in dem bescheidenen Mönch als nur der Humor, für den alle ihn lieben. Er spürt seine innere Unruhe. Dieser Mann wird von etwas getrieben. Als er ihm vor einer Woche bei einem Spaziergang im Klostergarten von der Heiligen Stadt erzählt hatte, fürchtete er sogar, Heimweh bei ihm ausgemacht zu haben. Die Regeln des Ordo Sancti Benedicti waren streng. Die „Stabilitas loci", die Verpflichtung, stets vor Ort zu bleiben, erlaubte keine Gefühle dieser Art. Frowin war als junger Mönch von Monte Cassino, wo der Orden vor mehr als tausend Jahren gegründet worden war, nach Kremsmünster geschickt worden. Sollte seine Wanderlust etwa noch nicht gestillt sein?

Der alte Abt war ein strenger, jedoch auch einfühlsamer Diener des Herrn. So hatte er zu früher Stunde an Stelle von Pater Matthias den nachdenklichen Frowin in das städtische Stiftshaus nach Linz gesandt, um die vierteljährlich von Passau mit dem Schiff über die Donau gelieferten Waren zu übernehmen.

Frowin hatte sich mehr als unbehaglich gefühlt, als ihm Matthias hasserfüllte Blicke bis zum Klostertor folgten. Schon oft war der griesgrämige alte Mönch neidisch auf ihn gewesen. Als er vor Jahren in dem oberösterreichischen Kloster eintraf, hatte Matthias ihn als einziger von allen Brüdern nicht herzlich begrüßt, sondern mit seinen stahlgrauen Augen nur argwöhnisch beäugt. Erst Abt Gregorius strenger Blick hatte zu einer mehr als kühlen Umarmung zwischen dem kraftstrotzenden jungen Mann und dem hageren Mönch geführt.

„Nun, was kannst du mir berichten von deiner Reise nach Lince?", fragte der Abt Frowin mit gutmütiger Miene.

„Sie ist schön, unsere Hauptstadt. Selbst der Fluss lässt sich Zeit und fließt langsamer durch, als andernorts. Und der Platz! So groß und prächtig.

Ich sprach viele Leute, ehrwürdiger Abt. Einen Grafen aus Passau, der mit einem venezianischen Händler den Hauptplatz durchschritt, einen Bäcker, einen Sattler. Und einen einfältigen Bauern …"

„Nenn´ mir die Bauern nicht einfältig, Frowin! Der Fleiß der Hände schließt die Kraft des Geistes nicht aus!"

Betreten senkt Frowin sein Haupt und versucht, den Hustenreiz zu unterdrücken, der unheilvoll seine Brust empor kriecht. Seit Wochen schon schmerzt ihn seine Lunge. Er wischt den Schweiß von seiner Stirn, räuspert sich und trocknet seine Hand am groben Stoff seiner Kutte.

„Die Bürger der Stadt sind fröhlich und fleißig, aber sie blasen zuviel Trübsal. Sieben Jahre ist es her seit dem unglückseligen Brand und immer noch jammern sie über die hundertvierzig Häuser, die sie verloren haben. Sie bauen jetzt meist mit Steinwerk, karren sogar Marmor heran! Doch ich bin froh, dass meine Ohren nicht die besten sind: Keine Gasse, durch die nicht lutherisches Geschwätz das Volk nervös macht. Auch ihr Bürgermeister, ein Peter Hofmändl, gehört zu den verwirrten Geistern. Sie schüren die Glut und schreien nach Feuer, das nur durch Feuer gezähmt werden kann."

„Du überraschst mich, Frowin. Gerade du hast doch stets das Gemeinsame betont, uns verwirrt mit deinen Gedanken über das Wesen der Dinge und die Beständigkeit des Wandels. „Wir irren alle suchend umher und verkennen träge die Notwendigkeit der Veränderung". Ja, das waren deine zweifelhaften Worte. Wir wären Brüder mit ein und demselben Vater. Er hätte uns aufgetragen, einander zu lieben und mit Respekt zu begegnen. Das ist richtig, aber bedenke: Ein guter Stuhl bietet nur einem Platz. Pater Matthias erzählte mir, du schliefest in letzter Zeit unruhig. Bedrückt dich etwas, Frowin?"

„Aber nein, ehrwürdiger Abt! Es war wohl nur die Aufregung über die bevorstehende Reise nach Linz."

„Das wird es wohl gewesen sein. Nun, sicher bist du müde nach der anstrengenden Fahrt mit dem Karren. Wir unterhalten uns morgen weiter. Wenn du nichts mehr auf dem Herzen hast, so bist du entlassen."

Zurück in seiner Cella, entzündet Frowin als Erstes eine Kerze. Zweimal erlischt sie im heißen Strom seines schweren Hustens. Ob Matthias und der Abt etwas von seinem Geheimnis ahnen? Noch zwei Stunden gilt es abzuwarten und er würde Gott wieder näher sein als alle anderen innerhalb der Mauern des Klosters Kremsmünster.

Unruhig wälzt er sich in seinem Bett und presst die Zehen gegen das hölzerne Fußende. Gott wird ihm wieder gestatten, seinen Garten zu betrachten. Ihm, dem unbedeutenden Frowin. Nichts entgeht den großen Augen, wenn sie die Reise der Sterne beobachten. „Meine konfusen Himmelstänzer", nennt er sie und ahnt dennoch, dass ihr Tanz einer genau festgelegten, allerhöchsten Ordnung gehorchen muss.

Er liebt die Geheimnisse seiner schweigsamen, funkelnden Freunde. Und immer, wenn er einem von ihnen ein solches Geheimnis zu entlocken vermag, vertraut er es im schwachen

Schein des Kerzenlichts dem Pergamentpapier an. Es ist kein gewöhnliches Papier. An einem kühlen Frühlingsmorgen hatte er es beim Ordnen alter Schriften in der Schreibstube des Klosters entdeckt. Es war von der Farbe der Macht: Purpur! Der Farbe der Römischen Senatoren, der Kaiser und Kardinäle.

Purpur durchwirktes Pergament, auf dem einst Staatsverträge aufgesetzt, geheimes Wissen verschlüsselt und das Wort Gottes in goldenen Lettern verewigt worden war. All seinen Mut hatte er zusammen genommen, die versiegelte Kiste aufgebrochen und unter den Purpurbögen schließlich auch das Buch gefunden.

Die Kerze am Boden der Mönchskammer flackert unruhig. Frowin setzt sich auf und blickt in die tanzende Flamme. Seine Gedanken kehren zurück an den Tag seines Fundes, an dem er ergriffen die eng beschriebenen Purpurseiten gelesen hatte. Die letzte der neun Seiten war ihm inzwischen vertraut wie ein Gebet:

„Gott schuf die Welt, Gott wurde die Welt. Wehrt dem satanischen Feuer des Lichtträgers mit all der Macht eurer Liebe. Begebt euch auf die Reise in euer Innerstes, an ihrem Ziel werdet ihr mich finden. Was immer ich euch gestatte zu blicken, nehmt an. Haltet nicht inne und geht unseren Weg. Begegnet einander in Liebe und Vertrauen. Seid offen und wachset aneinander, so werden wir eins werden und eins bleiben. Dann wird die Fackel des Lichtträgers für immer verloschen sein. Im Dritten Jahrtausend wird es sich weisen. Ich bin das Licht der Liebe. Tragt es hinaus in die Jahrhunderte unseres Seins. Macht und Reichtum werden jene begleiten, die meine Botschaft überbringen, abzuwenden den Feuersturm 2029 im Jahre des Herrn."

Noch eine Stunde etwa, dann würde das Tor zu Gottes Lichtergarten sich wieder für ihn öffnen. Die Flamme der Kerze brennt nun ruhiger und er beschließt zu beten.

„Gott, wir sind bei dir. Was immer du auf dich genommen hast, durch uns vermagst du dich zu befreien. Dein Leid soll unser Leid sein.

Lass mich deinen Auftrag in Demut erfüllen. So wie alle vor mir und jene, die noch folgen und das Purpurbuch besitzen werden. Mein Blick in die Sterne. Nun weiß ich, dass er immer frei von Sünde war. Niemals will ich mir anmaßen, deinen Plan entschlüsseln zu wollen. Doch was du mir gestattest zu denken, soll nicht mehr zurückgenommen werden. Ich will die Botschaft weitertragen."

Plötzlich nähern sich Schritte auf dem Gang und er fährt erschrocken hoch. Doch es sind nur die letzten Mönche, die zurück in ihre Cellae kehren. Er muss sich noch gedulden, zu viel steht auf dem Spiel. Seine Gedanken wandern zu dem astronomischen Visiergerät, das hoch über ihm unter dem Dach des Klosters auf ihn wartet. Das „Regula Ptolemaei", das er hinter der versiegelten Kiste mit dem Buch entdeckt hatte.

So war ein Fund dem anderen gefolgt, bis sich endlich ein schlüssiges Ganzes ergeben hatte. So hatte es begonnen. Nein. Es hatte schon in Monte Cassino begonnen, wo er als kleiner Junge verträumt die Sterne betrachtet und mit ihnen seine Bilder in den Himmel gemalt hatte. In den Nächten seiner Reise nach Kremsmünster war das große Staunen einem Hagelsturm von Fragen gewichen, die unaufhaltsam in sein Bewusstsein gedrungen waren und ihn bis heute nicht mehr losließen. Über die Jahre hatte er zahlreiche philosophische Werke studiert, sich beachtliche mathematische, vor allem trigonometrische Kenntnisse angeeignet. Allein sein Wissen über Astronomie und Kosmologie blieb begrenzt. Thales von Milet, Ptolemaios, Johannes von Gmunden, Georg von Peuerbach, Johannes Regiomontanus mit seiner Dreieckslehre und dem sphärischen Cosinus-Satz. Mehr war nicht zu entdecken gewesen in den Stiftsbibliotheken, zu denen er Zugang gehabt hatte. Auch in dieser Nacht würde wieder vieles, das er mit Feder und Tinte auf den rotblau durchwirkten Bögen festhielt, in ihm mehr Fragen als Antworten aufwerfen. Doch auch wenn er bei seinen Aufzeichnungen mitunter dem Reiz der Mutmaßung erlag, so folgte er dennoch stets den Gesetzen der Analytik. Und vertraute.

„Ihr Sterne am Himmel, wie zieht ihr eure edlen Bahnen? Zeigt mir eure Mitte! Ist es denn wirklich nur diese einzige, äußerste kristallene Himmelssphäre, in der eure Kreise sich berühren dürfen? Wenn nicht einmal ihr Sterne frei sein und euren Ort wählen könnt, wie soll es dann uns gestattet sein? Und die hellsten von Euch. Seid ihr wirklich die, die uns am nächsten sind? Und ihr, die ihr uns größer erscheint als viele eurer Gefährten. Täuscht ihr uns?"

Da erlischt die Kerze. In der Dunkelheit betrachtet der Mönch den schwach glimmenden Docht.

„Wie ein vergessener Stern", denkt er. „Mit Gottes Gnade geboren, lebt er gefangen seine Bestimmung und wartet auf sein Schicksal. Wie wir alle. Ich darf nicht unvorsichtig werden! Die Inquisition! Peinliche Befragungen! Bruder Johannes hat Grausames berichtet. Folter, Feuer, … Ich darf das Kloster und Abt Gregorius nicht in Gefahr bringen."

Entschlossen erhebt er sich. Das Rauschen in seinen Ohren lässt ihn die Stille, die in den frühen Abendstunden ihren Mantel über das Kloster ausbreitet, nur erahnen. Er schlüpft in seine grobwollene Mönchskutte und schultert den Sack mit dem Buch, den Purpurbögen und den übrigen Gegenständen aus der Truhe.

Als er die hölzerne Tür seiner Cella vorsichtig öffnet, mahnt ihn sein schlechtes Gehör, nicht sofort auf den dunklen Klostergang zu treten. Kurz verwünscht er das unbarmherzige, ihn in ständigem Wechsel quälende Rauschen und Sausen in seinen Ohren. Er kann sich nur auf seine scharfen Augen verlassen.

Wachsam streckt er den Kopf nach vorn, schielt ängstlich nach beiden Seiten. Behände schlüpft er aus seiner Kammer und durchschreitet flink den Gang, an dessen Ende sich die steinerne Treppe zum Dachboden befindet. Frowin weiß: Dies ist der gefährlichste Abschnitt seines verbotenen Abenteuers, das ihn unter das Dach des Klosters mit seinem mächtigen, hölzernen Dachstuhl führen wird. Von dort aus vermag er das kleine Plateau im Freien zu erreichen. Heute Abend benötigt er kein allzu großes Blickfeld zum neuerlichen Vermessen dieses vermaledeiten Winkels! Er muss das Kloster nicht verlassen und seine Messungen auf der versteckten Waldlichtung durchführen.

Vorsichtig geht er weiter, vorbei an den Türen aus dunklem Holz, hinter denen die anderen Mönche nach der Vesper ruhen. Sie haben bessere Ohren als er. Und keinen so tiefen Schlaf. Nur mehr fünfzehn Meter sind es zum steinernen Aufgang, als Frowin plötzlich innehält. Es ist nichts zu hören. Und nichts zu sehen, nicht einmal der flüchtigste Schatten, den der abnehmende Mond hätte zeichnen können. Sein Herz schlägt schnell, als er mit weit aufgerissenen Augen hinter sich blickt. Nichts. Und dennoch spürt er, dass er nicht alleine ist in diesem Moment.

Kennt man sein Geheimnis? Haben seine morgens müden Augen ihn verraten? Er kommt nicht mehr dazu, länger darüber nachzusinnen. Entsetzt erkennt er, dass die schwere Eichentür am Ende des Ganges sich langsam öffnet. Bleischwer ist sein Schritt, als er verzweifelt der steinernen Treppe zustrebt.

Immer schneller rast sein Herz, hämmert gegen seine sich vom schnellen Atmen rhythmisch wölbende Brust. Knarrend und unbarmherzig beschreibt die hölzerne Tür weiter ihren Halbkreis und ist gerade bei der Hälfte des ihr zugedachten Weges angelangt, als Frowin mit wehender Kutte die Stiege erreicht. Auf der Dritten Stufe verweilend, fixiert er das andere Ende des Ganges.

Das nun geöffnete Portal umrahmt Pater Matthias. Entschlossen nähert sich die hagere Gestalt Frowins Kammer. Er bleibt stehen, legt sein Ohr an die Tür und lauscht. Frowin sieht, wie er verdrossen die Nase rümpft. Ah! Wohl hat er den Rauch der erloschenen Kerze gerochen und denkt, ich schlafe schon! Mit gerunzelter Stirn, die Augen zusammenkniffen, blickt der Alte angestrengt zur Steintreppe. Frowin stockt der Atem, als der greise Mönch sich entschlossen in Bewegung setzt. Schritt für Schritt nähert er sich gekrümmt der Treppe, den Blick hasserfüllt und starr nach vorn gerichtet. Da ertönt ein durchdringender Ruf: „Matthias!"

Gleich darauf erscheint die stattliche Gestalt von Abt Gregorius. Finster winkt er im Schein seiner Kerze Matthias zu sich: „Was treibst du hier!"

„Ehrwürdiger Abt. Ich habe einen Verdacht."

„Ich kenne deine Verdächtigungen, Matthias, und ich missbillige sie! Komm mit. Wir brauchen deine Kräuter. Bruder Albert fiebert wieder."

„Aber, .. ich ahne, dass Unrecht geschieht innerhalb dieser Mauern!"

„Ich fordere dich kein drittes Mal auf."

Mürrisch fügt der Alte sich und beide verlassen den Gang durch die eichene Tür, die sich geräuschvoll hinter ihnen schließt.

Mit riesigen Schritten eilt Frowin nun nach oben, öffnet mit dem schon vor Jahren entwendeten Schlüssel die Tür zum Dachboden. Keuchend stürzt er hinein, schließt zitternd ab und sinkt erschöpft zu Boden. Nur kurz sinnt er nach, dann kriecht er auf allen Vieren zu einer schwarzen Truhe. Im Schein des durch eine Dachluke hell leuchtenden Halbmondes hebt er vorsichtig den Deckel und berührt fast zärtlich ein seltsam aussehendes Gerät. Das Regula Ptolemaei.

Gleich darauf greift er nach dem Schultersack, zieht das Buch und den dünneren der beiden leinenen Umschläge heraus. Erwartungsvoll öffnet er ihn. De revolutionibus orbium coelestium". Copernicus letztes Werk, verfasst in seinem Todesjahr, 1543.

„Endlich kann ich es in Ruhe studieren und mich dann würdiger als bisher erweisen, mit dem Visiergerät zu arbeiten."

Rasend schnell bewegen sich seine Pupillen über das Papier. Sofort erkennt er, dass Gott ihm auch diesmal eine schwere Prüfung auferlegt hat. Er wird sie dankbar annehmen. Da kommt plötzlich starker Wind auf und entlockt den schweren Dachbalken über ihm ein dumpfes Knarren. Dunkle Wolken tauchen den eben noch hellen Mond im Sekundentakt in schwarzgraue Schleier. Hastig entzündet Frowin die erste der drei Kerzen. Die Stirn in Falten, blättert er von den trigonometrischen Abschnitten, den Winkelberechnungen und Gleichungen zurück zum zehnten Kapitel des ersten Buches.

„In der Mitte von allem aber hat die Sonne ihren Platz. Wer könnte nämlich diese Leuchte in diesem herrlichsten Tempel an einen anderen oder ganz besseren Ort setzen, als an den, von dem aus sie das ganze zugleich beleuchten kann?

Nennen doch einige sie ganz passend die Leuchte der Welt. Andere ihr Herz. Wieder andere ihren Lenker."

Frowin lauscht dem Wind, der heftig an den Schindeln des Daches rüttelt.

Besorgt blickt er durch die Luke auf die rasend schnell vorbeiziehenden Wolken, die das Firmament mit jedem Lidschlag in tieferes Schwarz hüllen. Die Sterne würden ihm diesmal keine Geschichte erzählen, das kleine angrenzende Plateau auf ihn und sein Visiergerät warten müssen. In dieser Nacht sollten nicht seine scharfen Augen, sondern sein Wissen und seine mathematische Begabung gefordert sein. Und etwas, das noch um vieles wichtiger ist: Intuition und Phantasie. Auf einem kleinen hölzernen Tisch breitet er den ersten Purpurbogen aus. Er wird ihm Leben einhauchen, um ihn wie die anderen sechs dem purpurnen Buch beifügen zu können. Vorsichtig taucht er die Feder ein. Dann beginnt er langsam zu schreiben. Und Thales lächelt.

Kapitel IV

Purpurwellen

„Lentos-Museum der Stadt Linz, Lisa Traunberg.“

„Hallo Lisa.“

„Marco?“

„Wir wollten etwas herausfinden. Du erinnerst dich?“

„Sicher. Ob wir uns „noch einmal“ oder „noch ein Mal“ sehen.“

„Stimmt. Und ob wir einander bis dahin vermissen würden.“

„Und, Marco, hast du mich vermisst?“

„Ich habe an dich gedacht.“

„Das war immerhin ehrlich.“

„Ich möchte dich zum Essen einladen, Donnerstagabend, beim neuen Spanier am Musiktheater-Platz.“

Sie wollte es sagen: „Ja, ich will dich sehen.“ Einfach ihrem Gefühl folgen und die Schranken von Moral und Rücksicht wegreißen. Doch sie konnte nur starr an die Wand blicken, auf der Pascals kantiges Gesicht schemenhaft begann, sich vor Marcos Lächeln zu schieben.

„Das wird leider nicht gehen. Wir sind mitten in den Vorbereitungen für die neue Ausstellung und ziemlich unter Zeitdruck.

„Störenfriede – Der Schrecken der Avantgarde von Makart bis Nitsch“. Bestimmt hast du davon gelesen. Ich betreibe auch noch eine kleine Galerie in der Steingasse, um die ich mich kümmern muss. Mein Terminkalender ist dicker als das Konto eines Zahnarztes.“

Trotz seiner Enttäuschung war er beeindruckt, wie gut sie ihr Leben im Griff zu haben schien. Alles hörte sich souverän und gut durchorganisiert an. Fast kam er sich wie ein Eindringling vor, der ungeladen auf dem Fest ihres Lebens erschien. Ihrem „Nein" haftete das Bedauern einer Ballerina an, die ihre Sehnsüchte einer ungewissen Zukunft unterordnete.

„Würde dir ein anderer Tag passen? Ich könnte auch mittags."

„Weißt du … für diese Woche sieht es schlecht aus. Vielleicht nächste?"

„Am besten, du meldest dich, wenn du Zeit hast. Und Lust."

„Bist du enttäuscht?"

„Ja. Aber mir ist lieber, du kriegst alles zeitgerecht hin und hast den Kopf frei, wenn wir uns sehen. Du kannst mich aber natürlich auch mit vollem Kopf treffen, wenn du willst."

„Ich denke darüber nach."

„Malst du auch selbst?"

„Nein. Ich bin Kunsthistorikerin und Betriebswirtin. Entsetzt?"

„Natürlich."

„Und womit verdienst du dein Eintrittsgeld für Thermen, in denen du Frauen Geschichten über Sterne und Philosophen erzählst?"

„Ich bin Pressesprecher. Von Landesrat Reuter. Schockiert?"

„Nein, überrascht."

„Überrascht? Woran hattest du gedacht?"

„An alles. Nur nicht, dass du mit Politik zu tun hast. Erstaunlich, dass wir uns noch nicht begegnet sind."

Auch er hatte diesen Gedanken. Jede Geschichte hält einen ganz bestimmten, geeigneten Augenblick bereit. Wir müssen warten, bis das Leben ihn heranreifen lässt wie die Früchte eines Baumes. Und wie jede Frucht irgendwann vom Baum fällt, können auch wir die besonderen Augenblicke in unserem Leben nicht festhalten. Die Augenblicke, die uns prägen, durch die wir wachsen dürfen und unser Leben eine Wendung nimmt. Betriebswirtschaft und Kunstgeschichte.

Die seltene Kombination ihrer Studien faszinierte ihn. Ihre Eltern hätten auf ein Wirtschaftsstudium gepocht, trotz ihrer Leidenschaft für Geschichte und Kunst. Am Morgen nach der Sponsionsfeier wäre sie aufgewacht und hätte beschlossen, den Job in der renommierten Werbeagentur zu kündigen, um in Wien Kunstgeschichte zu studieren. Nun ja, das Leben sei eben voller Überraschungen. Aber nun müsse sie leider Schluss machen … Termine, die Ausstellung …

Natürlich, er verstehe das. Und mit einem „Leb wohl", das er nicht aus Trotz sagte, sondern dessen Endgültigkeit für ihn unverrückbar war, klappte er enttäuscht sein Handy zu. Glück und Frauen ließen sich eben nicht zwingen.

Ihr Verhalten passte nicht zu dem, was sie freitags zuvor empfunden hatten. Hätte sie nur annähernd gefühlt wie er, sie wäre noch am selben Abend für ein Date frei gewesen. Vielleicht gab es jemanden in ihrem Leben.

Ob sie verheiratet war wie er? Oder nur gebunden? Ja, „gebunden" hörte sich besser an. Resignation, Enttäuschung und Fügung hafteten diesem „gebunden" an. Und eine stille Sehnsucht nach Flucht und Hoffnung. Alles, was er nun tun konnte, war zu träumen. Er schloss die Augen, seufzte und lehnte sich in seinem ledergepolsterten Bürostuhl zurück, ehe ihn die Schritte seiner Sekretärin in die Wirklichkeit zurückholten.

Karin war eine langbeinige Blondine, die der Pressedienst ihm auf sein Ersuchen zugeteilt hatte. Man tuschelte, sie hätten ein Verhältnis miteinander und an manchen Tagen wünschte Marco, es wäre so.

„Der Chef hat mir die Reinschrift von der Rede mitgegeben."

„Welche? Die Rede vor der Delegation aus China?"

„Genau die. Sie kommen morgen Mittag an."

„Hat er etwas ergänzt?"

„Nichts. Die Seiten sind blank wie die Zähne von George Clooney. Ohne dir nahe treten zu wollen: Die Rede ist hervorragend. Als könntest du in die Herzen der Menschen schauen."

„Nein, Karin, das kann ich leider nicht. Will Ernest uns am Abend beim Empfang im Steinernen Saal dabei haben?"

„Ja. Beginn ist um 20 Uhr. Wir sollen die Chinesen eine halbe Stunde vorher vom Courtyard abholen."

„Gut. Gehen wir noch die Stadtrundfahrt durch und dann ist Schluss für heute."

Gedankenverloren verließ er sein Büro im Linzer Landhaus, dem Regierungssitz des Landes Oberösterreich. Einst von den mächtigen vier Ständen, Adeligen, Rittern, Klerus und Stadtherren im italienischen Renaissancestil erbaut, sollte es als repräsentatives Gegenstück dem benachbarten kaiserlichen Schloss Konkurrenz machen. Heute sind in dem Parlamentsgebäude neben einigen Verwaltungseinheiten der Landtagssitzungssaal und die politischen Büros untergebracht. Die Räume von Marcos Chef Ernest Reuter, dem populären Landesrat für Bildung, Wissenschaft und Kunst, grenzen unmittelbar an einen weitläufigen Arkadenhof. Marco verlangsamte seine Schritte und blickte zwischen den aus rotem Sandstein erbauten Arkadenbögen hinab auf den sechseckigen Planetenbrunnen.

Keiner der Kollegen, die seinen Weg kreuzten, ließ sich zu einem Drink überreden und so spazierte er alleine die malerische, längs des Landhauses verlaufende Klosterstraße hinab.

Die Luft war klar an diesem Abend. Erwartungsvoll blickte er in den Himmel. Welches Sternbild würde ihm heute seinen strahlenden Gruß entsenden? Es waren Cassiopeia und Perseus, die aus den unendlichen Weiten des Strahlenmeeres hervortraten. Sofort fühlte er sich besser und überquerte zügig den belebten Hauptplatz mit den barocken Bürgerhäusern.

In der Mitte des Platzes ragte die vom Bildhauer Stumpfegger 1723 erbaute Dreifaltigkeitssäule empor. Ihre vergoldeten Teile glänzten im Licht der zyklisch um das Kunstwerk angebrachten Strahler. Vorbei an bunten Fassaden mit minuziös gearbeiteten Fenstersimsen, gelangte er schließlich bis zur Donau, die den Platz nach Norden hin abschloss.

Obwohl der mächtige Strom die Landeshauptstadt von ihrem blühenden Stadtteil Urfahr trennte, war er immer ein Symbol des Zusammenhalts der ehemals selbstständigen Städte gewesen. Nach dem II. Weltkrieg hatte er den Grenzverlauf zwischen russischer und amerikanischer Besatzungszone markiert. Der Riss, der sich mehr als ein Jahrzehnt durch die Stadt gezogen hatte, ist gekittet, die Umstände, die zu ihm geführt haben, in den Köpfen der Bürger verfestigt. Man würde nicht so leicht vergessen, dass jeder Griff nach den Sternen wohl überlegt sein will. Man konnte sich leicht die Finger verbrennen.

Sehnsüchtig blickte er auf die in leuchtendem Purpur erstrahlende Lentos-Galerie. Hinter großflächigen Glaselementen wechselten die Farben im Stundentakt von Saphirblau über Rot, Purpurn und Orange. Pünktlich und zuverlässig. Exakt und harmonisch wie die Bahn eines Wandelsterns.

„Das würde Johannes Kepler gefallen", dachte er, „Perfekte Technik in Harmonie und Einklang mit den Wellen eines Flusses, in dem die Sterne Walzer tanzen." Mehrmals wandte er sich beim Überschreiten der Nibelungenbrücke um. Voll Verlangen sah er auf den nun smaragdgrün leuchtenden Glasquader, in dem das Herz jener Frau schlug, der all seine Gedanken galten. Es war kein Platz für sie in seinem ruhigen Leben. Er hatte eine Arbeit, die er mochte, Freunde, die ihn schätzten und eine Ehe, die schlimmer hätte sein können und ihm zumindest jeglichen Freiraum zugestand. Auf der anderen Seite der Donau lagen entlang des orange schimmernden Ars Electronika Centers mehrere weiße Schiffe mit Restaurants und Bars vor Anker. Es war keiner der stolzen Stromriesen, auf den ihn seine Schritte führten.

Nahe der Brücke ankerte ein aus Zedernholz gebauter, nur matt beleuchteter Kahn. Die Soul-Bar, die sich auf ihm befand, hatte ihn schon oft aufgenommen und ihm mit ihren einfühlsamen Klängen Trost zugeflüstert. Jetzt strahlte das Lentos in sattem Purpur. Mystisch zog die Farbe der Macht hinab über das feuchte Ufer, spiegelte sich stolz in den lautlosen Wellen. Der knapp über dem Wasser dahin gleitende Nebel ergab sich gleichfalls dem verführerischen purpurnen Rot. Weiter südlich, von einer kleinen Anhöhe aus, grüßte das beleuchtete Schloss, etwas weiter stromabwärts die Lichter des Bruckner-Konzerthauses. Zwanzig Jahre war es her, dass er dort auf Bällen bis tief in die Nacht hinein getanzt hatte.

Plötzlich fühlte er sich alt, glaubte zu schwanken wie das Schiff unter ihm. Er holte tief Atem und betrat die Bar, in der ihn die einschmeichelnde Trompete von Miles Davies begrüßte.

Viel zu schnell verklangen ihre letzten Töne. Die geruhsamen Bewegungen des DJs verliehen der Zeit auf dem Schiff eine ganz eigene Fließgeschwindigkeit. Bedächtig schob er die Platte zurück in ihre Hülle, zog eine neue hervor und inspizierte sie unter einer kleinen Lampe, ehe er sie vorsichtig auf dem Teller ablegte. Die Soul-Stimme J.L. Hookers dröhnte nun kraftvoll durch die Bar, deren Besucher sich dem langsamen Rhythmus wehrlos ergaben. Gelassen bahnte sich die Plattennadel ihren Weg, tanzte träge über das schwarz glänzende Vinyl. Die Vibrationen, die sie gebar, breiteten sich unwiderstehlich über den Boden der Bar aus, streichelten entschlossen die hölzernen Planken. Auf ihrem Weg wurden die Schwingungen schwächer. Es war nur der Soul, der blieb, das geheimnisvolle Innerste. Unwiderstehlich zog er weiter, hinab zu den entlang der Schiffswand dahin gleitenden Wellen, die ihn behutsam aufnahmen und forttrugen. Unter harmonisch schwingenden, purpurnen Nebelschwaden ging er erlöst auf im weiten Purpurfluss des Stromes.

„Hooker liebt die Donau, was Marco!"

„Klar, Anna. Und wir lieben Hooker!"

„Ich liebe niemanden. Was darf ich dir bringen?"

„Einen Bombay mit Tonic. Du liebst also niemanden. Was ist mit Toni?"

„Toni ist fort. Er war mir ohnehin zu jung."
„Du bist selbst gerade erst achtzehn geworden."
„Ich habe mir mit ihm alle Mühe gegeben. Ihm sogar Arbeit auf dem Restaurantschiff nebenan verschafft. Es hat verdammt lange gedauert, bis der Typ auch nur halbwegs was taugte! Die haben ihm dort oben eine ganze Packung kosmische Scheiße auf den Buckel geschnallt und ihn damit auf die Erde gesetzt, damit er sie abdienen kann. Bei mir wird er seine Haufen aber nicht mehr platzieren."

„Du drückst das sehr plastisch und nachvollziehbar aus."
„Du meinst, ich sollte mich gewählter ausdrücken. Nicht, wenn es um diesen trägen Arsch geht! Entschuldige, ein neuer Gast."

„Guten Abend, was darf ich ihnen eingießen?"
„Gin Tonic, meine Donauschwalbe."
„Die Schwalbe lässt gleich etwas in dein Glas plumpsen."
„Bin ich hier in einer Hafenkneipe?"
„Entschuldigen Sie, ich meinte es nicht so."
„Schon in Ordnung. Die Donauschwalbe wäre besser auch in ihrem Nest geblieben. Außerdem bin ich einiges von meiner Frau gewöhnt."

„Ach. Sie sind verheiratet?"
„Warum nicht? Finden sie mich so hässlich?"
„Nein, keineswegs. Sie sehen nur sehr jung aus für einen verheirateten Mann. Und wer ist heute schon verheiratet."
„Ich."
„Du Marco, bist ja auch schon in die Jahre gekommen."
„Stimmt. Mit allen Vor- und Nachteilen. „
„Was bitte, soll das Altern für Vorteile haben?"

„Zum Beispiel, dass man Zeit hatte, seine Manieren zu verfeinern."

„Jetzt sei doch nicht eingeschnappt! Schlechten Tag gehabt heute ?"

Der Gast nahm sein Glas und setzt sich an die andere Seite der Bar, von wo aus er die beiden beobachtete.

„Du brauchst eine neue Liebe, Marco."

„Wer sagt das?"

„Niemand sagt das, aber alle die bei mir hier an der Bar stehen, wollen es. Liebe, Sex oder beides."

„Ich nicht."

„Du bist verliebt, nicht wahr?"

„Nein. Ich bin verheiratet."

„Und da darf man sich etwa nicht mehr verlieben?"

„Man darf, aber man sollte nicht. Und wenn alles stimmt, passiert es auch nicht. Wir tragen alle das Brandzeichen des Unantastbaren auf unserer Stirn und das Mal des Unerschütterlichen auf unserem Herzen. Wir haben unsere Gefühle immer fest im Griff. Wir sind gute Ehemänner."

„Das ist aber traurig. Kann man denn Verlieben unterdrücken."

„Natürlich kann man das. Entscheidend ist jener Gedanke, der dem ersten folgt, jener zweite, der den Impuls zu unterdrücken vermag."

„Das ist LEBEN? Ist das denn gesund?"

„Natürlich nicht. Doch wenn man an sich arbeitet, viel redet und Zeit miteinander verbringt, kann es klappen."

„Meine Ansprüche an eine lebenslange Partnerschaft sind anders. Freundschaft reicht nicht. Es gibt sie, die wahre Liebe, für die nur zwei ganz bestimmte Menschen im weiten All vorgesehen sind."

„Das hast du schön gesagt, Anna. Hoffentlich haben wir Recht."

„Du siehst das also auch so?"

„Ja."

„Ich wusste, du bist in Ordnung! Und du hast dich verliebt, stimmt es?

Gib es endlich zu!"

„Ja. Mehr noch. Ich weiß, dass ich sie gefunden habe."

„DIE EINE! Wie schön. Ist sie jünger als du?"

„Die Eine, wie das klingt. Wie in einem alten Heimatfilm."

„Ist doch schön. Wie alt ist sie denn, hm? Ist sie blond, braun, schwarz?

Klein und dick mit Riesenmöpsen oder groß und dünn mit flachen Möpsen.

Sag´s mir, bitte, bitte sag´s mir!"

„Dir gefallen Heimatfilme? Die Jugend steckt voller Überraschungen."

„Jetzt hast DU dich aber alt gemacht. Sie ist also jünger als du?"

„Möglich. Das ist mir egal."

„Ihr aber vielleicht nicht."

„Heute ist eindeutig nicht unser Tag."

Anna verließ ihren Platz hinter der Bar und kam nach vorne. Sie umarmten einander und lachten los. Ihre Bar-Schicht war um neun vorüber und sie beschlossen, eine Runde durch die Stadt zu ziehen. Davor wollten sie zum Kulturzentrum am Hafen fahren, wo Anna ihm einen echt geilen Sänger zeigen wollte. Sie würden ihren Akku aufladen, wie es Anna immer ausdrückte und es war ihm an diesem Abend gleichgültig, wer sie sehen könnte.

Mit einem doppelten Glenmorangie on the Rocks setzte er sich an einen Tisch nahe am Fenster des Schiffes. Den Kopf gegen die Scheibe gelehnt, starrte er auf die abstrakten Farbmuster, die sich auf der Wasseroberfläche spiegelten. Da nahm er im Bugbereich des Schiffes eine Bewegung wahr.

Kein Zweifel. Dort vorne war jemand. Er kniff die Augen zusammen und betrachtete die dunkle Gestalt, die breitbeinig neben einer Ankerwinde stand, als wären sie an Bord eines Atlantik-Seglers.

Den zurück geneigten Kopf zierte ein Hut mit einer riesigen Feder, deren Spitze einen dunklen Umhang berührte. Der Statur nach schien es ein Mann zu sein. Er blickte in die Sterne und murmelte vor sich hin. Ein paar Mal schüttelte er den Kopf. Marco konnte außer ihm niemand anderen entdecken. Irgendwo hatte er den Mann schon einmal gesehen. Er nippte von seinem Whisky, schloss die Augen und lauschte der Musik.

Als sie wenig später Annas 70er Cooper beim Kulturzentrum am Donauhafen parkten, klang aus den Frachtschiffen russische Folkloremusik. Die Sterne leuchteten immer noch hell und klar und es fiel ihm leicht, das Sternbild des Großen Wagens auszumachen. „Lass mich aufsitzen und fahr mich zu Lisa", hätte er ihm am liebsten zugerufen. Anna nahm ihn an der Hand und zog ihn zum Eingang des Kulturzentrums, vor dem eine Gruppe französischer Jongleure ihre Fackeln tanzen ließ.

„Komm, schnell! Er singt gerade sein neuestes Lied!"

Marco zuckte zusammen, als eine klagende, fast weinerliche Stimme stakkatoartig Textfragmente gegen die Wände des Konzertsaales schmetterte. Constantin Glock sang ein Liebeslied.

„Was ist das?"

„Du kennst Constantin Glock nicht, den Münchner Liebesliedermacher?

Das überrascht mich jetzt aber wirklich. Die meisten seiner Fans sind in deinem Alter."

„So, so ..."

„In da Woikn - WOIKN!! In da blauen Woikn, auf an Hupfboin mit dir drin. ROSA WOIKN!!!! Mit´n Hupfboin - AUF und AB!"

Es überraschte ihn selbst, doch mit jedem Lied fand er mehr Gefallen an den romantischen Klangwölkchen, die Glock voller Inbrunst durch das Auditorium schweben ließ. Fast bedauerte er es, als das Konzert vorbei war und Anna ihn in die überfüllte Bar nebenan zog. Erst berührten Ihre Hände einander zufällig. Als sie ein weiteres Mal die Wärme des anderen fühlten, ergriff die junge Frau seine Hand. Sie schmiegte sich eng an ihn, hauchte einen Kuss an seinen Hals und rieb langsam ihren Schenkel an ihm. Als sie seine Erregung spürte, lächelte sie verführerisch und fuhr mit der Zunge über die vollen Lippen.

„Komm mit mir nach Hause, Marco. Ich will dich spüren."

„Wir haben abgemacht, das bleiben zu lassen."

„Und uns viel zu lange schon daran gehalten. Lass uns den Moment leben, er kommt nicht wieder."

„Sei mir nicht böse, Anna, aber ich werde gehen."

„Ist deine neue Liebe der Grund?"

„Diesmal, ja."

„Es ist jedes Mal etwas anderes. Na gut, ich bin dir nicht böse. Zumindest nicht allzu sehr. Aber schade ist es schon. Es hat mir gefallen, was ich an meinem Schenkel gespürt habe.

Weißt du eigentlich, dass ich seit letzter Woche rasiert bin …?"

„Ach."

„ … und ein brandneues Nabel-Piercing verpasst gekriegt habe?"

„Mit Kettchen dran?"

„Klar. Und mit einem Aquamarin drin! Dein Lieblingsstein, oder? So, und jetzt träum´ schön und komm bald wieder an Bord, okay? Byebye!"

Noch immer verharrte der geheimnisvolle Mann auf dem Bug des Schiffes, wo Marco ihn eine Stunde zuvor erblickt hatte. Obwohl es windstill war in dieser Nacht, umwehte ihn ein leichter Wind, der seinen purpurnen Umhang sanft bewegte. Die Augen zum Himmel gewandt, seufzte er schwer.

„Kyrill, mein stürmischer Begleiter. Es wird nicht einfach werden. Die Liebe hat es nicht leicht in diesen Tagen. Sie fragen zu viel, sind voller Argwohn, taktieren, statt einfach nur zu fühlen."

„Waren sie nicht immer so?"

„Keineswegs! Der Überfluss hat sie verwirrt. Die Männer wie die Frauen. Welch ein Jammer! Sie sind einander einfach zu ähnlich geworden!"

„Das ist der Grund?"

„Ja. Und dann haben die Frauen ihr Lachen verloren."

Vorbei an den riesigen Hafenkränen und Containerreihen ging Marco zurück Richtung Stadtzentrum. Es war wieder einmal knapp geworden zwischen Anna und ihm. Die Sehnsucht nach Lisa brannte Bilder in sein Herz.

Er spazierte mit ihr durch Venedig, sie logierten im Gritti, beneidet von den attraktivsten Venezianern. In einer Gondel mit rotem Samt, die niemand steuerte, lag sie in seinen Armen und ihr rotblondes Haar floss weich über ihre elfenbeinfarbenen Schultern. Die Gondel glitt geräuschlos in einen der kleineren Kanäle am Rande von Cannaregio und legte vor einem Palazzo an. In einem prunkvollen Schlafzimmer liebten sie sich auf einem Bett mit Baldachin auf seidenen Laken.

Würde es weitergehen? Was sollte weitergehen? Es hatte doch noch gar nichts begonnen. Er benahm sich wie ein Teenager. Es gab nichts, das sie miteinander verband. Es gab nur diese Vielzahl an Bildern, an die er sich klammerte und die ihm seltsam vertraut vorkamen. Er war von dieser Liebe überzeugter, als er es bei Sabina je gewesen war. Kurz bevor er die ersten Bäume und Laternen des Donauparks erreichte, gingen zwei Sternschnuppen nieder. Er wusste sofort, was er sich wünschen wollte.

Diesmal war Sabina wach, als er nach Hause kam. Sie küsste ihn, überging den Parfumduft, der von seinem Sakko an ihre Nase drang. Mit einem knappen „Schlaf gut" ging sie zu Bett und strafte ihn mit ihrem Stillschweigen. Sie litt und protestierte lautlos. Ihr Schweigen war ihre Rache und sein ganzes Unglück. Er goss sich ein Glas Wasser ein und schlug die Zeitung auf. Im Regionalteil stieß er auf einen Artikel mit dem Bild dreier Pergamentbögen. Er handelte von den Ausgrabungen im Park vor dem Landhaus, unter dem entlang der Promenade Tiefgaragenplätze entstehen sollten.

Kurz nach Beginn der Bauarbeiten war man auf Fundstücke aus der Römerzeit und der jüngeren Stadtgeschichte gestoßen. Der Boden rund um den Regierungssitz war geschichtsträchtig. Einst Schauplatz der Bauernkriege um 1626, hatte man nach einem verheerenden Stadtbrand den längs des Landhauses verlaufenden Stadtgraben mit allem zugeschüttet, was für wertlos befunden worden war.

Als man zweihundert Jahre später vor dem prächtigen Landhaustor eine verschüttete Brücke freilegte, fand sich im Aushub eine eiserne Schatulle. Erst dachte man eher an alten Schrott denn an wertvolles Kulturgut. Die geometrischen Figuren, die man nach dem Entfernen der dicken Erdkruste entdeckte, weckten jedoch schnell das öffentliche Interesse. Der Artikel führte aus, dass es nach zahlreichen Versuchen nun endlich gelungen war, die Schatulle mit dem komplizierten Mechanismus zu öffnen.

„… ist man mittlerweile überzeugt, dass es sich bei den Pergamentbögen aus der eisernen Schatulle um die Handschrift des Astronomen, Mathematikers, Optikers und Theologen Johannes Kepler handelt, der von 1612 bis 1626 in Linz wohnte. Über den Inhalt der Schriften war bei Redaktionsschluss noch nichts bekannt."

Zeilen aus der Feder Johannes Keplers. Bis 1624 hatte er an der im Landhaus untergebrachten Schule die Söhne reicher Landadeliger unterrichtet und ein Zimmer im oberhalb der Stadtmauer erbauten Landschaftshaus bewohnt. Die Universität der Stadt Linz trägt seinen Namen und das im neuen Musiktheater aufgeführte Kepler-Musical erfreute sich steigender Besucherzahlen.

Der Fund war ein Glücksfall, sofern der Inhalt der Pergamentbögen nur einigermaßen von Bedeutung war. Reuter würde wegen der Keplerschriften bald an ihn herantreten. Recherchieren, Kontakte herstellen, die Presse versorgen, Reden schreiben. Das übliche Mosaik.

Was mochten die Schriften enthalten? Wissenschaftliche Aufzeichnungen? Notizen, die Kepler bei der Erstellung seiner Landschaftskarten gemacht hatte? Allzu bedeutend würde ihr Inhalt nicht sein, sonst hätte man die Schriftstücke wohl kaum in den Stadtgraben geworfen. Allein die Bauart der Eisenschatulle mit ihrem komplizierten Mechanismus widersprach dieser Annahme.

Kapitel V

Sonnentänzer

1. Die Bahnen der Planeten sind Ellipsen, in deren einem Brennpunkt die Sonne steht.

2. Die Verbindungslinie von der Sonne zum Planeten (Radiusvektor, Fahr- oder Leitstrahl) überstreicht in gleichen Zeiten gleiche Flächen (Flächensatz).

3. Die Quadrate der Umlaufzeiten der Planeten verhalten sich wie die Kuben (3. Potenzen) der großen Halbachsen ihrer Bahnellipsen.

(Die 3 Keplerschen Gesetze der Planetenbewegungen)

In einer klirrend kalten Februarnacht des Jahres 1558 steht Pater Frowin auf seiner kleinen Plattform am Dach des Klosters. Leicht fröstelnd betrachtet er von der geheimen Warte aus die strahlenden Fixsterne. Unverrückbar, wie von der Hand eines Malers weißgolden aufgetupft, erleuchten sie den Nachthimmel.

„Ihr habt euren Platz gefunden, müsst nicht rastlos durch die Weiten des Kosmos wandeln. Libra, Aquarius, Scorpio, Virgo und die Sternbilder des Südens. Gemini, meine sehnsuchtsvollen Brüder des Nordens."

Frowins Gedanken, getragen von Euphorie und Neugier, gleiten schwerelos durch die Weiten des Universums. Glückselig blinzelt er den Sternen zu und kostet jede Minute auf seiner verbotenen Sternwarte aus. Versonnen entflieht er auf dem Plateau Raum und Zeit, fühlt sich seinem großen Vorbild noch näher als sonst.

Es ist nicht der große Ptolemaios, auch nicht der brillante Mathematiker Copernicus. Thales von Milet ist der Geist, dem der alte Pater sich verbunden fühlt. Wie er liebt er die Träume, die ihn den Sternen näher bringen und ist gerade deshalb alles andere als ein Träumer, der den Tag verliert. Sein Verstand steht der einzigartigen Schärfe seiner Augen um nichts nach. Mit einem Gefühl unbeschreiblichen Glücks und großer Dankbarkeit bedient der Mönch sich der besonderen Gaben, die Gott ihm geschenkt hat:

Vertrauen, Intuition, Phantasie und bedingungslose Liebe.

Zu allen Zeiten waren sie für die Sternenforschung von größter Bedeutung.

Wieder schüttelt ihn ein heftiger Hustenanfall, der dritte schon in dieser Stunde. Über die Jahre fast gänzlich taub geworden, beugt er sich schwer atmend nach vorn und spuckt geräuschvoll aus. Nachdenklich betrachtet er die kleinen roten Punkte auf dem Steinboden, als plötzlich unerträgliche Hitze in ihm aufwallt. Ganz langsam holt er Luft, lässt sie konzentriert hinab in seine Mitte strömen. So sehr der Gedanke ihm auch widerstrebt: Er wird Pater Matthias um ein paar heilende Kräuter bitten müssen. Die Hand auf der Brust und leicht schwindelnd, neigt er den Kopf nach hinten, blickt fragend in das ihn umspannende Lichtermeer. Leise seufzt er.

„Beständig ist nur der Wandel, hat Heraklit uns gelehrt. Auch die Gestirne erinnern uns daran, wenn sie uns, den harmonischen Gesetzen des Allmächtigen folgend, umschweben wie die Noten einer schönen Musik. Es ist ein Lied, das sie uns spielen, der vollkommensten Harmonie folgend. Ein Lied, das selbst uns Taube glücklich macht. Unendlich viele Strophen, von denen keine der anderen gleicht."

Frowins Augen suchen die Venus, den hellen Abendstern zwischen Merkur und Erde. Mars, Jupiter, Saturn. Gemächlich schweben sie vor unserem Auge und fügen sich der Ewigkeit. Nur Frowin kann sie erkennen. Noch immer besitzt er den Blick eines Falken. Hüstelnd wendet er sich dem vor ihm aufgebauten parallaktischen Instrument zu. Große Gelehrte wie der Ägypter Ptolemaios, ja sogar noch Copernicus hatten sich seiner zur Beobachtung der Sterne, ihrer Bahnen, Entfernungen und Beziehungen bedient.

Konzentriert richtet er den senkrechten, geteilten Standfuß ein. Vom Kopfende aus schielt er entlang des Stabes mit den zwei Lochvisieren und justiert den am Fußende sitzenden zweiten Stab, indem er gefühlvoll Millimeter um Millimeter an ihm dreht. Er hört das Geräusch nicht, das aus der geöffneten Dachluke nach draußen dringt.

„Nun also wird sich herausstellen, ob es Gottes Funke oder Satans glühender Span war, der meinen Geist erhellt hat! Dieser vermaledeite Winkel! Er fügt sich nicht in meine Berechnungen, macht sie unharmonisch! Die Musik der Planeten, sie kann keine falschen Töne kennen. Spielt mir euer Lied, das einzige Lied, das ich verstehen kann!"

Leise kommentiert er jeden seiner Handgriffe.

„Jetzt die Mittagslinie. In Ihrer Ebene erreichen alle Gestirne die Mitte ihrer Tagesbahn zwischen Auf- und Untergang. Als nächstes ...."

Knapp hinter Frowin, nur wenige Meter entfernt, verfolgt ein dunkles Augenpaar jede seiner Bewegungen. Als er endlich mit seinen Messungen beginnen kann, zittern seine Hände vor Kälte. Immer wieder sieht er die Berechnungen auf dem Purpurpapier ein, ergänzt sie und richtet schließlich den ersten der beiden Visierstäbe auf den Mond. Den anderen legt er an die Standfuß-Teilung, misst die Sehne, die sich aus dem am Visierstab eingestellten Winkel des Zenitabstandes ergibt. Die Augen hinter ihm verengen sich zu schmalen Schlitzen, als Frowin sich plötzlich aufrichtet. Langsam gleitet das purpurne Blatt aus seiner Hand, schwebt kurz nach oben und landet nach einer schnellen Wende neben ihm auf dem Steinboden.

„Das ist es! Keine Kreisbahnen! Es können keine Kreisbahnen sein! Die Bahnen sind oval, alle meine Messungen, Berechnungen, Beobachtungen lassen nur diesen einen Schluss zu. Copernicus, die Heliozentriker. Sie müssen geirrt haben. Die Sonne. Ja, sie ist unsere Mitte. Doch ist es unvorstellbar, dass Gott uns Kreise um sie ziehen lässt. Diesen majestätischen Stellenwert kann er ihr nicht zugedacht haben! Wir dürfen ihr nur kurz nahe kommen, um ihr zu huldigen und dann in respektvollem Abstand weiterziehen. Wir umrunden die Sonne. Aber nicht, wie Copernicus annimmt, in Kreisbahnen, sondern: ELLIPTISCH!"

Als Frowin sich umwendet und trunken vor Glück die Hände zum Himmel empor streckt, ist von der dunklen Kontur des Kopfes in der Dachluke nichts mehr zu sehen. Eine Tür fällt schwer ins Schloss und wird verriegelt.

„Peuerbach hatte also recht mit seiner Planetentheorie:

Die ovale Bahnform trifft auf den Epizykelmittelpunkt des Merkurs zu!

Sie gilt aber nicht nur für unseren schüchternen Himmelsboten, der sich so selten zeigen will. Die ovale Bahnform gilt für alle Planeten!"

In jener Nacht des Jahres 1558 wies ein unbekannter Mönch des Klosters Kremsmünster nach siebzehn Jahren Sternenforschung die elliptischen Bahnen der Planeten nach. Intuition, Euphorie und eiserner Wille ließen ihn mit Hilfe seines einfachen Dreistabs einen Nachweis erbringen, der erst einundfünfzig Jahre später als das erste der drei Keplerschen Gesetze Berühmtheit erlangen sollte.

„Seht mich tanzen, meine funkelnden Gefährten. Ich tanze mein kleines Lied für euch."

Laut lachend, die Hände immer wieder in die Höhe streckend, hüpft Frowin kreuz und quer über die Plattform, blickt freudestrahlend in den Himmel.

„All ihr Gelehrte, Wissende und Suchende. All ihr Bewohner auf Gottes Erde. Die Sterne, sie zeigen es uns vor. Wir dürfen uns nicht umkreisen, zurückgehalten von Argwohn und Neid. Wir müssen einander näher kommen, uns austauschen, aneinander wachsen. Erst dann lasst uns weiterziehen und neuerlich zueinander finden. Wie die Planeten sich auf ihren Bahnen der Sonne nähern, weiterziehen und zurückkehren, im ewigen Wieder der Schöpfung.

Wie der Mond wollen wir sein. Ständig in Bewegung, umkreist er sein eigenes Ich, dreht sich um uns und mit uns um die Sonne. Der Mitte von allem, Gottes Liebe und Wahrheit, die ihrem Dasein Kraft und Sinn verleiht. Ihr nähern wir uns, schöpfen Mut und Stärke für unseren Kampf gegen das höllische Feuer des Lichtträgers."

Er beschließt, auch diesen Gedanken in seine Aufzeichnungen einfließen zu lassen und muss an Thales von Milet denken. Dieselben Sterne! Es war ihm vergönnt, in dieselben Sterne zu blicken, wie der große Grieche!

Thales hat es geschafft. Listenreich ist es ihm gelungen, sich in Frowins Purpurnes Buch zu schwindeln.

Gut versteckt sitzt er zwischen den erquickenden Berechnungen, die er so liebt und philosophiert vor sich hin. Diese gemütlichen Plätzchen stehen ihm auch zu. Ihm, der bereits tausend Jahre zuvor die erste Sonnenfinsternis vorausgesagt hat!

Tosend wie ein Wasserfall lässt er seine Gedanken durch Frowins Federspitze sprudeln. Es ist nun an der Zeit, das Buch auf die Reise zu schicken. Wie ein Purpurstern soll es seine Bahnen ziehen. Auf seinen letzten Seiten sollen zwei Menschen die Geschichte ihrer Liebe schreiben. In einer Stadt, die wach geküsst wird, stehen sie am Ende einer Reihe Auserwählter. Nur gemeinsam vermögen sie das drohende Inferno von 2029 abzuwenden. Die Menschen dieser Stadt sollen das Buch für immer umkreisen und aus ihm lernen. Und sie sollen auch einander umkreisen, um sich in Liebe und Respekt, Hoffnung und Freude zu begegnen. Copernicus und Frowin waren tüchtige Sternenapostel gewesen. Sie verdienen würdige Nachfolger, mächtige und außergewöhnliche Menschen. Klug und ihrer Zeit voraus, umsichtig und mutig werden sie sich verewigen auf den purpurnen Seiten.

Wir schreiben das Jahr 1576. Ein starker Wind kommt auf und wieder verspürt Frowin den quälenden Hustenreiz. Das verhasste Hüsteln, das ihn ablöst, mahnt den Mönch zum Aufbruch. Eilig packt er seine Sachen und begibt sich keuchend zu der Tür, durch die er die Plattform wieder verlassen will. Sie ist fest verschlossen. Verzweifelt versucht er, sie zu öffnen, sucht panisch die weite Fläche des Daches nach einer Luke ab, einer einzigen Luke nur mit dem lebensrettenden Spalt, durch den er seine zittrigen Finger zwängen könnte. Da ereilt ihn ein weiterer, schwerer Hustenanfall. Bluttropfen sammeln sich auf seiner Kutte und er ringt taumelnd nach Luft. Wieder wallt jene feurige Hitze in ihm auf, gefolgt von dem verhassten Schwindel. Als er sich entschließt, um Hilfe zu rufen, merkt er, dass seine Kräfte nicht mehr ausreichen. Vor seinen geschlossenen Augen lodern brennende Fackeln, ehe er ohnmächtig auf den eisig kalten Steinboden nieder sinkt.

Alle seine Erkenntnisse, Messungen, Zeichnungen und Betrachtungen, abgefasst in lateinischer Sprache und ergänzt durch das Wissen großer Männer seiner Zeit, hat Frowin auf den Seiten des purpurnen Buches verewigt. Es befindet sich nun wieder unter dem Bett in seiner Cella. Unter jenem Bett, in dem Frowin sich bereit macht für seinen allerletzten Weg.

Ehe er die Cella verlässt, blickt Abt Gregor liebevoll und besorgt auf den weißwangigen Mönch, der schwer atmend vor ihm liegt. Ein greiser Pater sitzt an seinem Bett. Seine Hände massieren eine wohlriechende Salbe aus Kampfer, Salbei und anderen Essenzen in die Brust des Kranken. Es sind die Hände von Pater Matthias. Als sie ihr Kreisen auf der Brust einstellen, will Frowin nach ihnen greifen, doch er ist zu schwach.

„Matthias. Sind es wirklich deine Hände, die mir Linderung verschaffen. Ich weiß, es ist keine leichte Prüfung für dich."

Der greise Mönch beugt sich über ihn, die Lippen ganz nah an seinem Ohr.

„Nach jener Nacht vor vielen Jahren, in der der Abt mich zurückrief, folgte ich dir mehrmals. Sogar bis auf den Dachboden, von dem aus du das Plateau bestiegen und mit diesem Gerät herumhantiert hast. Ich sah dir zu, wie du versonnen in die Sterne blicktest. Hörte dich murmeln, belauschte deine Gespräche mit Gott und deine seltsamen Philosophien."

„Und hast mich nicht verraten?"

„Doch, ich tat es. Ich erzählte Abt Gregor von deinen Handlungen. Er war jedoch lange vor mir schon hinter dein Geheimnis gekommen. Ich wurde noch wütender, verwünschte dich, der du von allen geliebt und geachtet wirst. Die Zöglinge, die an deinen Lippen hingen, die Brüder, die über deine Scherze lachten. Dein Wissen. Ich war es, der die Tür zum Dachstuhl verschlossen hat. Was habe ich getan! Gott, vergib mir! Ich bitte dich, verzeihe mir, Bruder!"

Tränen glänzen in Frowins müden Augen, als er kraftlos den Kopf zu Matthias wendet: „Ich verzeihe dir." Röchelnd holt er Atem, die Finger umschließen fest den schwarzen Rosenkranz. Seine Brust hebt sich, senkt sich, ein letztes Mal, und erlöst entschläft er mit einem Lächeln.

Selbst wir, die wir blind vorwärts straucheln und nur selten nach oben blicken, hätten die Mondfinsternis wahrgenommen, die in dieser Nacht herrschte. Eher wahrgenommen, als den strahlend hellen Kometenregen, der bei Frowins Abschied ein letztes Feuerwerk für ihn in den Himmel zeichnet.

Kapitel VI

Von Kalabrien bis nach Sri Lanka

Die Pressekonferenz im Alten Rathaus endete erst spät. Sabina war wütend gewesen, als Marco sie kleinlaut gebeten hatte, das gemeinsame Abendessen zu verschieben. Obwohl er müde war, wollte er überall hin, nur nicht nach Hause. Ein Drink mit Anna auf dem Schiff? Nein. Die Sache wurde ihm allmählich zu verlockend. Er beschloss, noch eine Runde durch die am Fuße des Schlossbergs gelegene Altstadt zu drehen. Die Lokale in den engen, verwinkelten Gassen begannen sich bereits langsam zu füllen. Vorbei an barocken Bürgerhäusern mit bunten Fassaden und Zwiebeltürmen gelangte er zum Alten Markt.

Der Platz ließ ihn an seine Hochzeitsreise mit Sabina denken, an das verträumte, von Weinbergen umgebene Landhaus in der Nähe von Siena. Aus hellem Stein erbaut, hatte es sich wie ein Monolith aus der sanfthügeligen toskanischen Landschaft erhoben. Die Villa war ihre Festung gewesen, von der aus sie im Cabriolet zu ihren Abenteuern aufgebrochen waren. Meist fuhren sie nach Florenz oder Luca, ließen sich von der italienischen Lebensfreude anstecken und sogen den Duft des Frühlings in ihre Lungen. Sie waren verrückt genug gewesen, sich schon in den ersten Tagen fast vollständig neu einzukleiden.

Sabinas Beine kamen in den eleganten italienischen Schuhen noch besser zur Geltung. Er führte sie in teure Restaurants aus, empfahl ihr ausgefallene Cocktails in exklusiven Bars. Sein Italienisch wurde immer besser und sie himmelte ihn an. Oft gingen sie bis früh in den Morgen aus und fielen übereinander her, noch ehe sie ihr Zimmer erreicht hatten. Oder blieben daheim und liebten sich die halbe Nacht. Sie durften nicht innehalten. Es hätte ihren Traum zerstört und ihnen bewusst gemacht, dass das Begehren zwischen ihnen bereits am erlöschen war. Zwei Wochen nach dem einen Tag, der der glücklichste im Leben zweier Liebenden zu sein hatte.

Er sah sie vor sich, wie sie in Florenz beim Konzert von Luca Carboni Tränen der Rührung weinte und seine Hand drückte. Schon damals war sie eine Schönheit gewesen und hatte die Blicke auf sich gezogen. Noch jung und unerfahren, verstand er in manchen Momenten jene Männer, die von Eifersucht geplagt wurden. Ihre Angst, dass ein anderer sie besser befriedigen könnte, reicher und mächtiger wäre als sie selbst, mit dieser verführerischen, arroganten Gelassenheit, die nur einflussreichen Männern eigen ist. Dennoch hatte er ihr diese Art der Anerkennung vergönnt. Das Baden im Strom begehrenswerter Blicke adelt uns. Es tut gut, ohne Aufwand an Wort und Tat beeindrucken zu können. Er war nicht stolz darauf, dass er es war, den sie liebte. Er war nichts anderes als jener Mann, der davon ausgehen konnte, dass sie an seiner Seite ihr Leben verbringen würde.

Er verscheuchte die Gedanken an die glückliche Zeit mit Sabina und bog in die Gasse mit den spanischen und italienischen Restaurants. Ein unbestimmbares Gefühl ließ ihn seine Schritte verlangsamen.

Ihr Bild tauchte ganz unvermittelt vor ihm auf. Fast glaubte er, ihr helles Lachen bis hinaus auf die Gasse zu hören, als er sie hinter dem großflächigen Fenster der Tapas-Bar sitzen sah. Sie trug ihr rotblondes Haar hochgesteckt und lachte mit diesem unwiderstehlichen Strahlen. Lisa. Wie schön sie doch war. So hatte er sie sich immer vorgestellt, die Frau an seiner Seite. Wie ein Zuschauer, der gebannt das Geschehen auf der Bühne vor ihm verfolgt, nahm er die Szene mit Lisa in sich auf.

Weder die trennende Glasfassade noch die zwischen ihm und dem Bild vorbei flanierenden Passanten konnten verhindern, dass ihre Blicke sich unverzüglich trafen. Lisa sah ihn, lächelte und im selben Moment hoben sie ihre Hände und winkten einander zu. Er musste nicht in ihre Augen sehen, um zu wissen, dass ihr Blick voller Sehnsucht strahlte. Entschlossen steuerte er auf die Lokaltüre zu. Die Frau, die ihr gegenübersaß, musterte ihn interessiert, während er sich mit sicherem Schritt dem Tisch näherte.

„Ruth, das ist Marco Reiler! Marco, meine Freundin Ruth Woda."

Das knappe „Hallo" ihrer rauen Stimme schleuderte in Hüfthöhe an ihm vorbei. Lisas Sorge, er könnte sie küssen, war unbegründet. Er spürte ihre Zurückhaltung, reichte beiden die Hand und setzte sich auf den freien Platz, den sie ihm an dem dunklen Holztisch anboten.

„Du hast bestimmt schon von Ruth gehört. Sie ist Malerin. Einige ihrer Bilder hängen auch in meiner Galerie in der Steingasse."

„Natürlich kenne ich Sie, Ruth. In „Kulturwellen" war ein Bericht über sie. Ist nicht schon nächsten Donnerstag die Eröffnung Ihrer Vernissage?"

„Allerdings. Leider wurde der Bericht kurz vor Redaktionsschluss gekürzt, um eine ganze Seite über diese Kepler-Hieroglyphen aus dem Landhauspark bringen zu können. Wen interessiert schon das Jahrhunderte alte Gekritzel?"

Sie war so herzlich wie getrocknete Ölfarbe auf den Leisten einer Staffelei.

Gut, dass sein Beruf von ihm verlangte, so viel wie möglich zu lesen. Vor allem Zeitungen. Bis vor einer Woche hatte er noch nie von einer Ruth Woda gehört. Es gab so viele talentierte Malerinnen und Maler. Sie musste großes Glück gehabt haben und über eine außergewöhnliche Begabung verfügen, um es bis ins Lentos zu schaffen. Ruth stellte gemeinsam mit dem bekannten Linzer Maler Curd Nagl aus. Marco war gut mit ihm bekannt, seit er ihn gemeinsam mit Reuter auf eine Ausstellung nach Berlin begleitet hatte.

Curd lebte alleine. Mit Ausnahme jener paar Wochen im Jahr, in denen seine Modelle, meist Studentinnen der Kunstuniversität, länger als für die Dauer einer Sitzung in seinem Atelier blieben. Ruth ließ anklingen, dass es Curds Bildern ihrer Meinung nach an Ausdruck und Aggressivität mangeln würde.

„Nun ja, Ruth, die Muse küsst eben jeden etwas anders", meinte Lisa und zwinkerte Marco zu.

„Und manche küsst sie gar nicht, sondern verpasst ihnen einen Tritt in den Hintern!", entgegnete Ruth und blickte mürrisch in ihr Glas. Er war gespannt, wie die Werke dieser beiden so unterschiedlichen Künstler nebeneinander wirken würden. Die Unterhaltung kam nur schleppend in Gang, doch mit der Zeit taute Ruth auf und Marco schien förmlich an ihren Lippen zu hängen. Als sie sich entschloss, zu gehen, war Lisa das nur recht. Ruth musste sich immer in den Mittelpunkt spielen. Zweimal hatte sie ihn verträumt angelächelt und er hatte nichts Besseres zu tun gehabt, als blöde zurückzugrinsen. Typisch. Aber Ruth war nun einmal ihre Freundin und eben auch nur eine Frau.

„Also dann, bis morgen, Lisa Schatz. Ich bin so gegen neun Uhr bei dir im Lentos. Richte bitte Pascal liebe Grüße von mir aus. Marco, es war mir ein Vergnügen. Ich hoffe sehr, wir sehen uns auf der Vernissage."

Einen Moment lang dachte er daran, möglichst unauffällig herauszufinden, um wen genau es sich bei diesem Pascal handelte. Er verkniff es sich. Sie würde mit dem Instinkt der Frau jedes noch so geschickt gesponnene Netz, in dem am Ende die Antwort auf seine ihn quälende Frage zappeln sollte, sofort wittern. Sie saßen gemeinsam an einem Tisch. Alles andere war unwichtig.

„Nach unserem Telefonat hätte ich nicht erwartet, dass wir uns so schnell wieder sehen. Ich habe dich vermisst."

„Also doch nicht einfach nur an mich gedacht?"

„Ist das nicht dasselbe? Wie kann ich an dich denken, ohne dich zu vermissen?"

Ihr Schweigen irritierte ihn. Sie gab sich auffallend distanziert und da war auch noch dieser Schimmer von Traurigkeit, den er glaubte in ihren Augen ausgemacht zu haben. Sie musste einen anderen lieben und dieser andere hieß Pascal. Sie bat ihn, ihr von seiner Kindheit zu erzählen. „Alle unsere Fragen haben ihre Antworten in unserer Kindheit", meinte sie. Er hatte mit ihr über anderes sprechen wollen, gleichzeitig aber rührte ihn ihr Interesse.

„Die späten Sechziger und Siebziger. Ich hatte großes Glück. Wir gingen morgens um acht aus dem Haus, schlangen mittags murrend unsere Mahlzeit hinunter und kehrten vor Einbruch der Dunkelheit fröhlich und noch immer energiegeladen wieder heim. Wir kämpften, forschten und lernten voneinander."

„Hast du als Kind viele Streiche ausgeheckt"?

„Natürlich. Das meiste passierte aber unabsichtlich, etwa als mein Freund Ben die Frage aufwarf, ob Hühner schwimmen können. Das auserwählte Stunt-Chicken versagte leider und es setzte Hausarrest. Und du? Was hast du so alles angestellt, als du klein warst?"

„Man sagt, ich wäre eine freche Göre mit blonden Zöpfen gewesen. Einmal lockte ich die Ziege meiner Tante auf das Scheunendach und zurrte sie dort fest. Um einer Abreibung zu entgehen, kletterte ich bis zur Spitze eines alten Nussbaums."

„Und? Wie war es dort oben?"

Sie dachte kurz nach und blickte ihm dabei tief in die Augen. Dann nahm sie einen Schluck Rioja und begann zu erzählen.

„Erst hatte ich mich sicher gefühlt. Dann aber, allein und getrennt von meiner Familie, begann ich leise zu weinen. Als die ersten Tränen über meine Backen flossen, fühlte ich etwas Sonderbares. Es war tröstend, ähnlich der Berührung einer Hand, die sich bei Fieber auf die schweißnasse Stirn legt.

Es war jedoch keine Hand, sondern der Wind, der mich hoch oben auf meinem Baum berührte und mir Trost spendete. Er streichelte meine Stirn, meine Wangen, fuhr mir sanft durchs Haar. Ganz behutsam und zart. Ich hörte die wütenden Stimmen meiner Verwandten nicht mehr. Mein Wind umblies mich, lullte mich ein, warm und weich. Das gurgelnde Plätschern des nahen Baches umspülte meinen Bauch. Und dann passierte etwas Seltsames: Alles um mich schien in beruhigendes Purpur getaucht. Getragen von der Kraft der Sonne schienen Wind und Wasser bis zur Spitze des alten Baumes zu fließen. Als ich nach unten schaute, hatte die Gesellschaft sich bereits aufgelöst. Nur meine Eltern waren traurig und ängstlich am Fuß des Nussbaums gestanden. Ich fühlte mich nun sicher und kletterte hinunter. Sie drückten mich fest an sich und küssten mich."

Wie gerne hätte er sie umarmt in diesem Moment, oder wenigstens ihre Hand gehalten. Doch er spürte, dass sie es nicht wollte.

„Eine schöne Geschichte."

„Ich habe sie noch nie jemandem erzählt, mich bis heute nicht einmal an sie erinnert. Ich muss sie unbedingt Paul erzählen. Paul ist mein Bruder. Er betreibt mit seiner Frau Eva einen Elektrohandel in Bad Leonfelden."

„Dort oben machen sie Umsatz?"

„Ja, es grenzt an ein Wunder, vor allem, wenn man bedenkt, dass Paul am Tourette-Syndrom leidet. Doch vielleicht zieht gerade das viel Kundschaft an. Es ist tragisch und komisch zugleich."

„Ich habe darüber gelesen. Es ist, als hätte man einen Sturm im Kopf, der nur zur Ruhe kommt, wenn man sinnlose Wortfetzen aus sich heraus schleudert."

„Stimmt. Er erinnert sich an keine seiner Wortsalven. Wenn es zu arg wird, gibt ihm Eva ein Zeichen und er geht mit dem Hund spazieren. Dann bellen sie zu zweit durch die Gegend. Eva ist Halbitalienerin. Ihr Vater stammt aus einem kleinen Ort in der Toskana. Warst du schon einmal in der Toskana?"

„Ja. Es ist lange her. Sehr lange."

Er lehnte sich unvermittelt zurück und betrachtete das Bild

mit der Flamencotänzerin, das hinter ihr an der Wand hing. Es stand für sie außer Zweifel, dass er in diesem Moment an eine andere Frau dachte.

Sie spürte, dass er mit ihr soeben noch einmal in die Toskana gereist war. Wahrscheinlich nach Luca, Siena, Pisa, Florenz, Vinci, in all die Städte, die sie am liebsten selbst mit ihm auf der Stelle hätte erkunden wollen. Sie und nicht die andere, mit der ihn viel verbunden haben musste oder immer noch verband. War da nicht ein Hauch von Wehmut, der in seinem Blick lag? Der Gedanke versetzte sie in Unruhe. Sie ließ ihn nicht fallen. Sie schmetterte ihn zu Boden.

Als sie ihn fragte, welche Stadt in der Toskana ihm am besten gefallen hätte, reagierte er schnell, hisste sein Segel und entführte sie vorbei an Sardinien bis nach Kalabrien. Eigentlich sprach er nicht gern über Fahrten in andere Länder. Es erinnerte an Flucht, nahm dem Augenblick seine Bedeutung. Doch Kalabrien lag immerhin weit genug weg von Florenz.

Die Alten dort sprächen okzitanisch, meinte er, die ehemalige Hochsprache Südfrankreichs, die an der Costa dei Cedri überlebt hat. Die Waldenser, die im Mittelalter die christliche Kirche reformieren wollten, hatten sie auf ihrer Flucht vor der Inquisition dorthin gebracht. Sie spürte sie, seine verzweifelten Versuche, die Gedanken an diese andere Frau abzustreifen. Er erzählte ihr von den Küstenserpentinen hinauf nach Guardia Piemontese und den Palmen an der Küste zwischen Paola und Citadella del Capo. Vom Rauschen der Wasserfälle und dem Türkis des kristallklaren Meeres, in dem er an der Küste von Diamánte mit ihr baden wollte.

„Jetzt habe ich richtig Appetit auf Urlaub bekommen! Weißt du, wohin ich unbedingt einmal reisen möchte?"

„Ja, nach Sri Lanka."

„Woher weißt du das?“

„Hast du es mir nicht an dem Abend in der Waldtherme erzählt?“

„Nein. Ich habe es mit keiner Silbe erwähnt. Hast du irgendeinen Bezug zu Sri Lanka?“

„Eigentlich nicht. Aber ich kannte einmal einen Antiquitätenhändler. Er besaß ein Haus auf Ceylon, wie Sri Lanka damals hieß. Ein bemerkenswerter Mann. Wir tranken hin und wieder zusammen ein Glas Whisky in seinem Antiquitätenladen an der Landstraße. Einmal schenkte er mir ein schwarzpurpurnes Amulett. Er meinte, es stamme aus Ceylon und wäre gut bei mir aufgehoben.“

„Etwas Buddhistisches? Sri Lanka wird hauptsächlich von buddhistischen Singhalesen bewohnt.“

„Möglich, ich habe nicht nachgefragt. Er hat so vieles von Sri Lanka erzählt. Angeblich wächst dort der älteste Baum der Welt, der Bodhibaum. Er soll ein Ableger jenes Baumes sein, unter dem Buddha erleuchtet wurde.“

„Stellst du mir deinen Bekannten einmal vor?“

„Nein. Er ist vor einem Jahr gestorben.“

Plötzlich hatte Lisa das Gefühl, dass sie beobachtet wurden. Sie blickte sich vorsichtig in der Tapas-Bar um, sah aus dem Fenster und erschrak. Aus dem Halbdunkel der Gasse starrte sie jemand an.

„Marco, dort draußen ist jemand!“

Im Schein der Laterne erkannte er sofort den Mann wieder, der an Bord des Donauschiffes mit den Sternen gesprochen hatte. Diesmal schüttelte er nicht sein Haupt, sondern nickte ihnen freundlich zu.

„Ich muss mit ihm sprechen!“

Marco sprang von seinem Stuhl auf und drängte zum Ausgang der Bar, die jedoch im selben Moment von einer Gruppe Touristen betreten wurde. Er saß fest. Durchs Fenster sah er gerade noch, wie der Mann lächelnd einen purpurnen Hut mit Feder tief in sein Gesicht zog. Dann wandte er sich um und spazierte mit wehendem Umhang davon.

„Der sah aber seltsam aus! Wie ein Schauspieler, der nicht mehr aus seiner Rolle als spanischer Edelmann herausfindet. Kennst du ihn?"

„Nein, aber ich habe ihn schon einmal gesehen. Drüben, auf der Fitzcarraldo."

„Der alte Holzkahn auf der Donau? Du hörst gerne Jazz?"

„Manchmal. Vor allem aber Soul und Blues."

„Das passt zu dir. Ich wusste gleich, du bist ein Romantiker."

„Wegen meiner Geschichte über Thales und die Sterne?"

„Nein, wegen deiner Augen. In den Augen steht alles geschrieben."

Ein Gefühl von tiefer Vertrautheit und Geborgenheit hüllte sie ein, als hätten sie einander schon Ewigkeiten gekannt und niemals enttäuscht. „Marco, wir wollen immer behutsam miteinander umgehen, was immer die Zukunft auch bringen mag."

Kapitel VII

Sky-Garden

Sie verließen das Lokal und spazierten Richtung Hauptplatz. Als er nach ihrer Hand griff, ließ sie es geschehen und fühlte glücklich den sanften Druck, mit dem sie einander umfingen. Es tat so unendlich gut, ihn zu spüren. Trotz Pascal, der immer noch machtvoll ihre Gedanken zu kontrollieren schien mit jener grotesken Mischung aus Mitleid und Faszination. Doch sein Bild in der Galerie ihrer Gefühle begann zu verblassen.

Jede Minute, die sie mit Marco verbrachte, löschte einen anderen Winkel auf der schwarz-weißen Leinwand ihrer Vergangenheit aus. Ein neues Gemälde war am Entstehen, größer, bunter und klarer als das vorherige. Noch ruhte es fast gänzlich weiß auf der Staffelei, die sie mit Marco am Tag nach Cyrill errichtet hatte. Es sollte dieser Abend sein, an dem sie gemeinsam die ersten Farben komponierten.

Aus den Clubs und Bars drang gedämpfte Musik, die sich ihren Weg durch die schmalen Gassen bahnte und in der Weite des Platzes verlor. Im Schein der Laternen unterhielten sich Nachtschwärmer angeregt in kleinen Gruppen und sie bemerkte, dass sie häufiger als sonst die Blicke auf sich zog. Sie genoss es, an seiner Seite gesehen zu werden. An diesem Abend zeigten sie sich der Welt zum ersten Mal als Paar.

Wenn zwei Menschen Hand in Hand gehen, spüren sie sofort, wie lange der Weg sein wird, den sie gemeinsam zurücklegen. Erwartung und Gewissheit bilden eine stille Allianz mit dem Zauber der Ewigkeit. Sie brauchten keinen Gedanken daran zu verschwenden, ob der andere die Geschwindigkeit ihres Schrittes zu langsam oder zu schnell empfand. Als hätten sie schon tausende von Meilen miteinander zurückgelegt, gingen sie entspannt und vertraut ihren Weg.

Sie gelangten zum Taubenmarkt, einem kleinen, belebten Platz, der mit seinen exklusiven Geschäften und dem marmornen Brunnen den Beginn der Landstraße markierte. Barocke Bauten wechselten mit erleuchteten Glasobjekten, wie dem hoch aufragenden City-Center. Verschiedenfarbig getönt, leuchteten hinter den gläsernen Elementen schemenhaft die Sehenswürdigkeiten der Stadt. Verträumt betrachteten sie die verschwommene Silhouette des Pöstlingberges.

Ja, irgendwann einmal würden sie von dort oben aus bei Champagner und Erdbeeren die Lichter der Stadt genießen! Irgendwann einmal, es war ja noch so viel Zeit. In Bodennähe des Glasquaders umspülte eine azurblaue Donauwelle aus tausenden Leuchtdioden das Hauptportal. Die imaginäre Welle brach an einer Säule, um in entgegen gesetzter Richtung zurückzuströmen.

„Komm, wir gehen Wellenreiten!“

„Liebend gern. Hast du ein Board dabei?“

„Natürlich, ich helfe dir rauf!“

Er legte die Arme um sie und zog sie dicht an sich heran. Lachend drückten sie die Wangen aneinander und wankten, als würden sie auf einem Surfbrett balancieren. Als sie sich wieder voneinander lösten, meinte sie schelmisch: „Jetzt haben wir das Gleichgewicht verloren!“

„Wir werden es wieder finden. Nehmen wir noch einen Cocktail zu uns, oben im ‚Sky-Garden‘? Das Panorama ist atemberaubend!“

Während sie mit dem Lift nach oben fuhren, betrachtete sie sich prüfend im Spiegel und steckte einige lose Strähnen ihres Haares hoch. Zärtlich hauchte er einen Kuss auf ihren Nacken. Sie ließ die Arme sinken, lehnte sich an ihn und schloss die Augen. Die Türe des Aufzugs öffnete sich viel zu früh und gab den Blick frei auf eine moderne Bar mit angrenzender Terrasse.

Sie fanden einen freien Tisch nahe einer Palme und wurden von der samtweichen Stimme Dean Martins begrüßt. Bei Campari Orange und Manhattan erzählte sie begeistert von ihrer wilden Zeit als Teenager, den Studentenfesten und den verrückten Urlauben mit Ruth.

Ganz unvermittelt hielt sie inne, blickte nachdenklich ins Leere. Er nahm ihr Schweigen an, spürte, dass sie einen Moment mit sich alleine sein wollte. Sie kehrte zurück, schilderte ihre gescheiterte Ehe, für die sie noch viel zu jung gewesen wäre, die sie eingeengt hätte, wie sie es niemals wieder zulassen würde. Sie unterhielten sich mit jener einzigartigen Vertrautheit, die besondere Erinnerungen in uns wachzurufen vermag. Wir verstecken sie vor unserem Bewusstsein wie einen kostbaren Schatz, halten sie unwissend verborgen vor jenen, die sie seltsam finden könnten.

Unsere Sehnsucht gilt dem einen, ganz bestimmten Menschen in unserem Leben, der auserkoren ist, den kostbaren Schatz zu heben. Ihre Hände lagen ineinander. Es war ihnen, als würde ihr Blut im Körper des anderen weiter fließen, jeden Winkel streicheln und erkunden, um vereint und befriedigt zurückzukehren.

Gerade verklangen die letzten Takte der Musik, da fiel Marco an einem der hinteren Tische ein Mann auf. Er war um die Dreißig und in Gesellschaft eines Jüngeren. Beide fixierten ihn, gaben sich keinerlei Mühe, es zu verbergen. Als Marco seinerseits den Blick fest auf den Älteren heftete, erhob er sich und schlenderte zu ihrem Tisch. Er hielt knapp hinter Lisa, die sofort spürte, dass etwas nicht stimmte.

„Guten Abend, Schatz."

„Pascal!"

Erschrocken fuhr sie herum. Der Mann starrte hasserfüllt auf ihre Hände, die sich viel zu langsam voneinander lösten. Dann drehte er sich um und kehrte, langsamer als er herangetreten war, zurück an seinen Tisch.

„Ich wollte es dir sagen, Marco."

„Zerbrich dir nicht den Kopf. Es wäre einfältig von mir zu denken, dass es bei einer Frau wie dir nicht auch mindestens einen Mann wie ihn geben muss."

„Soll ich jetzt wütend oder geschmeichelt sein. Was willst du damit sagen.

Wie steht es überhaupt mit dir. Gibt es jemanden?"

„Es gibt jemanden."

Sie zuckte innerlich zusammen. Er hätte es auch dann gespürt, wenn er nicht forschend in ihre Augen geblickt hätte.

„Du bist verheiratet."

„Ja."

„Kinder?"

„Ja."

Sie wollte zahlen, weit weg von ihm sein. Seine Nummer aus ihrem Handy und ihn aus ihrem Leben löschen. Versuchen, zu vergessen, sich einreden, dass er auch nichts weiter war als einer dieser frustrierten Kerle, die ihren eingeschlafenen Sex außerhalb ihrer Ehe aufpeppten. Und dennoch wusste sie, dass sie sich selbst belog. Er war anders, unterschied sich von den unbefriedigenden Beziehungen und kurzen Bekanntschaften, die sie vor ihm gehabt hatte.

„Ja", meinte er jetzt, ich bin verheiratet. Kein Moment in meinem Leben, in dem ich lieber gelogen hätte, als jetzt, oder ehrlich hätte sagen können: Ich bin frei. Es ist aber nun einmal nicht so. Verurteilst du mich, weil ich meinen Gefühlen freien Lauf gelassen habe? Bin ich ein Schuft, weil ich mich in dich verliebt habe und dich begehre?"

„Nein, das tue ich nicht."

„Sehen wir uns wieder?"

„Ich weiß es nicht."

Er war allein im Haus. Sabina hatte Nachtdienst und würde erst im Laufe des nächsten Tages zurückkehren. Er wollte einen Blick in die Sterne werfen. Wolkenhimmel. Kein einziger von ihnen erklärte sich bereit, ihm Trost zu spenden. Selbst der Mond wandte sich ab von ihm in dieser Nacht. Lisa. Er hatte sie gefunden und war dabei, sie wieder zu verlieren. Wenn sie ihm nur nicht vorschlagen würde, einfach ‚Freunde' zu bleiben. Es hieße, dass sie nicht so tief gefühlt hatte, wie er. Er schlug den Gedichtband auf, in dem er seine Lieblingsgedichte mit Feder und Tinte festgehalten hatte. In der Mitte des Buches ruhten, gut versteckt, seine eigenen Gedanken. Genau dort setzte er nun die Feder an und begann zu schreiben.

Unv(erhofft)

Zärtlich gefangen in dem einen Moment.
Nur kurz verweilend – Gefühle gehemmt.
Einander berührt und in Liebe entflammt,
den Blick aufeinander – aufs Neue gebannt.
Scheu der Wahrheit verpflichtet,

den Blick nun gesenkt.
Dem Gelebten neu dienend,
eine Liebe verschenkt.

Nicht dem Schönsten erliegend,
dafür Freundschaft erkannt.
Um nicht zu verlieren,
was Vernunft hat gebannt.

Sein Schlaf war schwer in dieser Nacht, getränkt in dunkles Grau, das ihm am nächsten Morgen hartnäckig bis in sein Büro folgte. Als Karin die Kaffeetasse auf seinem Schreibtisch abstellte, merkte sie sofort, dass ihr Chef eine schlechte Nacht gehabt haben musste.

"Die Pressekonferenz heute um elf. Ich muss vorher noch kurz weg."

„Geht es um die Pergamentbögen aus dem Landhauspark?"

„Kein Kommentar. Ich komme nach, falls Ernest fragen sollte. Danke, das wäre alles. Stell bitte keine Gespräche mehr durch." Er griff zum Handy, dachte nach. Dann wählte er Bens Nummer.

„Bäckerei Renzl!"

„Ben?"

„Warum nicht."

„Hier ist Marco."

„Ich weiß, wer du bist."

„Ben, ich muss mit dir reden, ich brauche deinen Rat. Bist du noch beim Brotbacken?"

„Um acht Uhr morgens? Was glaubst du, was wir die ganze Nacht tun. Ich kann mir denken, worum es wieder einmal geht. Ist sie verheiratet?"

„Es ist wichtig, Ben."

„Das ist es immer, wenn Frauen im Spiel sind. Bei dir ganz besonders."

Ben war all die Jahre hindurch sein bester Freund geblieben. Sie wussten voneinander gerade soviel, wie es einer Männerfreundschaft zuträglich war, die beide Seiten von Beginn an auf die Dauer eines Lebens angelegt hatten. Sie traten einander ungezwungen und herzlich wie auch respektvoll gegenüber. Sabina mochte Ben und hatte es begrüßt, als er Felix Taufpate geworden war.

„Ich habe sie gefunden."

„Die Schriften aus dem Landhauspark? Das kannst nicht du gewesen sein. Du weißt nicht, wie man einen Bagger lenkt."

„Sie heißt Lisa. Weißt du noch? Wir waren etwa zehn Jahre alt, als wir auf eurer Gartenbank saßen und die Sterne beobachteten."

„Ja. Wir fragten uns, wo der am weitesten entfernte liegen mochte und wer all das geplant habe. Woher wir kämen und warum wir hier auf der Erde wären."

„Ich weiß es jetzt. Es ist nicht Sühne, sondern Auftrag. Wir lernen zu lieben. Alle, deren Kreise wir berühren und mit einem ganz bestimmten, besonderen Menschen an unserer Seite."

„Was macht aus ihr einen besonderen Menschen für dich?"

„Ich will mir ein Leben lang dafür Zeit nehmen, es herauszufinden."

„Warum hast du niemals versucht, es bei Sabina herauszufinden?"

„Das habe ich. Aber das Leben ist zu kurz, um denselben Tag zweimal zu leben. Mit Sabina lebe ich denselben Tag schon achtzehn Jahre lang."

„Achtzehn Jahre. Was war vor achtzehn Jahren, Marco?"

„Ich habe geheiratet. Du hast von deinem Vater den Betrieb übernommen. Wenn wir gewusst hätten, dass es das letzte Mal ist, hätten wir es bei unserem letzten Kykladen-Aufenthalt noch viel lauter krachen lassen."

„Wir sind auch so nicht zu kurz gekommen. Wie hießen sie gleich?"

„Lara und Catherine."

„Nein, ich meine die Inseln."

„Paros, Naxos, Siros, Tinos ..."

„Auf Naxos warst du länger als ich. Dein Vater wollte dich holen, als ich ihm beibrachte, dass du die Schule schwänzen und erst zwei Monate nach mir heim fliegen würdest. Waren wir eigentlich auch auf Mykonos?"

„Nein. Du weißt ganz genau, dass wir erst das Jahr darauf mit Sabina und Martha dort waren."

„Es waren schöne Tage. Du sagtest, Sabina sei etwas Besonderes. Du würdest sie lieben."

„Sie ist auch heute noch eine besondere Frau für mich, unabhängig davon, dass sie die Mutter meines Sohnes ist. Was würdest du tun, wenn du mit einem so außergewöhnlichen Menschen wie ihr verheiratet bist, der dich liebt und immer für dich da ist. Und dann begegnest du der Liebe deines Lebens. Sag es mir!"

„Diese Frage wird sich mir niemals stellen. Es gibt nur Martha in meinem Leben und die Kinder, die sie mir schenkte. Dir ist doch klar, dass du es beenden musst. Die Sache mit Lisa, falls du an etwas anderes gedacht haben solltest."

„Ich soll weiter eine Lüge leben, Sabina und mir Lebenszeit stehlen, obwohl wir nicht füreinander bestimmt sind? Nur, um unsere Pflicht zu leben?"

„Sabina liebt dich und du schätzt und magst sie. Würdet ihr nicht zusammengehören, hätte Gott für euch nicht die Ehe vorgesehen. Felix ist der beste Beweis dafür. Die Familie. Sie muss geschützt werden zum Wohl des Ganzen, das ohne sie zerbricht. Sie ist das Fundament, auf dem Sicherheit und Frieden eines jeden Staates ruhen. Nur so vermag die Liebe Gottes zu gedeihen."

„Du magst Recht haben und ich respektiere deinen Ansatz in diesen Fragen. Aber Felix ist achtzehn!"

„Es tut immer weh, wenn Eltern sich trennen. Egal wie alt man ist."

„Wir leben aber nicht ausschließlich für unsere Kinder."

„Das nicht. Wir bleiben aber an den Menschen gebunden, zu dem wir gesagt haben: „Ja, ich werde dich behüten und für dich sorgen."

„Das sind die Lebensmodelle unserer Eltern, Ben. Ich bin mir nicht sicher, ob ich bereit bin und es immer richtig ist, sie zu übernehmen."

„Das ist das Modell Gottes, und wir haben nicht zu überlegen, ob wir bereit sind, es zu übernehmen oder nicht. Hast du Sabina jemals richtig geliebt?"

„Ich habe sie geliebt, und trotzdem wusste ich von Anfang an, dass wir nicht füreinander bestimmt waren. Bei Lisa ist es anders. Ich würde sie vom Fleck weg heiraten. Sie ist die Frau, mit der ich immer verbunden bleiben werde, obwohl wir noch nicht einmal miteinander geschlafen haben."

„Das ist ja etwas ganz Neues bei dir. Du überraschst mich. Hast du nicht meinen Standpunkt in Sachen Sex vor der Ehe immer scharf kritisiert? Mich sogar einen urchristlichen Brachialprediger genannt?"

„Das tue ich immer noch. Ich kann mir aber nun zumindest vorstellen, wovon viele Religionen ausgehen. Die körperliche Vereinigung kann nur dann vollkommen und befriedigend sein, wenn sie getragen ist von Vertrauen und Liebe. Woran ich zweifle, ist eure Annahme oder wenigstens Absicht, dass dies immer so bleiben wird."

„Nicht Annahme oder Absicht, Marco, wir wissen, dass es immer so bleiben wird. Wenn beide vertrauen und nach ihrem Gefühl entscheiden, harmonieren sie in allem, erst recht im Bett. Für immer."

„Ich habe Sabina nie erkannt und nie vertraut. Lisa hingegen vom ersten Moment an."

„Dann hast du ein Problem."

Marcos Telefon läutete. Es war Reuters Sekretärin. Sie war kurz angebunden und stellte ihn direkt durch.

„Wo bist du! Die halbe Presse von Linz ist da und fragt mir wegen dieser Keplerschriften ein Loch nach dem anderen in den Bauch!"

„Himmel, ich habe die Zeit übersehen! Ernest, ich …"

„Verlieren wir keine Zeit mit unnützem Geschwätz! Fahr vorsichtig. Und solltest du daran denken, die Unterlagen über die Pergamentbögen zu holen, dann lass es gut sein. Karin hat sie mir bereits gebracht."

Von ihrem Büro im Lentos aus betrachtete Lisa versonnen das gegenüberliegende Ufer der Donau. Vor dem Eingang des neu erbauten Ars Elektronica Centers tummelte sich eine asiatische Besuchergruppe. In gespannter Erwartung auf die Computerwelten, in die sie gleich eintauchen würden, fotografierten sie eifrig die futuristisch anmutende Fassade. Lisa war auf seltsame Art und Weise erleichtert. Am Abend zuvor war sie gezwungen gewesen, eine Entscheidung zu treffen. Jener Abend, an dem einer von zwei Männern die Bühne ihres Lebens verlassen musste. Er hatte ihr nachgeblickt, nachdem sie voneinander Abschied genommen hatten. Sie hatte es auf ihrem ganzen Körper gespürt, ohne sich umdrehen zu müssen. Gleich danach hatte sie beschlossen, um ihn zu kämpfen.

Pascal. Sie musste ihn sofort anrufen.

„Gerrard, guten Tag."

„Pascal, ich möchte mit dir über gestern Abend reden."

„Es gibt nichts zu bereden. Du siehst ihn nicht mehr und alles wird wie früher."

"Ich trenne mich von dir. Es ist vorbei."

„Gar nichts ist vorbei. Du magst mir vorwerfen, dass ich an euren Tisch gekommen bin, doch ich war wütend. Er hätte bestimmt das Gleiche getan. Versuche, mich zu verstehen."

„Er hätte es nicht getan, doch das ist nicht mehr wichtig. Du forderst sehr oft das Verständnis anderer ein. Nun bin ich es, die dich bittet, mich zu verstehen. Es gibt jemanden, der mir zu viel bedeutet, als dass ich riskieren würde, ihn durch irgendetwas zu verlieren."

"Du machst am Telefon mit mir Schluss? Ist das die Art von Verständnis, die du einforderst?"

„Ich weiß jetzt, warum manche diesen Weg wählen, um einander Adieu zu sagen. Es ist weder Feigheit, noch Bequemlichkeit. Man tut es, wenn es nichts mehr zu sagen gibt. Wenn man fühlt, dass der andere nichts mehr empfindet, außer vielleicht der Sehnsucht nach einem Körper. Du weißt es, du selbst hast unsere Beziehung schon einmal auf diese Weise beendet."

„Aber … unsere Gespräche, unsere Nächte! Sie waren unerreicht!“

„Ja. Es war schön. Und trotzdem fehlte etwas.“

„Wir hatten Spaß. Es war so unkompliziert und frei.“

„So frei, dass es mir nichts ausmachte, oft länger als eine Woche nichts von dir zu hören. Es gibt nun jemanden, bei dem dies anders ist, an den ich Tag und Nacht denke und weiß, dass es ihm genau so ergeht.“

„Tu mir das nicht an. Ich brauche dich!“

„Du brauchst niemanden.“

„Es ist der Lackaffe aus dem Sky-Garden, nicht wahr?!“

„Du wirst billig.“

„Lisa!“

„Leb wohl.“

Sie legte auf, wollte nur raus aus ihrem Büro, als das Telefon von neuem läutete.

„Lisa, überleg es dir noch einmal.“

„Pascal, es ist endgültig und ich bitte dich, es zu akzeptieren.“

„Ich kenne den Kerl von den Schickimicki-Bildchen der Stadtmagazine. Ist er nicht mit dieser attraktiven Chirurgin verheiratet? Hast du kein schlechtes Gewissen?“

„Komm mir jetzt nicht damit. Derartige Informationen sind das Letzte, was ich brauchen kann.“

„Ich will dich nicht verlieren, als Mensch nicht verlieren. Lass uns wenigstens versuchen, Freunde zu bleiben.“

„Und du denkst wirklich, das könnte funktionieren?“

„Ich weiß es nicht, aber ich bitte dich darum.“

„Ich werde darüber nachdenken und jetzt möchte ich das Gespräch beenden.“ Genervt ließ sie den Hörer niedersausen.

Sie befreite ihn gerade wieder von der Reling des stromabwärts schwimmenden Donaudampfers, an den sie ihn in Gedanken gekettet hatte, als ihr Handy vibrierte.

„Ich sagte, ich möchte heute nicht mehr mit dir reden. Das gilt auch für Gespräche über mein Handy."

„Ich bin es, Lisa, mpp…Paul Palettenmaul Limettengaul ... Scheiße!!

Es war Lisas Tourette geplagter Bruder, wie immer mitten im Kampf gegen die unkontrollierbaren Wortsalven, die sein Hirn im Sekundentakt produzierte und erfolglos zurückzuhalten versuchte.

„Hattest du etwa Streit mit Roman? Klomann, Eckzahn Rennbahn … LECK MICH!!

„Pascal. Er heißt Pascal. Entschuldige, Pauli. Ich dachte, er wäre es, der anruft. Wir haben uns soeben getrennt."

„Denkst du, es ist diesmal endgültig? Klick dummfick Sackgesicht!"

„Ja. Ich bin weg von ihm. Es hatte keine Zukunft. Es ist vorbei."

„Vielleicht ist es besser so. Ich habe dich schon glücklicher erlebt, als in den letzten Monaten."

„Ich habe mich in jemanden verliebt und ich fühle, er ist der Richtige."

„Wie poetisch. Es scheint, als stünden uns bewegte Zeiten bevor Fußballtor! Bachelor! Lllllutsch mich."

„Das könnte sein. Marco ist verheiratet."

„Na, da können wir uns ja auf einiges gefasst machen. Ruf an, wann immer dir danach ist. Eva ist auch für dich da! Dave ist da! Escada! Fickstar! Besuchst du uns am Wochenende?"

„Ich weiß noch nicht, Pauli. Kann ich euch morgen Bescheid geben?"

„Klar doch."

„Ich muss jetzt Schluss machen. Es ist nicht mehr lange bis zur Eröffnungsvernissage."

„Ah, ja. Ich habe davon gelesen. Die Gecken der Avantgarde oder so ähnlich."

„Nein, was anderes, zwei Maler aus Linz stellen aus. Nagl und Woda."

„Bravo. Und deine eigene kleine Galerie? Läuft sie schon besser?"

„Es geht so. Mir wird einfach schon alles zu viel. Grüß mir bitte Eva und ... sei mir nicht böse."

„Ich bin dir niemals böse ... bbbnp … Nippelmöse!!!"

Es hatte ihr immer Kraft gegeben, mit ihrem Bruder zu telefonieren. Trotz seiner Tourette-Erkrankung. Sie konnte sich immer blind auf ihn verlassen.

Er hatte seine Frau Eva erst sehr spät kennen gelernt und Lisa war glücklich, dass sie mit Pauls Krankheit umzugehen wusste. Vielleicht lebten die beiden die „wahre Liebe".

Gerade so, wie sie selbst es sich immer für sich gewünscht hatte.

Kapitel VIII

Im Innern der Auster

Ruth Woda war überrascht, als Marco an der Seite Reuters auf der Lentos Vernissage erschien. Wie hatte ihr Lisa nur verschweigen können, dass er in einem Naheverhältnis zu dem populären Politiker stand. Mit seinem locker gekämmten Haar hob er sich ab von den anderen Männern, die Reuter umringten.

Er bewegte sich souverän, nahm sich unauffällig zurück, wenn er spürte, dass man ihm die gleiche Beachtung schenkte wie Reuter. Geschickt vermochte er den Politiker in den Mittelpunkt des Interesses zu rücken. Sein Lächeln wirkte weder aufgesetzt noch überlegen, als er durch das Foyer schritt und in die Menge eintauchte. Ein interessanter Mann. Typisch Lisa. Sie zog sie immer magisch an. Die, die es wert waren, dass man ihnen mehr Zeit widmete als den vielen Dutzendtypen mit ihren langweiligen Standard-Monologen. Jene, die mehr zu bieten hatten, als gesellschaftliche Position und Vermögen allein.

Während Reuter eine launige Rede zur Eröffnung der Ausstellung hielt und die Werdegänge der beiden Künstler schilderte, ruhte Marcos Blick auf der jungen Malerin. Sie spürte es, strich sich langsam durch das lange, braune Haar und lächelte ihm mit ihren mandelförmigen Augen verführerisch zu. Lisa war das Mienenspiel zwischen Marco und ihrer Freundin nicht entgangen. Es verbarg sich mehr dahinter als Sympathie. Sie kannte Ruth. Ihr Lächeln, es hatte den entscheidenden Moment zu lange gedauert.

Reuter hatte gerade seine Rede beendet und wurde unter Applaus von der Presse in Beschlag genommen, als Marco langsam auf die beiden Künstler zukam. Neben ihnen stand Lisa mit Patrizia Dorner, der Direktorin des Lentos, die Marco überschwänglich begrüßte. Sein Blick streifte unauffällig Lisas enges, kurzes Kleid, dessen weiter Ausschnitt eine weiße Korallenkette zierte.

Sie trug Schuhe mit hohen Absätzen und Lederbändern, die sich eng um ihre wohlgeformten Waden wanden. Mit den hochgesteckten Haaren und den auffallenden Ohrringen erinnerte sie an eine mykenische Adelige.

Als er Ruth gegenüberstand und zu ihren Bildern gratulierte, sah sie weg und winkte einer Bekannten zu. Fast war sie erleichtert, als er sich von ihr abwandte und Curd Nagl umarmte, dessen schwarze Mähne wild nach allen Seiten hin abstand.

„Alles klar mit Holland, Curd?"

„Es ist bald soweit, das Atelier ist fast fertig, nur die Küche und der Whirlpool ..."

„Whirlpool? In einem Atelier?"

„Die Zeiten haben sich geändert! Wir Maler leben nicht mehr nur von Wein, trocken Brot und wilden Weibern."

„Wie lange willst du wegbleiben?"

„Mal sehen, aber eines ist klar: Amsterdam ist wieder einmal die Zukunft, zieht Maler, Musiker und Schriftsteller aus ganz Europa an. Fürs erste werde ich bei einer befreundeten Malerin aus Antwerpen wohnen. Auf einem Grachtenschiff! Liegt direkt gegenüber meinem Atelier vor Anker." „Dann werden wir wohl für länger keine Flasche Rioja mehr am Donauufer kippen können."

„Kauf eben einen teuren, der lange hält, falls ich nicht so schnell wiederkomme. Oder nimm ihn mit, wenn du mich besuchst. Wie geht es eigentlich Sabina?"

Er war froh, dass er nicht mehr dazu kam, ihm zu antworten. Eine junge Journalistin hatte Curd entdeckt und zog ihn mit sich. Lachend zwinkerte er Marco über die Schulter zu und verschwand mit ihr im Getümmel. Als er sah, dass Patrizia sich angeregt mit Lisa unterhielt, wandte er sich wieder Ruth zu. Sie blühte vor den Kameras auf, beherrschte das Spiel mit den Medien perfekt. Ihr Temperament war einnehmend und zog auch Marco in ihren Bann. Es war die Stimme Patrizia Dorners, die ihn unbarmherzig aus seinem Tagtraum riss, in dem er gerade von Ruths langen Beinen umschlungen wurde.

„Ich denke, wir sollten unsere Maler alleine ihren Job mit der Presse machen lassen. Stoßen sie mit Lisa und mir hinten an der Bar mit einem Glas Prosecco an, Marco?"

„Gerne, trinken wir auf ihr Haus und seine Erfolge. Weiß man eigentlich schon Näheres über die Schriften, die im Landhauspark gefunden wurden?"

„Ich darf eigentlich noch nicht darüber reden, aber es bahnt sich eine Sensation an. Unsere Schriftexperten und Historiker sind sich einig: Kepler hat uns über sein bisher bekanntes Werk hinaus eine Botschaft hinterlassen, die ihn in einem völlig neuen Licht erscheinen lässt. Nächste Woche soll im Landhaus unter der Leitung von Landesrat Reuter eine Besprechung stattfinden."

„Davon hat er mir gegenüber noch gar nichts erwähnt!"

„Es war so abgemacht. Wer bisher ins Vertrauen gezogenen wurde, war zu absolutem Stillschweigen verpflichtet. Neben Reuter werden Bürgermeister Aschauer und Kulturstadtrat

Schröder teilnehmen, weiters Lisa und ein Wissenschafter des Landesmuseums und Stadtarchivs."

Als ein junger Mitarbeiter sich an die Direktorin wandte, um ihr leise etwas zuzuflüstern, runzelte sie die Stirn und stellte ihr Glas geräuschvoll ab.

„Ich muss Sie und Lisa nun leider alleine lassen. Besuchen Sie uns doch einmal, Marco, ich weihe Sie dann in ein paar Geheimnisse des Lentos ein."

Oft bauen sich die besonderen Momente in unserem Leben langsam auf, lassen uns das Glück bereits erahnen, ehe es uns berührt. Dann wieder ereilen sie uns unverhofft und die Welt steht still, lässt Sekunden zur Ewigkeit werden, in dem es kein Richtig und Falsch, kein Ja oder Nein gibt. Die Aura der Liebenden, die nichts durchdringt und in der alles, was sie umhüllt, sich selbst genügt.

Es ist der Moment, in dem man mit unverrückbarer Sicherheit weiß, dass man füreinander bestimmt ist. Sie standen sich nun endlich allein gegenüber, sahen einander schweigend in die Augen. Es gab nichts zu sagen. Jedes noch so behutsam gewählte Wort aus dem Innersten ihrer Seelen wäre dem Moment nicht gerecht geworden, in dem ihre Auren miteinander verschmolzen.

„Komm!", sagte er bestimmt, „lass uns gehen. Ich möchte mit dir allein sein."

Sie lächelte, nickte kaum merklich und unter den Blicken von Ruth Woda verließen sie Hand in Hand die Vernissage.

Ihr Penthouse lag direkt an der von barocken Bauten gesäumten Landstraße. Voll Anmut löste sie ihr Haar, das seidig weich auf ihre Schultern fiel. Zärtlich liebkosten seine Hände ihren Nacken, strichen sacht über die glatte Haut ihrer Schultern. Die Augen geschlossen, legte er seine Lippen auf ihren Hals, glitt langsam höher und saugte dabei sanft an der zarten Haut. Als sie in einen leidenschaftlichen Kuss versanken, wand sie ihren Rücken, bewegte sich rhythmisch unter der Wärme seiner streichelnden Hände.

Er schien genau zu ahnen, was ihr gut tat. Wann immer sie sich danach sehnte, von ihm an einer bestimmten Stelle liebkost zu werden, umhüllten seine Zärtlichkeiten sie im nächsten Moment genau dort. Erregt nahm sie das Timbre seiner Stimme in sich auf, fühlte, dass sie ihm ihr ganzes Vertrauen schenken, sich ihm bedingungslos öffnen und hingeben konnte. Gemeinsam versanken sie im Grenzenlosen ihrer Liebe, umgeben von den Lichtern der Stadt. Sie berührten die Ewigkeit und als er spürte, dass sie sich auch für ihn Befriedigung wünschte, kam er tief und ergiebig in ihr. Eng umschlungen blickten sie aus dem Fenster hinauf zu den funkelnden Sternen.

„Endlich, ich habe dich gefunden."

„Wir wollen uns nie mehr trennen, Marco, nie mehr werde ich dich loslassen."

„Magst du Gedichte?"

„Natürlich. Sie bleiben in uns wie ein Bild, das uns ein Leben lang begleitet. Du hast gerade an eines gedacht?"

„Ja. An den Verfasser kann ich mich nicht mehr erinnern, doch als ich es las, nahm ich mir vor, dass es nur ein einziges Mal in meinem Leben über meine Lippen kommen sollte. Für jene Frau, bei der ich mir sicher wäre, die wahre Liebe gefunden zu haben."

Ihr Kopf lag auf seiner Brust, das rotblonde Haar floss hinab bis zu seinem Nabel. Sie schloss die Augen, sog seine weiche Stimme in sich auf.

„Aneinander erwachen aus ahnendem Traum,
die Augen aufmachen in klingendem Raum.
Die Hände fühlen und schlafeswarm
hinüberspülen in deinen Arm.
So süß gebettet, so Blut an Blut,
so sanft gerettet aus Nacht und Flut.
Im Grenzenlosen, so still zu zweit
Der Tag weht Rosen, so leicht, so weit .....“

Als sie am nächsten Morgen erwachten, begannen ihre Hände einander im selben Moment zu streicheln. Er ist unbarmherzig, der Abschied am Tag danach. Es haften ihm Unsicherheit und Zweifel an, ob die Zeitspanne bis zum Wiedersehen von der Süße der Sehnsucht oder der Bitterkeit der Trennung begleitet wird. Sie hüteten sich, sie zu stellen, die Frage, wann man sich wieder sehen würde. Sie hofften nur, dass die Welt sich doppelt so schnell drehen möge zwischen dem leisen „Auf bald“ und dem erlösenden „Endlich!“. Oder am besten ganz still stünde, genau ab jenem Moment, in dem sie einander nahe waren, wie nur Liebende es sein konnten.

Die Tage bekamen einen eigenen Rhythmus. Sie hätte nicht gedacht, einmal so glücklich sein zu können. Dabei hatte sie noch bei seinem ersten Anruf geglaubt, es wäre kein Platz für ihn in ihrem Leben. Ihrem geordneten Leben mit seinen rechtwinkeligen Schubladen. Ihrer Karriere. Ihren vielen Bekannten. Und ihrer in jeder Hinsicht losen Beziehung zu Pascal, die ihr genug Freiraum ließ, um Zeit für sich selbst zu haben, wie sie sich einredete. Freiraum und Freundschaft.

Pascal hatte sie nach dem Abend im Sky-Garden mit gebrochener Stimme darum gebeten und sie an ihre Unabhängigkeit erinnert. Sie hatte nachgegeben und weiter Kontakt mit ihm gehalten. Jetzt war alles anders. Sie eröffnete ihm, dass sie nun endgültig gehen würde, seine Freundschaft nicht wollte.

Nein, keine letzte Aussprache. Er konnte überzeugend sein, war ein Mann, der wusste, wie man Menschen umstimmte. Sie musste und wollte vorsichtig sein. Hinter Pascals einfühlsamen Worten verbarg sich nicht jener Mann, der er vorgab zu sein. Nachdem die erste Begeisterung mit ihm verflogen und der Sturm der schlaflosen Nächte sich gelegt hatte, bemerkte sie schnell, dass der Mensch, der ihm am nächsten stand, er selbst war. Dass seine verzweifelte Suche nach ihm selbst und dem Sinn des Lebens, wie er es gerne ausdrückte, nichts anderes war, als Eitelkeit und Egozentrik.

Sie hatte sich als seine Retterin gefühlt, war überzeugt gewesen, ihm auf seinem Weg helfen zu können. Schließlich erkannte sie, dass seine Unzufriedenheit nichts als Trägheit war, an seinen Schwächen zu arbeiten. Er liebte sie nicht, er wollte sie besitzen. Wie die anderen Frauen, die er beiläufig erwähnte und deren Werben ihn angeblich kalt ließ. Irgendwann hatte sie nicht mehr zugelassen, dass er sie verunsicherte und schwächte. Sie lernte, damit zu leben, wusste, dass es irgendwann vorbei sein würde. Der Zeitpunkt war nun gekommen. Es bedurfte keiner Aussprache mehr. Es war alles gesagt worden. Sie belog ihn nicht. Sie sagte nichts und ging.

Sie war nun angekommen. Bei einem anderen.

„Denkt ihr, es wurden die Richtigen erwählt, Thales?"

„Ja, Cyrill. Sie sind meine große Hoffnung und die Zeilen, die er ihr sandte, sprechen dafür, dass wir richtig entschieden haben. Er tippte sie nicht per E-Mail. Er schrieb sie mit Feder und Tinte. Auf Büttenpapier.

Auf Büttenpapier!! Es scheint ihn ordentlich erwischt zu haben.

Lies ´mal, wie er sülzt:

„Ich fühle deine Nähe und die Liebe, die uns mit jedem Schritt begleitet, sanft und weich auf unseren Herzen. Seit ich dich kenne, ist mein Leben voll Sonne und dein Lachen streichelt meine Seele. Unsere Liebe ist wie ein Mosaik zwischen zwei Räumen im Haus unserer Leben."

„Nun, was sagst du dazu!"

„Hm. Etwas antiquiert, seine Wortwahl, aber immerhin: Er schreibt Liebesbriefe mit der Hand! Beachtlich für seine Zeit. Dennoch müssen wir weiter wachsam bleiben und dürfen die beiden keine Minute aus den Augen lassen! Bedenke, der nächste Ansturm des Lichtträgers wird 2029 erfolgen und die beiden sind alles andere als leicht zu führen. Uns bleibt nicht mehr viel Zeit!"

Sie ertrug sie geduldig, die geheimen Treffen, die Minuten, die er brauchte, um sich zu entspannen, wenn er sie besuchte. Das Schweigen, wenn sie aus der Stadt fuhren und in Hotelzimmern einander erleichtert in die Arme fielen. Sie passte sich bereitwillig dem an, was das Leben ihnen zugestand. Es war ihr immer schwer gefallen, sich zu fügen, wenn andere ihren Rhythmus bestimmten. Bei ihm war es anders. Sie bewegten sich im selben Takt. Als er ihr eröffnete, er wolle sich scheiden lassen, war sie sprachlos. Die Macht der Wünsche, sie war real. Der Nebel, der über ihrem Sehnen und Hoffen gelegen war, hatte sich gelichtet und war von der Realität aufgesogen worden. Sie war so naiv zu glauben, dass Wünsche sich trotz aller Hindernisse erfüllten, wenn man nur intensiv genug an sie glaubte. Sie schob die Gedanken beiseite, die drohend ihr Recht einforderten, sich nicht zu sehr in Sicherheit zu wiegen. Zu bedenken, dass es Menschen gibt, die unsere Träume bedrohen und zerstören.

Sie betrachtete sich im Spiegel und fand sich schön. Ihre Verliebtheit strahlte aus jeder Pore ihrer Haut. Sie träumte, dass Marcos Sohn sie akzeptieren, in ihr die Freundin und nicht die Diebin sehen würde. Es würde ihr leicht fallen, ihn zu lieben. Er war sein Sohn. Sie schloss die Augen und vor ihr tauchten tausende von Bildern auf.

Marco und sie liebten sich in Paris, besuchten Parties in Rom und New York, flogen rund um den Globus, lagen an einem weißen Strand in Sri Lanka. Er bestellte an der Strandbar Tequilla Sunrise und sie lachten mit anderen Paaren, die sie um ihre Liebe beneideten. Eine Vision folgte der nächsten, immer schneller zog die Erde ihre Bahn um die Sonne und die Jahreszeiten vermischten sich zu einem einzigen bunten Bild, das mit jeder Umarmung neu gemalt wurde. Sie spürten, wenn der andere zum Telefon griff, um die Stimme zu hören, die den Tag in Honig tunkte. Sie schmiedeten Pläne, träumten von gemeinsamen Reisen und gingen miteinander aus. Sie waren unzerstörbar.

Sie liebte es, nachts mit ihm durch die Stadt zu spazieren, hinunter zur Donau mit ihren vielen Farben. Sie verdrängte die Signale, die den Wandel ankündigen.

Er meinte, er wolle die Trennung langsam, behutsam abwickeln. Sein Sohn würde ihn hassen, aber mit der Zeit verstehen. Schließlich hatte er ihn zu einem freien Menschen erzogen. Jetzt würde er ihn auffordern, jene Freiheit bei ihm zu akzeptieren, die sein Glück bedeutete. Er wolle ihr die Heimlichkeiten, unter denen er genauso litt, wie sie, nicht lange zumuten. Sie hatte Angst. Sie verstand Sabinas Wut und den Schmerz, den sie haben musste.

Seit sie ihn kannte, hatte diese Frau an ihm mit einer fatalen Begierde festgehalten, die im Laufe der Jahre erloschen war. Sie hatte den Fehler begangen zu glauben, dass man einen anderen Menschen besitzen könne.

Lisa hatte kein schlechtes Gewissen. Sabina und Marcos Ehe basierte auf der beiderseitigen Übereinkunft, zum Wohle der Familie und der Gesellschaft eine Lüge aufrecht zu erhalten. Sie drängte ihn kein einziges Mal. Ihr stilles Leiden, das er in ihr wachsen fühlte, war ihm Aufforderung genug. Sie war eifersüchtig auf Sabina. Besonders an den Tagen, an denen sie zu Familienfeiern fuhren oder gesellschaftlichen Verpflichtungen nachgingen. Was, wenn sie Spuren ihrer alten Zuneigung entdeckten?

„Du bist nicht meine Geliebte", hatte er gesagt, „du bist meine Frau".

Er bat sie um Verständnis. Als enger Vertrauter eines Politikers unterliege er einer besonderen moralischen Verantwortung. Sie war wütend, überlegte, ob er nicht einfach feige war und wusste dennoch, dass sie auf ihn warten würde. Ihr Leben lang, auch wenn er es niemals von ihr verlangen würde. Und sie war bereit, dieses Leben an ihr Warten anzupassen. Sie ging kaum aus, traf nur noch selten ihre Bekannten, um nicht allzu oft unangenehmen Fragen ausweichen zu müssen. Sie verbrachte viel Zeit zu Hause und las. Zu Hause? Sein Körper war ihr zu Hause. Ohne ihn war sie nirgends, ihr Penthouse nichts anderes, als ein Wartesaal zum Glück.

Kapitel IX

Ellipsen

Im grünen Salon des Landhauses, der neben kleineren Feiern auch für Sitzungen genutzt wurde, war die Stimmung angenehm gespannt. Welche Sensation mochten die aufgetauchten Keplerschriften bergen? Unter Ausschluss der Presse begrüßte Ernest Reuter erwartungsvoll die Anwesenden. Neben Lisa und Patrizia Dorner saßen Bürgermeister Aschauer und Kulturstadtrat Schröder am Besprechungstisch. Trotz Vorbehalten der Stadtpolitiker hatte Reuter darauf bestanden, dass sein Pressemann an der Besprechung teilnahm. Marco hatte in zahlreichen heiklen Situationen Umsicht und Loyalität bewiesen, kein einziges Mal seine Kontakte zur Presse zum Nachteil Reuters ausgenützt.

Da er selbst bei den Vertretern der anderen politischen Fraktionen einen tadellosen Ruf genoss, gab man schließlich nach und stimmte seiner Teilnahme zu.

„Bevor wir die weiteren Schritte erörtern: Darf ich Frau Dr. Marla Rainbach vom Stadtarchiv Linz um eine kurze Zusammenfassung der bisher gewonnenen Erkenntnisse bitten?"

„Gerne. Also, es steht nun eindeutig fest, dass es sich bei den gefundenen Schriften um Aufzeichnungen des Astronomen Johannes Kepler handelt, der von 1612 bis 1626 in Linz lebte. Es sind insgesamt drei Bögen, die in einer massiven und überraschend unversehrten eisernen Schatulle aufbewahrt worden waren. Sie tauchte unterhalb eines Bogens jener Brücke auf, die vor der Landhauseinfahrt freigelegt werden konnte und ist mit insgesamt vier geometrischen Figuren und neun Planeten versehen. Herr Dr. Leitner vom Oö. Landesmuseum hat sich etwas eingehender mit ihnen beschäftigt."

„Die Verschlussmechanismen der Schatulle sind beeindruckend. Als erstes mussten wir die Planeten auf der Oberseite in einer ganz bestimmten Reihenfolge anordnen. Mit Hilfe zweier Astro-Physiker von der Sternwarte Linz fanden wir heraus, dass eine Konstellation uns weiterbringen würde, die jener am Tage von Johannes Keplers Geburt am nächsten kam. Erst dann ließen sich die geometrischen Figuren an den Seitenflächen verschieben, und zwar jede in eine andere Himmelsrichtung. Durch festen Druck auf eines an der Unterseite der Schatulle eingebrachten Sonnensymbols wurden zwei starke Federn aktiviert und die Schatulle sprang auf! Machst du wieder weiter, Marla?"

„Der erste Bogen enthält eine Prophezeiung. Wir wissen ja, dass Kepler auch zahlreiche Horoskope erstellt hat. Der Text lautet folgendermaßen:

„Schiffe und Segel werden gebaut, die sich für die Himmelsluft eignen. Solche auch, die wie Jupitermonde und all die Himmelskörper die Planeten umrunden und ihre Bahnen ziehen. Den Namen Satelliten werden sie tragen und über uns wachen, wenn Gefahr droht im Jahre des Herrn 2029.

Keplers Schiffe und Segel sind Wirklichkeit geworden. Das Wort Satellit prägte er 1610 für die Jupitermonde und später für alle Himmelskörper, die einen Planeten umrunden. Wir vertreten die Ansicht, dass Kepler vor der Gefahr eines Asteroiden warnt, der 2029 der Erde gefährlich nahe zu kommen droht. Es ist verblüffend: Obwohl seine Annahme nicht auf astronomischen Berechnungen oder Beobachtungen beruhen kann, wurde unlängst ein Asteroid entdeckt, der sich auf Kollisionskurs mit der Erde befindet. Der zweite Text gibt uns das größte Rätsel auf:

Purpurn strahlt seine Macht durch die Jahrhunderte. Wer immer sie besitzen darf, wird unermesslichen Reichtum erlangen und ihn vermehren für die, die nach ihm kommen. Rastlos wird es ziehen von Ort zu Ort, von Land zu Land, schon bald den kalten Strom hinauf. Furchtsam zuckt die Fackel des Lichtträges im Schatten des höchsten Hauses, das dort sich wird erheben, wo der, der vor ihm kam, einst wirkte.

Was mit „es" gemeint ist, konnten wir noch nicht herausfinden, lediglich der Hinweis, dass die Farbe Purpur eine Rolle spielt, könnte von Bedeutung sein. Purpur galt zu allen Zeiten als die Farbe der Macht. Es ist durchaus möglich, dass es sich um einen Gegenstand handelt, der auf einen Kunstschatz hinweist. Die Bezeichnung „Lichtträger" wiederum ist eine alte Umschreibung für „Satan".

Es leitet sich ab von dem lateinischen Wort „lux – das Licht". „Luzifer", bedeutet daher „Der Träger des Lichts." Ein Rätsel gibt auch die Passage mit dem Schatten des höchstens Hauses auf. Wir glauben dass es sich nicht um ein Bauwerk, sondern um eine Metapher handelt. Wir stellen in diese Richtung bereits umfassende Nachforschungen an. Der dritte Bogen enthält folgendes:

Am Beginn des Jahres 2007 wird ein Sturm das Land heimsuchen. Nicht nur Not und Verwüstung wird er bringen, sondern euch den Weg des Herrn auftun. Zwei werden voranschreiten zu bekämpfen das Feuer des Lichtträgers. In der Kraft Ihrer Liebe wird das Feuer erlöschen.

Hier kann es sich eigentlich nur um den Orkan Kyrill handeln, der am 19. Jänner 2007 weite Teile des Landes verwüstete.

Für Kepler steht er am Beginn einschneidender Veränderungen und leitet eine Wende ein, welcher Art auch immer. Er prophezeit den Fall des Lichtträgers, was uns in der heutigen Zeit etwas verwirrend und seltsam erscheinen mag. Es sollte jedoch nicht überbewertet oder mystifiziert werden. Wir müssen bedenken, dass Kepler nicht nur als Astronom, Mathematiker und Optiker tätig war, sondern davor auch Theologie studiert hat. Der Kampf gegen das so genannte Böse wurde auch in der Zeit der Reformation und Gegenreformation oft noch sehr bildhaft geschildert."

„Zusammengefasst sind die Bögen 1 und 3, abgesehen von der Außergewöhnlichkeit ihres seherischen Inhalts, relativ klar zu deuten. Der Text des zweiten Bogens hingegen lässt keinerlei Interpretation zu. Wir glauben aber, dass seine Aussage mit den anderen beiden Botschaften in engem Zusammenhang steht."

„Warum wurden die drei Texte auf drei verschiedenen Bögen festgehalten, wenn sie bequem auf einem einzigen Platz gefunden hätten? Und warum sind die Wörter in ungleichmäßigen Abständen angeordnet? Selbst die Buchstaben innerhalb eines Wortes wurden unterschiedlich weit voneinander gesetzt?"

„Das ist eine gute Frage, Herr Reiler. Anfänglich dachten Dr. Rainbach und ich, Kepler wollte damit bestimmte Textteile betonen oder behielt sich vor, einzelne Passagen zu einem späteren Zeitpunkt zu ergänzen. Dann jedoch machten wir eine interessante Entdeckung: Die ersten Zeilen der drei Prophezeiungen sind jeweils im obersten Siebtel der Bögen platziert.

Wir haben die Bögen in Raster unterteilt und vermessen, da uns auffiel, dass die Texte zwar unterschiedlich lang waren, aber dennoch auf jeder Seite exakt den selben Raum beanspruchten. Und das bei einheitlicher Schriftgröße.

Kepler hat die Abstände der Buchstaben nach einer exakt festgelegten Ordnung variiert. Die unterschiedlich breiten Freiräume zwischen den Buchstaben und Einzelwörtern ergeben dann Ellipsen, wenn man sie mit einer imaginären Linie verbindet und aus einer Entfernung von exakt siebzig Zentimetern betrachtet. Jene mit der kürzesten Umlaufbahn befindet sich im Kern der mittleren, also der zweiten Botschaft.

Um diese Umlaufbahn legen sich in Schichten und einander kreuzend weitere Ellipsen mit immer größeren Umlaufbahnen. Sie streifen einzelne Schlüsselwörter, hier etwa, das Wort „Purpur“. Es liegt auf einer Umlaufbahn mit den Worten „Land“ und „Lichtträger“. Unsere Schriftexperten sitzen in diesem Moment vor ihren Bildschirmen und suchen nach weiteren versteckten Zeichen und Informationen.“

„Könnten die Schriften auf andere Werke Keplers oder gar einen Schatz hinweisen?“

“Wir können nichts ausschließen. Die Texte scheinen in keiner anderen, der Wissenschaft bekannten Publikation auf.“

„Die Recherchen werden sich zeitraubend und schwierig gestalten. Die Geschichte der Stadt ist eine Abfolge von Wohlstand, Kriegen, Feuersbrünsten und Seuchen. Ich denke, wir sollten uns in erster Linie auf die zweite Botschaft konzentrieren. Sie enthält einige interessante Informationen über den geheimnisvollen Gegenstand. Ja, Frau Dr. Dorner?“

„Kepler schreibt von „Es“, das von Ort zu Ort, von Land zu Land und den Strom hinaufziehen wird. Liegt es nicht nahe, dass es sich dabei um die Donau handelt?“

„Mit Strom muss nicht unbedingt ein Fluss gemeint sein."

„Es ist aber auch von Reichtum die Rede. Viele reiche Städte wurden einst an großen Flüssen gegründet und Kepler schreibt von Orten und Ländern. Was meinen Sie, Lisa?"

„Vielleicht handelt es sich nicht um drei, sondern eine einzige verschlüsselte Botschaft. Durch die Dreiteilung mit den elliptischen Bahnen wird sie nur dann verstanden, wenn man sich ihr Schicht um Schicht, entweder von außen nach innen, oder von innen nach außen nähert.

Sie sagten, das Wort „Purpur" liegt auf einer Umlaufbahn mit den Worten „Land" und „Lichtträger". Ich glaube nicht an einen Zufall, sondern dass ein bestimmter Weg vorgezeichnet wird, mit einer zusätzlichen, verschlüsselten Botschaft. Wir sollten die endgültigen Ergebnisse der Computeranalyse abwarten und vorerst nicht allzu viel nach außen dringen lassen. Zu viel an Information könnte eine Euphorie entfachen, die sich am Ende als unberechtigt erweisen könnte."

„Dr. Rainbach erwähnte am Beginn unserer Besprechung, dass Purpur die Farbe der Macht sei. Wäre es möglich, dass es sich bei dem Gegenstand um ein Buch handelt? Ich denke an eine der kostbaren Purpurbibeln, von denen mehr existieren sollen, als den Klöstern und staatlichen Stellen bekannt ist."

„Wir haben das auch schon in Betracht gezogen, Herr Reiler, und wollen es nicht gänzlich ausschließen. Allerdings wird dem Besitzer des Gegenstandes unermesslicher Reichtum in Aussicht gestellt. Nicht einmal eine Purpurbibel vermag diesen Anspruch zu erfüllen und auch kein anderes Buch, für das dieses besondere Papier verwendet wurde."

„Nicht das Buch selbst. Kepler schreibt nur, dass durch seinen Besitz unermesslicher Reichtum erlangt und vermehrt wird. Wurden nicht ausschließlich bedeutende Schriften auf purpurnem Pergament festgehalten? Falls Kepler in seinen verschlüsselten Texten auf ein Buch hinweist und es sich dabei nicht um eine Bibel handelt, könnte ein solches Werk einen Hinweis enthalten, der seinem Entdecker zu Reichtum verhilft."

„Eine vage Vermutung, wir sollten jedoch auch in diese Richtung Nachforschungen anstellen. Es gibt eine Reihe von Kunstschätzen, die niemals gefunden wurden, deren Existenz jedoch anhand von Überlieferungen und alten Aufzeichnungen nachweislich dokumentiert ist.

Ich spreche dabei nicht von sagenumwobenen Nibelungenschätzen, die irgendjemand in Rhein oder Donau geworfen haben soll. Es geht um Gold und Kunstschätze alter Dynastien, die alles andere sind, als Hirngespinste übereifriger Schatzjäger. Auch wenn ich persönlich nicht glaube, dass Kepler seine Botschaften vor einem derartigen Hintergrund verfasst hat: Wir müssen berücksichtigen, dass er nicht nur Hofastronom in Prag war, sondern auch in Diensten des Feldherrn Wallenstein stand. Bei der Vielzahl der Kontakte, die er gepflegt hat, wäre es verfrüht, irgendeine Möglichkeit auszuschließen. Die Politik muss entscheiden, ob wir Zeit und Geld investieren wollen."

Man einigte sich darauf, für die weiteren Recherchen eine Expertengruppe, bestehend aus wissenschaftlichen Mitarbeitern von Stadt, Land sowie externen Kräften zu bilden.

Zur Koordinatorin des Teams wurde Lisa ernannt, die sich hinsichtlich der Presseinformationen mit Marco Reiler abstimmen sollte. Dank dem Umstand, dass Linz europäische Kulturhauptstadt war, standen genügend finanzielle Ressourcen zur Verfügung. Eine Sensation, auf die Bürgermeister Aschauer und Kulturstadtrat Schröder insgeheim hofften, käme der Donaustadt mehr als gelegen. Kurz vor Ende der Besprechung meldete sich Patrizia Dorner noch einmal zu Wort.

„Ich teile die Vermutung von Marco Reiler und denke, dass die Schriften auf ein Buch hinweisen. Wie Sie vielleicht wissen, stehe ich mit dem anerkannten Schriftexperten Raimond Bernier aus Barcelona in beruflichem Kontakt. Er ist auch Kunsthändler und besitzt ein privates astronomisches Museum. Seine Kenntnisse könnten bei unseren Recherchen von Nutzen sein. Wenn sie einverstanden sind, werde ich mich mit ihm in Verbindung setzen."

„Solange wir damit keinen Goldrausch auslösen, meinetwegen. Gehen Sie aber vorsichtig vor."

„Das kann ich Ihnen versichern, Ernest. Ich muss Sie jedoch ersuchen, sich nicht allzu große Hoffnungen auf Kulturgüter oder Schätze, egal welcher Art, zu machen."

Sie verließen als letzte den grünen Salon und warteten an der marmorverzierten Stiege, bis alle anderen gegangen waren. Er küsste sie, nahm sie an der Hand und zeigte ihr den prächtigen braunen Saal mit der zwei Meter hohen Barockuhr. Eine aufwendig gearbeitete Holztür neben dem vergoldeten Kunstwerk führte in den „Steinernen Saal", wo kulturelle Veranstaltungen abgehalten und Auszeichnungen verliehen wurden.

Seit dem 16. Jahrhundert hatten hier die mächtigen protestantischen Stände des „Landes ob der Enns", wie Oberösterreich früher hieß, getagt. Auch die Landschaftsschule, an der Johannes Kepler einst unterrichtet hatte, war in diesem Flügel untergebracht gewesen.

Über die breite, mit rotem Teppich bespannte Präsentationsstiege gelangten sie zum südlichen Tor des Landhauses. Es führte direkt zu jener Brücke, unter der die Schatulle mit den Schriften gefunden worden war.

Sie hatte bereits befürchtet, dass er mit der Antwort wieder zögern könnte. Mit der Antwort auf ihre Frage, ob er die Nacht bei ihr verbringen würde. Seit einigen Tagen reagierte er anders als gewohnt, wenn sie ihn mit leuchtenden Augen zu sich nach Hause einlud. War etwa doch noch etwas zwischen seiner Frau und ihm? Lebten sie wirklich ihre „getrennten Leben“, wie er immer wieder betont hatte? Konnte sie sich in ihm getäuscht haben?

Sie verwarf den Gedanken. Er passte nicht zu dem, was sie beide fühlten. Gerade heute, wo sie ohne besonderen Grund besonders seiner Nähe bedurfte, schien er sie versetzen zu wollen. Es war ihr niemals darum gegangen, etwas Außergewöhnliches mit ihm zu unternehmen oder stets von neuem Unvergessliches mit ihm zu erleben. Alles, was sie wollte, war, dass er bei ihr wäre und ihr das Gefühl gab, nur für sie da zu sein. Jetzt und heute. Selbst, wenn er den ganzen Abend schweigen und sie nicht beachten würde.

Er meinte, es ginge nicht an diesem Abend. Ein überraschender Termin. Es täte ihm leid, dass er nicht eher daran gedacht hatte, ihr von dem Kongress im Design-Center zu erzählen. Reuter habe ihn kurzfristig gebeten, ….

„Sabina!“, schnitt sie ihm das Wort ab, um ihm die einzige für sie erkennbare Ursache entgegenzuschleudern, die ihr Glück in Fesseln legte.

„Wie denkst du, soll es weitergehen?“

„Es wird sich alles auflösen. Geduld und Vertrauen ist alles, worum ich dich bitte. Ich möchte langsam vorgehen, um ...“

„Ich will dich nicht unter Druck setzen, habe dich auch noch nie zu etwas gedrängt, aber versuche, auch an mich zu denken."

„Ich weiß, was ich dir abverlange. Und mir selbst. Es ist auch für mich nicht leicht. Wir diskutieren viel in letzter Zeit, das bin ich ihr schuldig. Ich hoffe, dass Sabina irgendwann von sich aus erkennt, dass unsere Ehe keine Zukunft hat."

„Wann sollte sie diese Erkenntnis eher gewinnen, als jetzt?"

Kurz, bevor sie durch das große Tor schritten und in die warmen Strahlen der Sonne eintauchten, lösten ihre Hände sich voneinander. Die anfängliche Unbekümmertheit, mit der sie sich am Beginn ihrer Liebe durch die Stadt bewegt und gezeigt hatten, war einer Furcht gewichen, durch Übermut ihre gesellschaftlichen Positionen zu riskieren. Sie hatten erschreckend schnell eine Perfektion darin erlangt, im Beisein anderer auf Distanz zu gehen.

Sie schlug ihm einen Spaziergang durch den Schlosspark oberhalb der Altstadt vor. Schon dutzende Male waren sie an dem Kepler-Pavillon nahe der romanischen Martinskirche vorbeispaziert, der sich einst im Innenhof des Schlägler Stiftshauses an der Landstraße befunden hatte.

Als sie die Keplerstatue betrachteten, erzählte er ihr von den Jahren, die der große Astronom in Linz verbracht hatte. Sie staunte über die vielen kleinen Details, die er wusste, lauschte den zahlreichen Anekdoten, die er lebendig zu schildern vermochte.

„Man sollte so viel wie möglich über die Stadt wissen, in der man lebt."

„Da bin ich deiner Meinung. Es könnte mithelfen, Dinge wie das da unten zu verhindern."

Dabei deutete sie auf eine kleine Steintafel, deren Text unter dem Signalrot eines Graffity-Sprays kaum noch zu erkennen war.

„Wenn sie ihre Dosen zumindest nicht planlos einsetzten und ihre Phantasie gebrauchen würden. Es muss ja kein Fuchs oder Aigner sein, ein paar markige Sprüche mit dieser neuen Farbe, die sich von selbst wieder auflöst, würden es auch tun."

Sie traten in den Pavillon und beugten sich hinab zu der steinernen Tafel. „Errichtet von Francesco Canevale. Die Keplerstatue hinter uns ist der Abguss einer Holzplastik, die um 1780 im Stiegenhaus der Sternwarte von Kremsmünster aufgestellt war."

„Weißt du, woran ich gerade denke? Kepler schreibt in seiner Botschaft von einem „höchsten Haus, das sich dort erhebt, wo der, der vor ihm kam einst wirkte". Die Sternwarte von Kremsmünster war einmal das höchste Haus Europas. Je nach Stand der Sonne, wirft es seinen Schatten auf die Mauern des Klosters."

„Aber ist die Sternwarte nicht erst Mitte des 18. Jahrhunderts erbaut worden? Kepler verließ Linz 1626 und starb 1630 in Regensburg, das passt nicht zusammen."

„Du darfst nicht außer Acht lassen, dass es sich um Prophezeiungen handelt. Wer könnte gemeint sein mit „ … der, der einst vor ihm wirkte?" Es könnte bestimmt nützlich sein, das alte Kloster in Kremsmünster aufzusuchen. Wer weiß, vielleicht besteht eine Verbindung zwischen den Keplerschriften und der Sternwarte. Was machst du kommenden Samstag?"

Zum zweiten Mal in dieser Stunde wartete er quälend lange, ehe er ihr antwortete. Sabina und er mochten noch so wenig

Zeit miteinander verbringen. Gesellschaftliche Termine hatten sie immer diszipliniert wahrgenommen und traten mit kühler Perfektion als eingespieltes Paar auf, das sein Glück nicht mehr zu zeigen brauchte. Dieses Mal entschied er anders. Die Trennungen von Lisa kosteten ihn immer mehr Kraft. Vielleicht würde es auch etwas in Gang setzten, wenn er Sabina nicht auf die Hochzeit ihrer Freundin begleitete. Vielleicht ergriff sie von sich aus endlich die Initiative, begann zu begreifen. Er überlegte, wie er sich fühlen würde, wenn sie jemanden kennen lernte.

„Ich habe Zeit. Um zehn Uhr bin ich bei dir."

Sie hasste sein feiges Zögern, diese Zeitfuge, die er schamlos dazu benutzte, sich aus dem Raum ihrer Liebe zu stehlen. Und damit auch sie zwang, an Sabina zu denken. An manchen Tagen tat es besonders weh. Sie wandte sich ab, als er sie küssen wollte und gab vor, eine SMS erhalten zu haben. Man erwarte sie in der Galerie – ein wichtiger Kunde – dann müsse sie zurück ins Lentos.

Wir ändern die Dinge nicht, indem wir ihnen aus dem Weg gehen, uns dem Unausweichlichen nicht stellen. Oft tun wir es unbewusst, einer unheimlichen Ahnung folgend. Sabina wusste längst, dass es jemanden gab. Es war sein Geruch, den sie verändert wahrnahm und der ihr die Gewissheit brachte, dass er sie betrog. Er wurde von etwas Fremdem überlagert, das sie sofort hasste und vertreiben wollte.

Sie wusch die Laken doppelt so oft wie sonst, bügelte seine Hemden zweimal und legte in seinen Kleiderschrank kleine, mit Lavendel gefüllte Päckchen. Sie kannte ihren Mann besser, als er jemals ahnen würde. Seine innere Unruhe war über die Wochen einer Anspannung gewichen, die er nicht lange im Stande sein würde zu ertragen. Sie spürte, dass er kurz davor war, zu handeln. Er musste es, wollte er diese Diebin ihres Glücks nicht verlieren. Die Geduld, die er von ihr erwartete, forderte Sabina nun für sich ein. Es stand ihr zu. Und es war ihr Recht, weiterhin geschickt den Aussprachen auszuweichen, nach denen er unnachgiebig verlangte. Noch war sie nicht ganz entmachtet. Sie wusste um sein unerschütterliches Pflichtbewusstsein.

Einerseits hatte sie ihn dafür bedauert, andererseits geschätzt. Sie würde es nun geschickt zu nutzen wissen und ihm die drohenden Worte so schwer wie möglich machen. „Ich bitte dich, dass wir uns scheiden lassen." Man würde ihr Leben nicht so leicht zerstören können. Sie würde ihn so lange auf der Stelle treten lassen, bis er kraftlos zu Boden ging. Nur sie würde es sein, die ihm dann wieder aufhalf.

Sie erreichten Kremsmünster um die Mittagszeit. Noch immer kam das Stift seinem Bildungsauftrag nach und beherbergte ein Gymnasium. Ein junger Pater empfing sie an der Pforte und führte sie sofort zum Abt.

„Wir haben die laufende Berichterstattung über die gefundenen Keplerschriften verfolgt und ihren Anruf bereits erwartet. Dieser Ort hatte immer schon einen besonderen Bezug zu den Sternen, lange vor der Erbauung der Sternwarte. Es wird sie daher nicht überraschen, dass unser Interesse an den Schriften kein geringes ist. Nachdem ich von dem Fund gelesen hatte, suchte ich in unseren Archiven nach Querverbindungen zwischen unserem Stift und Johannes Kepler. Dort, wo ich es am wenigsten vermutet hatte, entdeckte ich etwas überaus Interessantes. Es handelt sich um eine kleine Anmerkung in einem Buch, das über unser Kloster und sein Stiftshaus in Linz geschrieben wurde. Der Verfasser ist einer unserer früheren Schüler, Peter Vasnovsky. Leider ist er bereits verstorben. Ich erinnere mich noch gut an seine Recherchen hier bei uns. In einem Kapitel seines Buches, das von der Erbauung der Sternwarte handelt, habe ich Folgendes entdeckt. Hier, bitte. Lesen Sie!"

„Man kann davon ausgehen, dass bereits lange vor Erbauung des mathematischen Turms in Kremsmünster Sternforschung betrieben worden war. Diese Annahme stützt sich auf eine Chronik aus dem Jahre 1759, dem Jahr der Fertigstellung der Sternwarte. In dieser Chronik wird ausgeführt, dass dem Astronomen Johannes Kepler am Beginn des 17. Jahrhunderts ein sogenanntes „Purpurnes Buch" ausgehändigt wurde. Das Buch ist verschollen, man nimmt jedoch an, dass es neben mathematischen und astronomischen Aufzeichnungen auch philosophische Betrachtungen enthält, die im Kloster Kremsmünster verfasst wurden."

„Ich ließ die besagte Chronik aus dem Jahre 1759 ausheben. Leider wird in ihr nichts berichtet, was für ihre Suche von Nutzen sein könnte. Sie sollten ihr Glück bei Peter Vasnovskys Witwe versuchen, vielleicht kann sie Ihnen weiterhelfen. Sie hat ihn häufig bei seinen Recherchen begleitet und selbst einige Texte in seinem Buch verfasst."

„Ein Purpurnes Buch. Stimmt es, dass nur Aufzeichnungen von außerordentlicher Wichtigkeit, wie handgeschriebene Bibeln und Staatsverträge auf purpurnem Papier geschrieben wurden?"

„Ja, Herr Reiler, jedoch nur bis etwa Mitte des 15. Jahrhunderts. Purpur ist einer der teuersten Farbstoffe der Welt. Heute wird er synthetisch aus Steinkohlenteer erzeugt, doch früher war seine Herstellung überaus aufwendig und kostspielig. Er wurde aus Extrakten der Drüsensekrete von Purpur-Meeresschnecken gewonnen, schon seit den Phöniziern. Man verwendete Purpur zum Färben der Haare und der Haut, vermischt mit Honig sogar als Malerfarbe. In erster Linie diente es zum Einfärben von Stoffen, seltener von Papier. Schon immer war es die Farbe der Macht. Man glaubte sogar, der Umgang mit purpurdurchwirkten Materialien steigere die spirituellen Kräfte."

„Im alten Rom war Purpur den Togen der Imperatoren und den Schärpen der Senatoren vorbehalten. Wer sich nicht daran hielt, den erwartete die Todesstrafe. Trugen nicht auch die Kardinäle früher Purpur?"

„Letzteres kann nicht mit absoluter Bestimmtheit gesagt werden, Frau Dr. Traunberg. Es stimmt aber, dass Purpur auch auf religiösem Gebiet eine besondere Stellung einnahm und einnimmt. Die wertvollsten Bibelausgaben wurden in goldener und silberner Schrift auf purpurgrundiertem Papier geschrieben. Die Bibel erwähnt übrigens an einigen Stellen, dass die Vorhänge der Israeliten während der Wüstenwanderung mit blauem und rotem Purpur durchwirkt waren. Mit dem Fall Konstantinopels 1453 verschwand der antike Purpur aber aus dem Mittelmeerraum. Es standen dann billigere Farbstoffe zur Verfügung. Heute wird echter Purpurschnecken-Farbstoff nur noch für religiöse, gottesdienstliche Zwecke verwendet. Zum Beispiel für die Färbung der Gewänder des jüdischen Oberrabbinats."

„Das Buch müsste also vor dem 14. Jahrhundert verfasst worden sein."

„Davon sollten wir ausgehen. Die Zeitspanne ist unendlich groß. Schon die spätantike Purpurbibel aus dem langobardischen Frauenkloster in Brescia wurde auf purpurnem Papier verfasst."

„Vorausgesetzt, es handelt sich bei unserem Purpurbuch um eine der wertvollen Purpurbibeln. Warum sollte ein katholisches Kloster ein Werk von solch unschätzbarem Wert gerade Johannes Kepler überlassen? Einem Protestanten in der Zeit der Glaubenskriege?“

„Das, Herr Reiler, kann ich ihnen nicht sagen.“

Kapitel X

Polarlicht

„Dígame!"

„Quién habla, por favor?"

„Bernier, Raimond Bernier."

„Hola, Raimond! Hier ist Patrizia!"

„Patrizia! Buenas tardes! Bist du wohlauf?"

„Danke, Raimond. Wie läuft es mit dem Astronomie-Museum?"

„Ich kann nicht klagen. Seit der Zoll meine Leihgaben für eure Ausstellung beschlagnahmt hat und ich in allen Zeitungen stand, haben sich die Besucherzahlen fast verdoppelt. Wir sollen schon bald in die Reiseführer aufgenommen werden!"

„Das freut mich, Raimond. Ich möchte dich um einen Gefallen bitten. Wir haben uns doch letztes Jahr im Vorfeld der Ausstellung eingehend mit Keplers Rudolfinischen Tafeln beschäftigt. Du hast dabei erwähnt, dass viele seiner Schriften nach seinem Ableben mehrmals den Besitzer gewechselt haben. Einen Teil erhielten der König von Dänemark und Keplers Sohn Ludwig. Einige Werke, darunter auch Horoskope, die Kepler für den Feldherren Wallenstein erstellt hat, gingen verloren. In diesem Zusammenhang hast du ein Buch erwähnt, in dem Kepler einige seiner Prophezeiungen und Berechnungen zusammengefasst haben soll. Du sagtest, es sei nach seinem Tod nicht wieder aufgetaucht und soll bereits zu seinen Lebzeiten geheimnisumwittert gewesen sein."

„Ja. Und weiter …?"

„Vor drei Wochen wurden Aufzeichnungen Keplers gefunden, in denen er Verschiedenes prophezeit. Wir kommen mit der Interpretation gut weiter, bis auf einen Abschnitt, in dem von einem Gegenstand geschrieben wird, der „von Ort zu Ort zieht" und dessen Besitz zu Reichtum führen soll. Meine Mitarbeiterin, Dr. Traunberg, glaubt, dass es sich um ein Buch handeln könnte. Ich teile ihre Ansicht und überlege, ob es nicht mit jenem Werk identisch ist, von dem du damals gesprochen hast.

Die Prophezeiungen sind auf Pergamentpapier verfasst worden. Betrachtet man die Texte aus einiger Entfernung, zeichnen sich elliptische Bahnen ab. Wir haben beschlossen, zumindest vorläufig keine internationalen Experten beizuziehen, mit Ausnahme von dir. Könntest du dir die Schriften einmal ansehen?"

„Es freut mich immer, wenn ich dir behilflich sein kann, Patrizia. Bereits in zwei Wochen bin ich wieder in Wien. Ein Abstecher nach Linz lohnt sich immer. Aber ohne deine Euphorie erschüttern zu wollen: So genial Keplers wissenschaftliche Arbeit auch war, seinen Prophezeiungen können wir keinen allzu großen Stellenwert beimessen. Selbst wenn es sich bei dem in den Schriften angesprochenen Gegenstand um ein Buch handeln sollte, dürfte sein Inhalt eher von zweitrangiger Bedeutung sein."

„Nichts, was der Feder eines Kepler entspringt, ist zweitrangig. Warum sonst hättest du der Suche danach so viel Zeit gewidmet."

„Meine Recherchen haben ergeben, dass das Buch zwischen 1620 und 1630 von den Jesuiten eingezogen wurde. Wie du weißt, wurden sie als Motor der Gegenreformation auch nach Linz geholt und gingen nicht immer zimperlich vor. Es könnte also vernichtet worden sein."

„Oder sich in Rom befinden. Wir werden mit dem Vatikan Kontakt aufnehmen und in diese Richtung Nachforschungen anstellen. Wir sehen uns dann also Anfang Mai?“

„Ja. Und unternehmt einstweilen nichts, was falsche Hoffnungen wecken könnte. Du kennst ja die Ratten von der Presse!“

„Nun ja, Raimond. Sie haben auch ihr Gutes. Ohne sie wäre die mediale Umlaufbahn deines Museums nicht größer als ein Ei!“

„Wenn du meinst. Also, bis bald!“

Die Nummer, die Bernier mit unbewegter Miene wählte, gehörte einem Mann aus Tarragona. Wie Bernier wusste er, dass gute Argumente nicht immer ausreichten, um Menschen zu überzeugen.

„Pleskov, hier ist Benier. Ich habe einen interessanten Auftrag für Sie.“

„Alle ihre Aufträge sind interessant. Was ist es diesmal? Ein altes Triquetrum? Ein Gemälde?“

„Weder noch. Wir werden ein Buch suchen und jemand ganz bestimmter wird uns dabei helfen.“

Bernier hatte lange auf diesen Moment gewartet. Nach vielen zermürbenden Jahren erfolgloser Suche hatte sich endlich wieder eine Spur aufgetan. Die Räume seines Museums waren mit der Zeit immer voller geworden, doch was er suchte, befand sich immer noch an einem ihm unbekannten Ort. Wahrscheinlich unentdeckt, oder gar in falschen Händen: Das purpurne Buch. Einst hatte es sich im Besitz der Familie Bernier befunden, ehe es gegen Ende des 19. Jahrhunderts auf mysteriöse Weise aus dem Firmensafe in Paris verschwand. Die Berniers hatten zu den reichsten Kaufleuten von Paris gezählt, besaßen Niederlassungen in Genua, Barcelona und Rotterdam. Ohne ersichtlichen Grund waren die Geschäfte plötzlich schlecht gelaufen und man verließ Paris, um fortan in Barcelona zu leben.

Bernier war gerade einmal sieben Jahre alt, als sein Vater ihn kurz vor seinem frühen Tod ins Vertrauen zog. Die Übersiedlung hänge mit einem geheimnisvollen Buch zusammen, das Aufzeichnungen des Astronomen Johannes Kepler enthalte. Sein Besitz sollte zu Reichtum und Erkenntnis führen. Mehr hatte ihm sein Vater nicht mehr sagen können. Bernier war nach jahrelanger Recherche sicher, dass das Buch Hinweise auf den Verbleib jener Kunstgüter lieferte, die unter rätselhaften Umständen vom kaiserlichen Hof Rudolf II. in Prag verschwunden waren.

Der Kaiser, der am spanischen Hof erzogen worden war, hatte die Reichsverwaltung nach Prag verlegt, wo er sich ausgiebig mit Alchimie und Astrologie beschäftigte. Er galt als größter Kunstsammler seiner Zeit. Zwar blieb ein Großteil seiner Sammlung erhalten, einige wertvolle Objekte gingen jedoch verloren. Kepler, der nach dem Tod Tycho de Brahes am Kaiserhof als Astronom gewirkt hatte, musste etwas über den Verbleib der verschwundenen Kunstgüter gewusst und es dem Buch anvertraut haben.

Linz also. Nicht Regensburg, Prag, Paris oder Barcelona. Nein, diese kleine, unbekannte Stadt in Oberösterreich lieferte einen neuen Hinweis. Wenn das Buch auftauchte, würde er wissen, was zu tun wäre.

An manchen Tagen schmerzt es weniger stark, wenn wir von dem Menschen getrennt sind, dem wir unsere ganze Liebe schenken wollen. Wir fühlen uns ihm dann so nahe, als müssten wir nur die Hand ausstrecken und der Augenblick würde alle Einsamkeit sprengen. Lisa. Ihr Lächeln war bei ihm, näher als sonst, doch es besaß nicht mehr die Unbeschwertheit der ersten Wochen.

Als er an jenem Abend Sabina bat, mit ihm auf der Terrasse des Hauses ein Glas Wein zu trinken, bemerkte er ihre Unruhe. Er klinge so ernst, ganz anders, als sonst. Worum es ginge und ob es dringend sei.

„Es geht um uns", sagte er leise.

„Wieder einmal", entgegnete sie genervt und verdrehte dabei die Augen. Nach jedem ihrer Gespräche hatte er das Gefühl, von vorne beginnen zu müssen. Als würde sie ihren Zeigefinger in das Ziffernblatt einer Uhr bohren und die Zeit immer wieder zurückdrehen. Schon lange fragte er sie nicht mehr, ob sie glücklich sei. Sie hatte nie verstanden, was genau er damit meinte, unterstellte ihm, dass er zu viel vom Leben verlange. Die Trennung, die er ihr behutsam beibringen wollte, war unausweichlich und irgendwann würde sie erkennen, dass er mit diesem Schritt auch ihr geholfen hatte.

„Ich wüsste nicht, was es zu diskutieren gäbe."

„Du hast gerade selbst das Thema vorgegeben. Du öffnest dich nicht, bist verschlossen, willst nicht sehen, was aus uns geworden ist. Wir …"

„Ich gebe zu, dass Aussprachen nicht gerade meine Stärke sind. Erst recht nicht, wenn es keinen Grund dafür gibt."

„Es gibt mehr als einen Grund. Wir sind einfach zu verschieden."

„Besprechen wir das ein andermal. Ich will jetzt nicht darüber diskutieren."

„Wie immer, wenn ich dich bitte, dass wir über unsere Zukunft reden. Ich kann dich nicht zwingen. Aber ich bitte dich, dass du mir zuhörst."

„Deine Ansprüche an eine Beziehung sind unerfüllbar!"

„Sie sind es nicht!"

Er wollte es herausschreien: „Es gibt jemanden! Ich werde dich verlassen!" Doch er hielt sich zurück. Sie hatte trotz allem nicht verdient, es auf diese Art zu erfahren. Noch nicht. Traurig sah sie zu ihm auf, dann wurde ihr Blick wieder hart und sie wandte sich ab. „Ich muss noch mal kurz in die Klinik", sagte sie knapp, nahm ihre Tasche und verließ das Haus.

Er sah, wie sich das Verdeck ihres Cabriolets öffnete und sie ihr langes Haar hochsteckte. Konnte es sein, dass sie einen Liebhaber hatte? Dass der einzige Narr in der Geschichte einer Hand voll Menschen er selbst war? Dass sie in Wahrheit gar nicht litt? Es würde vieles erleichtern. Wie gut kannte er sie wirklich?

Das Läuten des Handys durchtrennte seinen Gedankenfaden, an dessen Ende er gerade seine letzten Gegenstände aus dem ehelichen Haus trug. Es war Lisa. Sie spürte sofort, dass er bedrückt war, vermied es aber, ihn nach dem Grund zu fragen, den sie ohnehin kannte. Sie vereinbarten, dass er sie von ihrer Galerie in der Steingasse abholen und dann mit ihr zu Abend essen würde.

Er war stets aufs Neue von der Sammlung begeistert, in der vor allem Werke der Brüder Aigner ausgestellt waren. Über eine Wendeltreppe mit verchromtem Geländer erreichte man die obere Ebene, auf der sich neben weiteren Gemälden und Plastiken ein Podium für Life-Performances befand.

Nachdem sie für ihn an der kleinen Bar ein Glas Gin Lemmon gemixt hatte, machten sie es sich auf einer Sitzgruppe aus rotem Leder bequem. Entspannt lehnte sie sich an seine Schulter und schloss die Augen. Er bewunderte ihre Vielseitigkeit und ihren Enthusiasmus, mit dem sie ihre Ziele verfolgte.

Und ihre Geduld, mit der sie bereit war zu warten, bis er sein Leben geordnet hatte. Unvermittelt brachte sie die Sprache auf das Purpurbuch und erzählte vom Telefonat zwischen Patrizia Dorner und Raimond Bernier.

„Ich kann nicht verstehen, warum sie gerade diesen Bernier ins Vertrauen zieht. Es existieren Gerüchte, wonach er beim Erwerb seiner Antiquitäten und Kunstschätze nicht gerade seriös vorgehen soll. Seine Kontakte sollen überdies mehr als zweifelhaft sein."

„Und wenn wir doch die Spur dieses Klosterschülers, Peter Vasnovsky, weiterverfolgen? Wo sagte der Abt, wohnt seine Witwe?"

„In Pettneu am Arlberg. Nach dem Tod ihres Mannes verließ sie die Stadt und lebt seither zurückgezogen in einem alten Berghof. Sie betreibt dort ein Yogazentrum und nennt sich Shari."

„Dann besuchen wir sie eben. Die frische Bergluft wird uns gut tun."

„Du kommst mit! Du kommst wirklich mit!"

Sie kuschelte sich an ihn und schloss zufrieden die Augen.

Als sie wenig später Hand in Hand durch die Bischofstraße mit ihren vielen Antiquitätenläden spazierten, kam ihnen ein Fremder entgegen. Er war um die Fünfzig und als er bei ihnen anhielt, fühlte sie, wie Marcos Griff sich lockerte. Der Fremde stellte sich als Gregor Kerner vor und sah verwirrt auf ihre Hände, die immer noch ineinander lagen.

„Hallo Marco. Macht ihr auch noch einen Abendspaziergang? Ich bin schon etwas in Eile. Übrigens, falls ihr Zeit finden solltet: Heute um 22.17 ist die ISS-Raumstation mit freiem Auge sichtbar. Nicht so romantisch, wie manches Sternbild, aber ebenso beeindruckend. Schönen Abend noch."

Er nickte ihnen kurz zu und verschwand mit schnellem Schritt Richtung Steingasse.

„Der schien ja ganz schön verwirrt zu sein. Aber es war ja zu erwarten."

„Was war zu erwarten?"

„Dass einer deiner Bekannten uns zusammen sieht. Kennt er deine Frau?"

„Niemand kennt sie wirklich."

„Du weißt, was ich meine."

„Er kennt sie, ja. Mach dir keine Gedanken über sein Verhalten. Er ist Astrophysiker und oft weit, weit weg vom Hier und Jetzt. Übrigens ist er gut mit den beiden Mitarbeitern von der Sternwarte bekannt, die bei der Öffnung der Keplerschatulle mitgeholfen haben. Das purpurne Buch. Könnte es nicht auch viel später verfasst worden sein?"

Wie immer lenkte er ab, raubte ihr jede noch so kleine Gelegenheit, mehr über seine Frau zu erfahren. Ihre Kräfte schwanden. Die Morgen, an denen sie trotz vieler Stunden Schlaf nach dem Erwachen immer noch müde war, nahmen zu. Dennoch war ihre Liebe zu ihm nach wie vor von unveränderter Tiefe und Reinheit, die nur durch Sabinas Existenz getrübt wurde. Sie war dankbar für ihren Beruf, er schenkte ihr Selbstvertrauen und half ihr, Marco über weite Strecken des Tages auszublenden.

Allein die vage Vermutung, dass ein purpurnes Buch existieren konnte, weckte in ihr die Bereitschaft, mit aller Kraft nach ihm zu suchen.

Sie erwartete sich viel von dem Gespräch mit Vasnovskys Witwe. Sie hatte sich nach kurzem Zögern doch noch bereit erklärt, mit ihnen zu reden und ihnen angeboten, bei ihr auf dem Berghof zu übernachten. Schon vielen hatten die Berge geholfen, zu jener Leichtigkeit zurückzufinden, ohne die der hoffnungsvolle Blick in die Zukunft verstellt bleibt.

Sie bemerkten den silbergrauen Wagen nicht, der sie auf der Fahrt nach Pettneu in sicherem Abstand verfolgte. Der Mann, der am Steuer saß, war zwei Tage zuvor am Flughafen Linz gelandet und im Parkhotel Schiller abgestiegen. Dort hatte er von seinem Auftraggeber die Anweisung erhalten, jeden ihrer Schritte genau zu beobachten. Er hasste Observationen, bei denen er alleine war. Man verbrauchte sich schnell und neigte zu Fehlern. Er hasste Fehler.

Pettneu war ein kleines Tiroler Bergdorf, dessen hölzerne Häuser jene Kraft ausstrahlten, die die Beständigkeit früherer Generationen erahnen ließ. Es lag ein versteckter, unaufdringlicher Charme über dem Ort, der im Schatten der weltbekannten Skiregionen St. Anton und Lech stand. An der Zufahrt zu dem alten Berghof entdeckten sie eine Tafel. Das „Yogazentrum Sonnhof" war umgeben von zahlreichen Skulpturen, in die Zeichen und Symbole gemeißelt waren. Etwas erhöht befand sich ein künstlich angelegter Teich, hinter dem beschützend eine senkrechte Felswand aufragte.

Shari Vasnovsky erwartete sie bereits und führte sie lächelnd in einen mit leiser Musik durchfluteten Raum. Auf dem hellen Ahornboden lag ein runder, cremefarbener Teppich, in den um eine orange-gelbe Sonne indische Schriftzeichen in verschiedenen Farben eingewoben waren. Jeder von ihnen nahm auf einem der sieben elfenbeinfarbenen Polster Platz, die Shari kreisförmig um das Sonnensymbol angeordnet hatte.

Nach den Entspannungsübungen, die sie gemeinsam zu den leisen Klängen fernöstlicher Musik machten, war Marco fast wieder so frisch wie bei der Abreise. Shari erzählte ihnen, sie fühle sich dem indischen Yogin Sri Aurobindo verbunden. Beeindruckt folgten sie den Worten der attraktiven Frau, deren Haar fast bis zu den Kniekehlen reichte. Ihr Alter ließ sich schwer schätzen, doch aus ihren Erzählungen schlossen sie, dass sie um die sechzig sein musste. Ihr ganzes Leben und all ihr Werden vollzogen sich in Yoga.

„Unser Dasein unterliegt nicht ziellosen Entwicklungen und Zufällen. Es birgt den Pulsschlag eines Plans in seiner Brust. Yoga dient, seine Verwirklichung sanft zu beschleunigen und zu intensivieren. Wenn ihr wollt, machen wir später noch ein paar weitere Übungen. Lisa, du hast am Telefon angedeutet, dass ihr mit mir über meinen verstorbenen Mann sprechen möchtet."

„Ja. In seinem Buch über das Kloster Kremsmünster erwähnte er ein Werk, für das wir uns interessieren."

„Das Purpurbuch. Peter war wie besessen davon und fand schnell heraus, dass es das Kloster Kremsmünster verlassen haben musste."

„Zog er in Betracht, dass es sich im Vatikan befinden könnte?

„Ich erinnere mich, dass er diese Möglichkeit ausschloss. Zwei Wochen vor seinem Tod erwähnte er, dass es sich in einer Kirche befinden könnte, und zwar in Regensburg oder Barcelona. Und dass 2029 große Gefahr drohe. Das ist auch schon alles, was ich euch dazu sagen kann."

Sie waren enttäuscht, hatten gehofft, mehr in Erfahrung zu bringen, doch sie unternahmen keinen Versuch, tiefer in sie vorzudringen. Als sie nach der Meditation entspannt auf ihrem Zimmer lagen, erinnerte sie ihn an ihren gemeinsamen

Traum. Sri Lanka. Sie wussten, es war für sie vorgesehen und es lag in ihrer beider Hand, wann sie es geschehen ließen.

Selten hatte sie ihn so gelöst und heiter erlebt, wie hier in den Bergen. Gleichzeitig nahm sie eine besondere Kraft in ihm wahr, die sie bisher nicht bei ihm gefühlt hatte. Wahrscheinlich hing es mit der Meditation zusammen. Shari war ihnen danach verändert, fast distanziert begegnet. Es war eine seltsame Reise von unverhoffter Intensität gewesen, auf die sie sich begeben hatten.

Schon nach wenigen Minuten hatte Shari sich erschöpft erhoben und vor dem Bild eines Yogin sieben Kerzen entzündet. Nach einem langen Gebet, das sie leise und mit weicher Stimme vor dem Bild des Yogin zelebrierte, hatte sie ihnen ihr Zimmer gezeigt und sich lächelnd mit einer rituellen Geste verabschiedet. Als Lisa merkte, dass er kurz davor war, einzuschlafen, legte sie ihren Kopf auf seine Brust.

„Ich will nicht immer nur für eine Nacht mit dir zusammen sein, ich möchte mein Leben mit dir teilen", hauchte sie leise und nahm sein Schweigen mit in einen tiefen Schlaf.

Sie bedauerten, schon am nächsten Morgen wieder abreisen zu müssen und ließen sich von Shari das Versprechen abnehmen, sie bald wieder zu besuchen. Auch auf der Heimfahrt bekamen sie von der silbergrauen Limousine hinter ihnen nichts mit, in der Pleskov darauf hoffte, seinem Auftraggeber endlich einen brauchbaren Hinweis liefern zu können.

Marco parkte den Wagen an der belebten Kreuzung nahe ihrem Penthouse und atmete tief durch. Wie immer versuchten sie, den Abschied so lange es ging hinauszuzögern.

„Allzu viel hat unser Alpentrip uns nicht gebracht, zumindest, was die Suche nach dem Buch betrifft."

„Das wird sich noch herausstellen. Wer weiß, vielleicht ist die Vermutung mit Barcelona und Regensburg gar nicht so abwegig? Die Prophezeiung spricht davon, dass das Buch „rastlos schon bald den kalten Strom hinaufziehen wird". Ich glaube so wie Patrizia, dass es sich um die Donau handeln könnte. Und damit wäre zumindest Regensburg als möglicher Fundort überaus interessant."

„Gut möglich. Doch zuvor würde es von Ort zu Ort und von Land zu Land ziehen. Das kann im Grunde überall und zu jeder Zeit sein."

„Ich vertraue Shari und den Recherchen ihres verstorbenen Mannes. Wir sollten weder in Rom noch im Vatikan unsere Zeit verschwenden. Ich bezweifle auch, dass hinter den Botschaften ein Hinweis auf Kunstgüter steckt, wie es bei der Besprechung in den Raum gestellt wurde. Es muss sich um etwas viel Größeres handeln, dass ein Mann wie Kepler ihm so viel Zeit widmet. Ich werde nach Regensburg reisen, aber auch die zweite Option nicht außer Acht lassen: Barcelona."

„Ich wollte immer schon einmal La Ramblas sehen!"

„Du willst mitkommen? Wie denn? Wie willst du es Sabina erklären?"

„Lass das ruhig meine Sorge sein!"

„Keine Angst, das werde ich!"

„Warum bist du plötzlich so aggressiv?"

„Das fragst du? Weil ich es schön langsam satt habe! Die letzten Tage waren so schön und jetzt ist alles wieder vorbei! Ich möchte dir noch ein Sprichwort mit auf den Weg geben: „Deine Arbeit wartet, während du dem Kind den Regenbogen zeigst, aber der Regenbogen ist längst vergangen, bis du deine Arbeit beendet hast." Adieu. Wir hören uns."

Sie schlief wieder unruhig wie in den Tagen vor ihrer Fahrt nach Pettneu und saß am nächsten Morgen missgelaunt im Büro von Patrizia Dorner. Die Direktorin unterbrach sie nicht, während Lisa vom letzten Stand der Recherchen berichtete. Sie war umso überraschter, als Patrizia am Ende ihrer Ausführungen in ungewöhnlicher Schärfe das Wort an sie richtete.

„Ich halte nichts davon, dass du unnötig Zeit in Regensburg oder Barcelona vergeudest. Unser Budget lässt nicht zu, dass du der Schnapsidee der verwirrten Witwe eines Sachbuchautors nachjagst. Wir sollten vielmehr der Erfahrung Berniers vertrauen. Flieg nach Rom und nütze unsere guten Kontakte zum Vatikan."

"Dann werde ich eben auf eigene Kosten nach Regensburg und Barcelona reisen."

„Ich werde nicht zustimmen. Denk an die Verantwortung, die wir tragen. Und an den möglichen Kunstwert des Buches."

„Der ideelle Wert und die Bedeutung seines Inhalts scheinen ja immer mehr in den Hintergrund zu treten. Es tut mir leid, Patrizia, aber ich muss dich daran erinnern, dass die Kommission mir freie Hand gelassen hat."

Sie freute sich über Ruths Einladung zum Abendessen und als sie ihr versicherte, dass sie alleine sein würden, sagte sie begeistert zu. Ihr war nicht nach Gesellschaft. Sie brauchte nur jemanden, dem sie ihr Herz ausschütten konnte. Als sie das Atelier ihrer Freundin betrat und nach ihr rufen wollte, sah sie an einer der Staffeleien einen Mann stehen. Er hatte ihre Schritte gehört und drehte sich langsam um.

„Pascal!"

„Wir haben uns lange nicht gesehen, Lisa."

„Was machst du hier?"

„Du fragst mich nicht, wie es mir geht? Ich vermisse dich.

Und ich lebe immer noch alleine. Aber ich wusste schon immer, dass nach dir nichts mehr kommen kann."

„Und doch wird es so sein, Pascal."

„Mir fehlt dein Lachen. Aber es ist wohl besser, wenn ich jetzt gehe. Leb wohl Lisa."

Als Ruth ins Atelier kam und das Tablett mit den drei Mokkatassen abstellte, war Pascal bereits wieder fort.

„Ruth, sag mir nicht, dass es Zufall war, dass er zwischen deinen Staffeleien herumgehampelt ist. Er benimmt sich wie ein kleiner Junge! Hast du ihm etwa gesagt, dass ich komme oder habt ihr etwas miteinander?"

„Unsinn! Natürlich wusste er nicht, dass du kommen würdest! Er leidet eben unter eurer Trennung und brauchte jemanden zum Reden. Genau wie du! Er hat sich laufend nach dir erkundigt!"

„Wie fürsorglich er plötzlich ist!"

„Und deine Geschichte mit Marco? Ist er etwa öfter für dich da?"

„Im Gegensatz zu Pascal hat er einen Job, bei dem er rund um die Uhr gebraucht wird."

„Und er ist verheiratet. Wann lässt er sich endlich scheiden? Wenn er dich wirklich lieben würde, wäre er zumindest schon von zu Hause ausgezogen."

„Er will die Sache seiner Frau gegenüber eben behutsam angehen."

„Und wie steht es mit seiner Behutsamkeit dir gegenüber? Dein Warten auf seine Anrufe, die Wochenenden, an denen sein Sohn ihn braucht oder er mit seiner Frau was weiß ich besorgen und unternehmen muss?"

„Die Dinge werden sich lösen, Ruth."

„Pascal hat mir anvertraut, dass er sofort mit dir zusammenleben würde.

Findest du nicht, dass er sich wenigstens eine ordentliche Aussprache verdient hat?"

Als sie heimkehrte und den Wagen in der Tiefgarage abstellte, hatte sie das Gefühl, beobachtet zu werden. Schlich Pascal ihr etwa nach? Nein, das passte nicht zu ihm. Wahrscheinlich lehnte er gerade an irgendeiner Theke und klagte der Barfrau sein Schicksal. Sie war erst wenige Meter vom Wagen entfernt, da vernahm sie ein Geräusch.

Sie blieb stehen, ließ erschrocken den Blick über die Autoreihen gleiten. Zwischen zwei Kastenwägen meinte sie, einen Schatten ausgemacht zu haben und wollte gerade weitergehen, als plötzlich das Licht ausging. Angespannt lauschte sie in die Dunkelheit und nahm zwei kurze Schritte wahr, begleitet von einem Knistern, das Stoff verursacht, wenn er sich an einem harten Gegenstand reibt.

Kein Zweifel, es schlich jemand zwischen den parkenden Autos herum, hatte sich verborgen gehalten und auf sie gewartet. Ihr Herzschlag ging in wildes Pochen über und sie fühlte, wie sich zwischen ihren Brüsten Schweißtropfen bildeten.

Langsam bewegte sie sich durch die Finsternis auf das grüne Licht zu, das den Aufzug markierte. Immer schneller ging ihr Atem, doch sie schien wie gelähmt, nicht in der Lage, ihren Beinen jenes Tempo aufzuzwingen, das sie rasch in Sicherheit bringen würde. Da schwang plötzlich der Kofferraum eines Kombis knapp neben ihr auf. Sie machte einen Satz zur Seite, hetzte zum Lift und rammte den Daumen auf das leuchtende Quadrat mit dem Finger-Print-System. Träge, als würde er von einem Band aus Gummi zurückgehalten, bewegte sich der Lift abwärts. Plötzlich schnelle Schritte hinter ihr, sie kamen näher, immer näher, ihre Augen weiteten sich panisch und da endlich teilten sich die chromblitzenden Elemente der Aufzugtüre. Sie stürzte hinein, trommelte wild gegen die Tasten, irgendwelche, nur weg!

Die Schritte, sie waren ganz nah, schon reckte sich unheilvoll der Schatten einer Gestalt nach ihr. Absätze hämmerten schwer auf dem dunklen Asphalt und sie erwartete den Angriff, duckte sich in die hinterste Ecke der Kabine. Da endlich begann der Spalt sich zu verengen, zu schmal für einen Körper, um sich hindurchzuzwängen, nicht jedoch für eine Hand. Sie sah klobige Finger, die versuchten, die Türe wieder aufzuzwängen. Verzweifelt schrie sie um Hilfe, flehte, dass die Flügel nicht nachgeben würden und da endlich schloss sich der Spalt. Sie zitterte am ganzen Körper. Doch was war das? Jemand lachte! Ja, irgendein Scheißkerl lachte ihr hinterher!

Arschloch! Arschloch!! Vielleicht der neue Mieter von Etage drei, der ihr immer in den Ausschnitt starrte und dann nervös versuchte, seinen Steifen zu verbergen? Ja, es würde zu ihm passen. Erleichtert betrat sie ihr Penthouse und spülte unter einer warmen Dusche die letzten Spuren von Angst und Wut aus ihrem Körper. Sie würde sich den Kerl irgendwann vorknöpfen. Später, denn jetzt hatte sie Wichtigeres zu tun. Sie brauchte einen klaren Kopf, die Dinge um sie herum wollten neu geordnet sein. Marco, Pascal und ihre beiden Jobs. Nein, die Reihenfolge hatte sich geändert: Ihre beiden Jobs, Marco und Pascal. Oder vielleicht doch ... Pascal ...?

Sie war immer stolz darauf gewesen, sich schneller als andere auf Veränderungen einstellen zu können. Es verlieh ihr eine

Gewandtheit, um die viele sie beneideten. Diese Beweglichkeit hatte auch ihre Schattenseiten. Sie weitete ihre Macht auf ihre Gefühlswelt aus, ohne dass sie sie beeinflussen konnte.

Sie war nicht launisch. Es war der rasend schnelle Fluss ihrer Gedanken, den sie nicht immer perfekt zu koordinieren vermochte oder wollte. Ihr Selbstvertrauen ließ sie sorglos ihre Stimmungen wechseln, schneller, als andere es bei sich zuließen. An manchen Tagen war sie diesem unvermeidlichen Wechselspiel besonders stark unterworfen. Oft hasste sie sich hinterher für ihre Spontaneität.

Sie wusste nicht, ob es klug gewesen war, seinem Drängen nachzugeben und einem letzten, einem allerletzten Treffen zuzustimmen. Vielleicht lag es daran, dass Marco noch immer nicht frei war, dass es Momente gab, in denen sie zweifelte, ob er sich für sie entschieden hatte.

Ruth hatte recht. Pascal verdiente sich eine Aussprache unter vier Augen. Mehrmals dachte sie daran, wieder umzukehren, als sie den kurzen Weg zwischen ihrem Büro und der Terrasse des Lentos-Restaurants zurücklegte. Marco und Pascal waren so verschieden, wie ihre Beziehung zu ihnen begonnen hatte.

Pascal hatte von Anfang an einen Sturm in ihr entfacht, der sich bei Marco erst langsam aufgebaut hatte. Die beiden hatten nicht viel gemeinsam. Beide waren auf ihre Weise charmant und bewegten sich selbstbewusst. Sie war fasziniert von der männlichen Kraft, die Pascal ausstrahlte, bewunderte seinen Tatendrang. Und dennoch verblasste er im Gegensatz zu Marco neben anderen starken Männern.

Marcos Wesen war um vieles feinsinniger, beseelt von unermüdlicher Neugierde und Lebenshunger, mit der er seine Umgebung begeistern konnte. Er wurde geschätzt für seinen Scharfsinn und seine Fähigkeit, das Wesentliche zu erkennen.

Sie war bezaubert von seiner Stärke, zuzuhören und Fehler einzugestehen. Er besaß etwas von der Galanterie früherer Jahrhunderte, die er mit seiner Lebenslust aufpeppte.

Pascal hatte einen Tisch ganz am Rand der Plattform ausgewählt, auf dem eine Flasche Prosecco und zwei Gläser standen. Die Strahlen der Frühlingssonne berührten warm ihr Gesicht, als er sie mit einem Lächeln begrüßte. Ja, sie sei die Frau seines Lebens und ja, er würde alles für sie tun, würde sogar diesen Marco als ihren Liebhaber akzeptieren! Ob sie eigentlich wüsste, dass er ihn schon zweimal mit Patrizia Dorner gesehen hatte und dass sogar Ruth auf ihn scharf sei!

Eine neue Flasche Prosecco!

Sie waren doch so heiter und schön, die alten Geschichten, die wilden Nächte. Ihre zarten Hände, die so gut in die seinen passten, ja, genau so. Ob es sie irritiere, dass er weine? Ob ihr diese Unmännlichkeit vor all den anderen Gästen nicht peinlich sei.

Eine neue Flasche Prosecco! Eine noch!

Ob sie glaube, dass diese Tränen lügen könnten. Diese Tränen, die so schmerzten. Ja, wie gut sie sich doch anfühlte, ihre Hand auf seiner Wange, und die seine auf ihrer.

"Hallo Marco, hier spricht Gregor. Wie geht es dir?"

„Die Arbeit lässt mir kaum Luft zum Atmen. Ich bin fast jeden Abend mit Reuter auf Dienstreisen und Veranstaltungen. Übrigens danke für deinen Tip von der ISS-Raumstation. Wir haben sie gesehen. Punkt 22.17 Uhr raste sie über Lisa und mir hinweg."

„Lisa Traunberg. Ihr Bild war unlängst in der Zeitung. Liebst du sie?"

„Ich werde für sie den Absprung machen und Sabina verlassen."

„Mach keinen Unsinn! Ich bin gerade auf der Terrasse des Lentos. An einem der Tische sitzt Lisa Traunberg. Sie ist nicht allein."

Er hatte den Impuls nur kurz zu unterdrücken vermocht. Dann war er in den Wagen gesprungen und Richtung Donau gerast. Er traf die beiden, als sie das Restaurant bereits verlassen hatten. Sie standen etwas abseits und blickten auf die Donau, hielten einander umarmt.

Er schmiss allen Stolz über Bord und ging langsam auf sie zu. Lisa löste sich wie in Zeitlupe aus Pascals Armen. Diesen verhassten Armen, die versuchten, sie zurückzuhalten. Die Szene eines Films lief vor ihm ab, eine Gewehrsalve von Bildern, die schmerzvoll und in marternder Langsamkeit sein Herz durchschlugen.

„Du hast mich enttäuscht, Lisa."

Das war alles, was er sagte. Als Pascal breit grinste, war nichts als Traurigkeit in ihm. Kein Hass, kein Gedanke an Gewalt. Nur Traurigkeit.

„Auch Pascal hat viel gelitten, Marco!

Ich war allein ... du warst bei deiner Frau, ich dachte ..."

„Es ist gut, Lisa."

Er wandte sich ab und ging, ganz langsam, denn er würde dem anderen nicht die Freude machen und lächerlich wirken. Vorbei an jungen Leuten, die im Gras saßen und diskutierten, durchquerte er den Donaupark. Viele lachten laut, als wäre das Leben ganz einfach. Die Stadt kam ihm vor wie ein riesiges Labyrinth ohne Ausgang. In dieser Nacht saß er lange hinter seinem Fernrohr, um mit den Sternen zu sprechen. Und er dachte an jenen Abend am Tag nach Cyrill, an dem er sie zum ersten Mal gesehen hatte.

Kapitel XI

Gemini

1. *Die Bahnen der Planeten sind Ellipsen, in deren einem Brennpunkt die Sonne steht.*
2. *Die Verbindungslinie von der Sonne zum Planeten überstreicht in gleichen Zeiten gleiche Flächen.*
3. *Die Quadrate der Umlaufzeiten der Planeten verhalten sich wie die Kuben der großen Halbachsen ihrer Bahnellipsen.*

Die Planeten stehen still. Majestätisch ruhen sie auf dem Brunnen im Arkadenhof des prächtigen Landhauses der Stände zu Linz. Die Stadt war schon immer den Sternen nahe gewesen, und meistens hatte sie nach den richtigen gegriffen.

Zwei Männer warten vor dem prächtigen Planetenbrunnen, der seit 1581 das zwei Jahre zuvor eingeleitete Quellwasser mit seiner hohen, steinernen Wand behütet. Der kleinere der beiden betrachtet versonnen das Bild, das sich vor ihm auf der glatten Oberfläche des Wassers spiegelt.

Von seinem bronzenen Thron aus bekrönt Jupiter die Figuren der ptolemäischen Planeten. Die nackte Luna und der umtriebige Merkur, behelmt mit Schild und Jagdhorn. Venus in verführerischem Kleid und mit brennendem Herzen. Sol. Der kriegerische Mars. Und Saturn.

Zwischen den sich spiegelnden Figuren entdecken wir das fein gezeichnete Gesicht eines schlanken Mannes, der sich über die Brüstung beugt. Es gehört Johannes Kepler, dem großen Astronom und Mathematiker, der am 20. Dezember des Jahres 1619 mit seinem tüchtigen Helfer Janus Gringalletus, genannt „Gringallet", ungeduldig wartet.

Als er den Finger ins Wasser taucht, beginnen die Spiegelfiguren zu tanzen. Harmonisch gehorchen sie dem Takt der Schöpfung.

„Sieh in den Brunnen, Gringallet. Was siehst du?"

„Ich sehe Wellen, Herr, Kreise, die wachsen, um an der steinernen Grenze ihres Hydro-Kosmos zu vergehen. Oder, nein. Sie vergehen nicht. Sie kehren zurück."

„Sieh genauer hin. Was siehst du noch?"

„Die Oberfläche des Wassers beruhigt sich wieder. Das Bild wird wieder klar. Schon kann ich Luna sehen, bald Venus und wenn ich noch ein wenig abwarte, auch die anderen Planeten."

„Ja, Gringallet. Und auch die Schöpfung wartet. Von einem Ton ihrer Musik zum nächsten lässt sie ihr stolzes Lied erklingen. Sie setzt ihn um, ihren Plan. Es ist unser Schicksal, diesen Plan zu studieren."

„Ich glaube zu wissen, was ihr meint, Herr. Uns bleibt keine Wahl. Sobald wir fragen, suchen und handeln wir. Sobald wir handeln, staunen und zweifeln wir und vermögen nicht mehr innezuhalten. Doch will Gott wirklich, dass wir nach dem „Wie" und „Warum" fragen? Will er wirklich, dass wir in seinen himmlischen Sternengarten blicken?"

„Natürlich, Gringallet. Wer bei Gott ist, fragt mit seiner Liebe, erblickt staunend sein Schauspiel der himmlischen Harmonie. In ihr sehen wir, wie er gleich einem menschlichen Baumeister, der Ordnung und Regel gemäß, an die Grundlegung der Welt herangetreten ist."

„Wer kann Gott näher sein, als Ihr, Herr! Doch warum unterstellt man dann gerade Euch als Lutheraner, der Ihr noch dazu im ganzen Reiche angesehen seid, ihn zu lästern? Die Katholiken, ja, doch die Protestanten? Es sind unruhige Zeiten für unser geliebtes Linz. Man spitzt die Federkiele und schmiedet die Schwerter. Der Wind der Gegenreformation bläst uns mit jedem Schritt zur Vernunft schärfer entgegen."

„Angst und Hass legen unsere Herzen und unseren Verstand in Fesseln. Ob Lutheraner, Calvinisten oder Katholiken, von denen viele mir gar wohl gesonnen sind: Ich halte mich zu allen in Gemeinschaft. Wir dürfen dem Feind nicht unrecht tun, sondern müssen die Ursachen zu weiterer Trennung vermeiden!"

„Ihr habt keine Gedanken der Rache, obwohl euch die Protestanten sogar vom Abendmahl ausgeschlossen haben? Gerade euer Studienkollege, Superintendent Hitzler, soll sich besonders hervorgetan haben!"

„Seine Intoleranz wird von mir weiterhin mit aller Schärfe bekämpft werden. Doch wie könnte ich ihn hassen? Wer aus Überzeugung, ohne Eigennutz und mit bester Absicht handelt, der tut kein Unrecht, auch wenn er fehlen mag. Es wird sich alles fügen."

„Warum erstellt ihr kein Horoskop über den Ausgang der Angelegenheit? Ihr seid doch unübertroffen in dieser Kunst?"

„Die Astrologie ist nicht Kunst, Janus. Es ist Gunst, die uns die Schöpfung erweist. Verschwindend kurz dürfen wir eins werden mit ihr, uns in ihren Fluss begeben, ein paar Tropfen ihres Stroms berechnen, mehr nicht."

„Eins werden! Das sind kühne Gedanken, Herr."

„Gott lebt in uns allen. Für jede unserer Seelen hat er sein fertiges Bild, das wir durch unser Streben und Handeln mit den Mosaiken unserer Lebensbilder ergänzen dürfen. Nur ein paar dieser Lebensmosaike sind Abhandlungen, Spiegelungen unserer bereits existierenden Sternenbilder. In sie dürfen wir blicken, verschmelzen mit der Ordnung des Seins. Alles andere muss erworben werden im Sinne Gottes."

„Und die Scharlatane, die Wahrsager?"

„Heuchler! Schwätzer! Hörig dem Geschmack der Einfältigen. Sie verwirren den Geist, statt ihn aufzuhellen in ihrer Unkenntnis der abstrakten und allgemeinen Gesetze. Groß ist der Schaden, der an den Seelen angerichtet wird, die ihnen Glauben schenken. Sie folgen dem falschen Licht und vergessen Gottes Plan mit seine Wahrheiten: Die Gesetze des Alls!

Die kosmische Ordnung, sie richtet streng. Wir entrinnen ihr nicht. Wir tragen sie in uns. Und so wie astrologische Aspekte das Wetter auf der Erde beeinflussen, wirken sie auch auf Körper und Geist der Menschen. Denk nur an die Kraft des Mondes, Gringallet! Ich selbst habe wohl mehr als tausend Horoskope erstellt und für meine aufwändigen Berechnungen so manchen Gulden in meine Tasche wandern lassen. Doch immer beruhte mein Tun auf naturwissenschaftlichen Grundlagen."

Plötzlich hallen Schritte durch die Gänge des aus rotem Sandstein erbauten Arkadenhofes. Zwischen den Säulen eines der unzähligen Torbögen erscheint das pausbäckige Gesicht eines jungen Mannes. Nikolaus von Waldegg, einer von Keplers Schülern, die er in der protestantisch-ständischen Schule des Linzer Landhauses unterrichtet, ruft mit kräftiger, klarer Stimme:

„Meister Kepplerus! Abt Anton Wolfradt aus Kremsmünster ist eingetroffen!

Ein junger Mönch ist bei ihm!"

„Danke, Waldegg. Bitte sie um ein wenig Geduld und lass ihnen Speise und Trank reichen."

Eilig begeben sich Kepler und Gringallet über die breite Treppe mit dem mächtigen Marmorgeländer in den ersten Stock des Repräsentationshauses, das die vier reichen Oberösterreichischen Landstände vom berühmten Baumeister Canevale errichten ließen.

Erst wenige Monate zuvor war es ihnen nach dem Tod Kaiser Matthias im März 1619 gelungen, endgültig an die Macht zu kommen. Landadelige mit ihren prächtigen Stadthäusern, Prälaten, Ritter und ihre Knechte sowie die Stadtherren als ungeliebter vierter Stand lenkten nun allein die Geschicke des Landes ob der Enns.

Es sollte nur für kurze Zeit sein. Vorbei am riesigen Steinernen Saal, dem Versammlungsort der Stände, erreichen Kepler und sein Begleiter die ersten Prunkräume, die an den gewaltigen, auch für Festlichkeiten genutzten Saal anschließen. Männer in glanzvollen Gewändern grüßen sie respektvoll, nur wenige blicken mit Argwohn auf den Gelehrten und seinen Begleiter.

Was kann den Abt und Hofkammerpräsidenten aus Kremsmünster nach Linz geführt haben? Gibt es wieder Probleme bei der Erstellung der Landschaftskarten? Hat das Bauernvolk wieder gejammert über den „Landschaftsmathematicus" Kepler? Oder will er gar etwas über die Einladung des Englischen Gesandten beim Dogen, Sir Henry Wotton wissen, der Kepler im Auftrag seines Königs nach England eingeladen hatte und dafür sogar persönlich nach Linz gekommen war? Gringallet war besorgt um seinen Herrn.

„Seid gegrüßt, ehrwürdiger Abt. Ist es euch wohl ergangen auf eurem Weg nach Linz?"

„Wie immer, geschätzter Kepplerus, war er schön wie mein Ziel."

„Bestimmt werdet ihr euch gefragt haben, warum ich euch ohne Angabe von Gründen so kurzfristig um Unterredung bat. Um einem möglichen Gedanken von euch zuvorzukommen:

Nein, leider habe ich nichts Neues über das Schicksal eures beachtenswerten Werkes, den „Harmonices Mundi libri V" gehört. Das Buch über eure „Weltharmonik" und die musikalischen Harmonien unseres Sonnensystems wird vom Römischen Officium weiterhin auf dem Index geführt."

„Das überrascht mich nicht, Abt Wolfradt. Was führt euch dann zu mir?"

„Ich möchte euch etwas überreichen, das mein junger Begleiter, Pater Anselm, an unvermuteter Stelle in unserer Bibliothek entdeckt hat."

Als der Abt das Wort Bibliothek ausspricht, hebt Kepler die Augenbrauen. Er selbst verfügt über eine umfangreiche Sammlung, in der er neben den Werken zahlreicher Gelehrter auch seine eigenen Bücher aufbewahrt. Sein letztes Werk, die Rudolfinischen Tafeln mit ihren Planetenmodellen, existiert noch immer nicht in Buchform, doch bald wären die Mittel gestellt. Dann würde das vom Kaiser in Auftrag gegebene Werk dank der geschickten Hände des Linzer Druckers Planck in die Regale der Mächtigen und Weisen ganz Europas wandern.

„Zwei Dinge sind es, die ich aus Kremsmünster mitgenommen habe. Ich übergebe sie in Eure Hände aus der Überzeugung, dass sie nur dort die ihnen gebührende Beachtung finden. Das eine ist ein Buch über ein astronomisches Visiergerät, wie es bis zur Erbauung eures Fernrohres vor sechs Jahren noch verwendet wurde. Das Gerät selbst befindet sich mit einer zweiten Buchausgabe in unserem Kloster und soll dort auch bleiben. Wer weiß, vielleicht will Gott uns ein Zeichen geben und wir Benediktiner betreten einst selbst astronomischen Boden. Doch scheint es, als hätten wir dies bereits getan."

Abt Anton Wolfradt hält kurz inne und nimmt einen Schluck Wasser aus dem Krug, den eine junge Magd vor ihm abgestellt hat.

„Bei meinem zweiten Geschenk handelt es sich um ein Buch, das ich gleichfalls in eure kundigen Hände legen will. Ich denke, es ist von größter Bedeutung für alle Erdenbürger. Heute, wie auch morgen. Das Morgen. Es steht Gefahr bevor. Wir Katholiken gegen Euch Protestanten. Unser Glaube ist in die Fänge von Hass und Krieg geraten. Ein Krieg unter Brüdern. Seine Schritte werden schneller und länger. Ein Beben geht durch die Äcker und Städte. Es wird auch Linz erreichen."

„Ja, Abt. Die Schöpfung prüft uns. Ich denke wie ihr. Doch will sie uns nicht strafen, sondern zwingen, zu lernen. Oft auch schmerzhaft."

„Darum, Kepplerus, habt ein wachsames Auge auf eure Bücher und insbesondere auf dieses außergewöhnliche Werk, das nun in euren Händen weiterleben soll. Die Schriften in dem leinenen Umschlag sind auf purpurnem Papier geschrieben. Ihr wisst, was dies bedeutet. Sie können nur von besonderem Wert sein. Mehr will ich dazu nicht sagen."

„Ich danke Euch, Abt. Nehmt mein Versprechen, beiden Geschenken die angemessene Wertschätzung zuteil werden zu lassen."

„Ich weiß, womit ich bei Euch rechnen kann. Verzeiht meine Vorsicht, doch ich möchte nicht länger hier verweilen. Die Stände tagen und nicht alle sind uns wohl gesonnen. Zuviel

Nähe zwischen Katholiken und Lutheranern kann gefährlich sein in diesen Tagen.

Lebt wohl, Kepplerus. Gott sei mit Euch."

„Lebt wohl ehrwürdiger Abt."

Der Astronom erhebt sich und blickt hinab auf die mächtige Stadtmauer, die entlang der Südseite des Landhauses verläuft. Plötzlich rüttelt starker Wind an den Fenstern.

„Hörst du, Gringallet? Das Heulen des Windes klingt wie das Lachen eines Mannes. Und jetzt? Griechischer Gesang?"

„Verzeiht mir, Herr, doch ich kann nichts dergleichen hören. Aber gestattet mir, Euch zu erinnern: Die Mondfinsternis. Wir müssen uns vorbereiten!"

Zügig passieren sie das prächtige, aus Gold und rotem Marmor errichtete Nordportal des Landhauses. Vorbei an den stolzen Fassaden der Bürger- und Adelshäuser, eilen sie Richtung Hauptplatz.

„Gringallet. Mit meinen Augen mag es nicht zum Besten stehen, doch Euer Geifern nach dem Weibsvolk entgeht mir nicht. Nehme er sich doch etwas zusammen, der lüsterne Tropf. Ich will mir wegen ihm keinen Ärger einhandeln."

Neugierige Blicke verfolgen sie, als sie das am Linzer Hauptplatz gelegene Gummingersche Haus Nr. 34 betreten. In ihm hält tagsüber der Medicus Johann Springer seine Sprechstunden ab. Schon oft hat er Kepler seine Wohnung zur Verfügung gestellt. Dem berühmten Astronomen war von seiner eigenen Wohnstätte in der Hofgasse am Fuße des Schlosses nur eine bescheidene Aussicht in den Himmel vergönnt. Von Küche und Kammer der Arztwohnung aus, deren Fenster nach Westen gehen, justieren sie nun die astronomischen Geräte, die sie bereits am Morgen aufgestellt haben.

„Das Dreieck – die Seiten des Azimutalkreises – perfekt. Langsam, Gringallet, zapple er nicht so herum vor dem Gerät. Hat er den Kopf wieder beim Weibsvolk, das mit wogender Brust vor seiner Nase über den Stadtplatz stolziert!"

„Mein Kopf war solange nicht dort, Herr, bis ihr mir unterstellt habt, dass er es sei. Nun allerdings ist er wieder da unten und sie sind aufgegangen, die vollen runden Sonnen der lieblichen Klara Bernstein! Die Sonne muss wirklich über eine Kraft verfügen, die alles in ihrem Umfeld anzieht."

„Nicht alles, aber manches, Gringallet. Und nicht einmal davon bin ich überzeugt. Aber jetzt lass´ er endlich das geile Geschwätz und merke sich, dass die Sonne nicht rund ist. Die Uhren! Was zeigen sie an?"

Mit zusammengekniffenen Augen späht Gringallet auf die Uhren am Turm des Landhauses, der Stadtpfarrkirche, des Rathauses, des Schmidtorturmes und des Schlosses. Es ist eine exakte Ermittlung der Uhrzeit erforderlich, um Beginn, Höhepunkt und Ende der Verfinsterung genau festlegen zu können.

„Alle Zeiten sind notiert, Meister. Die Rufe der Nachtwächter waren sehr hilfreich. Gleich habe ich den Mittelwert!"

Kurze Zeit später beginnt die primäre Phase der Mondfinsternis, und Luna erhält den ersten schüchternen Kuss des ihn unwiderstehlich berührenden Erdschattens. Sofort verstummen Kepler und Gringallet, blicken staunend auf das einzigartige Schauspiel. Nachdem sie ihre Messungen beendet und ihre Aufzeichnungen überprüft haben, entlässt Kepler seinen Gehilfen.

Wie jede Woche trifft der Astronom im Gasthaus nahe dem Hauptplatz mit honorigen Persönlichkeiten der Stadt zusammen. Matthias Anomäus, der alte Rektor der Landschaftsschule und Mathematicus wie Kepler, begleitet von seinem Nachfolger Rauschart. Die Mediziner Persius, Claus und Springer mit dem Juristen Abraham Schwarz. Und der Sekretär der landesfürstlich unterstellten Ortschaften, Balthasar Kesselboden, neben dem Keplers erbitterter Widersacher Hitzler, sitzt. Man ist überrascht, als Kepler von Hitzler fast herzlich begrüßt wird. Sind beide denn nicht Feinde in Glaubensfragen? Seltsam, was in solch klugen Köpfen oft vorgeht.

„Wie ist es diesmal gelaufen mit euren Mondbeobachtungen? Ich hoffe, besser, als beim letzten Mal, als euch die Bauern auf dem Pöstlingberg mit ihren Dreschflegeln verjagt haben!"

„Nun, lieber Hitzler. Die Beobachtung selbst verlief zufriedenstellend. Doch es ist die alte Frage, die mich beschäftigt: Was ist der Grund für diese Unregelmäßigkeiten? Ich gelange an die Grenzen meiner Mathematik. Es muss noch andere Kräfte geben, die mitbestimmen. Das Fernrohr, das ich entwickelt habe, wird wohl nicht das letzte seiner Art bleiben! Mögen jene, die mir folgen und mit ihm arbeiten, mit besserem Augenlicht gesegnet sein, als ich. Vielleicht gelingt es ihnen, das Geheimnis zu lüften!"

Nachdenklich nimmt Balthasar Kesselboden einen kräftigen Schluck Bier aus seinem Krug zu sich.

„Es macht euch gar nichts aus, wenn andere dort weitermachen, wo ihr geendet habt? Aufbauen auf euren Schriften und Büchern und all eurem Wissen? Womöglich noch zu euren Lebzeiten?"

„Im Gegenteil. Das Verschweigen dessen, was Gott uns gestattet zu erkennen, wäre eines Christen nicht würdig. Auch ich selbst wäre nicht so weit, hätte ich nicht in Prag auf Tycho de Brahes Schriften aufbauen können. Wir müssen die Eitelkeit verwerfen und gemeinsam unsere Bahnen ziehen."

Erst spät trennt sich die Runde und als Kepler müde im Haus am Hofberg eintrifft, schlafen seine Frau Susanne und die fünf Kinder bereits tief und fest. Sein erster Weg führt ihn an seinen Arbeitstisch, auf dem er vorsichtig das Buch und den Umschlag mit den geheimnisvollen Aufzeichnungen des Paters ablegt. Sie ziehen ihn magisch an und er befreit sie hastig aus ihrem leinenen Mantel. Sein Atem geht schnell, als er den schweren Umschlag aufklappt.

Purpurnes Pergament! Wie der Abt gesagt hatte! Das Buch trägt keinen Titel, auf seiner ersten Seite ist ein goldfarbenes Sternbild zu sehen, welches ihm völlig unbekannt ist! Und sein Staunen nimmt mit jeder Minute zu.

„Wer immer der Verfasser dieser Seiten war, und es kann eigentlich nur ein Mönch gewesen sein: er muss die Augen eines Falken gehabt haben", murmelt er leise, fast ehrfurchtsvoll vor sich hin. Kurz bedauert er seine eigene Sehschwäche, dann überwiegt sofort wieder seine Begeisterung über Frowins Werk.

„Seine Kenntnisse der Trigonometrie – um Jahre seiner Zeit voraus! Und wo es ihm an mathematischem Wissen mangelt, da gleicht er mit Intuition und philosophischem Scharfsinn aus."

Noch eine Eigenschaft Frowins kommt in den Aufzeichnungen zutage und verblüfft Kepler. In vielen Zeilen spricht der Mönch sich wiederholt für die uneigennützige Kommunikation unter den Gelehrten aus.

„All ihr Gelehrte, Wissende und Suchende. All ihr Bewohner auf Gottes Erde. Die Sterne, sie zeigen es uns vor. Wir dürfen uns nicht umkreisen, zurückgehalten von Argwohn und Neid. Wir müssen einander näher kommen, uns austauschen, aneinander wachsen. Erst dann lasst uns weiterziehen und neuerlich zueinander finden. Wie die Planeten sich auf ihren

Bahnen der Sonne nähern, weiterziehen und zurückkehren im ewigen Wieder der Schöpfung. Wie der Mond wollen wir sein. Ständig in Bewegung, umkreist er sein eigenes Ich, dreht sich um uns und mit uns um die Sonne. Der Mitte von allem, Gottes Wahrheit, die ihrem Dasein Kraft und Sinn verleiht. Ihr Strahl ist mächtiger als das Feuer des Lichtträgers. Unsere Liebe wird sein Untergang sein."

„Dieser Mönch aus Kremsmünster vermochte lange vor mir das Geheimnis der elliptischen Bahnen zu lüften, ja, er teilt sogar meine Vermutungen über die Gravitation, die Anima motrix! Er führt die Planetenbewegungen auf diese geheimnisvolle Quelle der Kraft zurück, die wohl dem Magnetismus ähnelt. Ob sie von der Sonne ausgeht? Ich muss versuchen, ein empirisches Gesetz anzuwenden, um die Bewegung der Erde und Himmelskörper zu erklären. Harmonie. Sie muss auch in diesem Manne reich zur Entfaltung gelangt sein. Nur so konnte er derart weit vordringen! Und die Liebe. Auch sie lebt mit ihren kosmischen Gesetzen in uns. Was aber meinte er mit dem Feuer des Lichtträgers, den die Liebe besiegen wird?"

Er steht auf, verlässt sein Arbeitszimmer und tritt an das Bett seiner Frau. Vorsichtig setzt er sich zu ihr, sieht sie liebevoll an und küsst sie zärtlich auf Stirn und Augen. Als sie erwacht, flüstert er leise:

„Susanne, welch Glück mir mit dir beschieden ist. Die kosmische Kraft, wenngleich sie mir ihr Geheimnis verwehrt, sie muss auch uns durchwirkt und zueinander geführt haben. Waren unsere Seelen von Anfang an füreinander bestimmt?"

„Da du mich aus vierundzwanzig Frauen, die man dir vorführte, erwählt hast, können unsere Seelen nur füreinander bestimmt gewesen sein, Johannes."

Zärtlich legt Susanne die Hand auf die Wange ihres Gatten.

„Weißt du noch? Die Hochzeit beim Goldenen Löwen in Eferding … noch während der Feier … das Zimmer im Ersten Stock sei Zeuge für meine Worte."

Kepler schmunzelt und küsst seine Frau liebevoll.

„Es war schön, dir früher als gestattet meine Liebkosungen schenken zu dürfen, meine Liebe."

„Komm zu Bett, Johannes, es ist spät."

„Nein. Es wartet noch Arbeit auf mich. Ein Buch. Ich fühle, es ist kein gewöhnliches Werk. Morgen will ich dir erzählen, was es damit auf sich hat. Nun schlafe wohl."

An seinem Arbeitstisch staunt der Astronom weiter über das purpurne Werk, über die exakten Berechnungen seines astronomischen Zwillings, sein Gespür für die Harmonien des Weltalls. Was mochte der Mönch aufgrund seiner außergewöhnlich scharfen Augen noch entdeckt haben? Hatte er gar eine Gesetzmäßigkeit erkannt, die allen großen Männern zuvor, von den alten Ägyptern, wie Ptolemaios, über Copernicus bis Tycho de Brahe, Galilei und Kepler, verborgen geblieben war? Am meisten überrascht ihn jedoch der stets wiederkehrende Wunsch des Mönches, dass Gelehrte, ja alle Menschen es den Planeten gleichtun und sich einander nähern sollen. Angezogen von jener geheimen Kraft, sollen sie, befruchtet von Geist und Seele der anderen, weiter ihren Weg gehen. Genau das waren auch Keplers geheimste Gedanken, die er bisher niemandem anvertraut hatte.

Bereits zwanzig Jahre vor seiner Geburt hatten sie im Kopf eines Mönches geruht. Welche Botschaft sollte hier von Geist zu Geist weitergegeben werden? Immer schneller fliegen seine Augen über das Papier. „Copernicus ... er nennt ihn „Mein Pate"? Ein Dialog mit Thales von Milet über die Sonnenfinsternis aus dem Jahr 585? Und was mag wohl hiermit gemeint sein?

„Das Feuer des Lichtträgers verblasst in den Strahlen der Sonne. Bahn für Bahn empfangen wir ihre Kraft. Ihr Verglühen ist Gottes Auftrag an uns, sein Lohn unser Wachsen. Die Erkenntnis führt uns an unseren Ursprung: Seinen Willen in uns zu leben."

Verwirrt liest Kepler weiter.

„Gemini, verpflichtet denen, die uns folgen werden. Der nächste im Jahre des Herrn 1571. Nach vierzig Jahren wird er bauen ein Auge, tausendmal schärfer als jenes des Adlers. Ihm wird einer folgen, Isaac mit Namen, und erkennen wird er das Geheimnis der Schwere."

Kepler lehnt sich zurück und blickt auf das Kreuz in der Ecke seines Zimmers. 1571 war sein Geburtsjahr. 1611 entstand Dioptrice, der erste Entwurf seines Fernrohrs, das zwei Jahre später gebaut wurde. Will Gott ihn strafen für seine anmaßenden Blicke in die Zukunft? Seine Horoskope? „Was willst du mir sagen, Gott? Habe ich mich dir zu weit genähert? Soll das Werk des Mönches mir zeigen, dass nur du entscheidest, wer nach vorne blicken darf. Ließest du mich deshalb so oft irren? Aber habe ich nicht meinen Weissagungen stets alle erdenklichen mathematischen Berechnungen zugrunde gelegt, versucht, mein Ahnen zu begründen? Wessen Werk halte ich hier in Händen? Nein, Gott, du urteilst nicht, du bist! Es kann nicht Strafe sein, es ist Geschenk! Meine Wahrsagungen. Durch diese Schriften fällt jede Schuld von ihnen! Was in dem purpurnen Buch steht, ist eingetroffen. Bin ich wirklich auserwählt, ein Teil davon zu werden? Eine kleine Welle im Meeresstrom der Zeiten, die die Liebe bringt? Du hast mich freigesprochen, lässt mich ihn lieben, den Mystiker in mir, den der Gelehrte so oft in Fesseln legte. Ich bin frei!"

Viele Seelen sind es, die in Keplers Brust ruhen. In zähem Ringen führen sie ihren gnadenlosen Kampf.

Der Gelehrte, der die Augen schließt.

Der Theologe, der seine Ketten sprengt.

Der Astronom, der sicher seine Schritte setzt.

Der Mystiker, befreit in grenzenlosem Schweben.

Die Gedanken großer Männer und Frauen hatten in dem purpurnen Werk ihre Bahnen gezogen und einander berührt. Das Buch war Botschaft und Auftrag zugleich. Noch in derselben Nacht blättert Keppler vorsichtig bis zur letzten beschriebenen Seite und liest in der Stille seines Arbeitszimmers laut den letzten Satz des Mönches:

„Begegnet einander und traget die Liebe in die Täler der Welt."

Dann taucht er den Kiel seiner Feder in das Tintenfass und beginnt zu schreiben.

Kapitel XII

Supernova

„Stellare schwarze Löcher sind Sternenleichen, die entstehen, wenn ein Stern seinen Brennstoffvorrat verbraucht hat und binnen Sekunden unter dem eigenen Gewicht kollabiert. Dabei blitzt der Stern noch einmal als Supernova auf. Das bisher größte schwarze Loch wurde in der Galaxie Messier 33 entdeckt. Es wiegt sechzehnmal so viel wie die Sonne. Mit ihren bisherigen Modellen können Astrophysiker die Entstehung derart großer stellarer Schwarzer Löcher bis heute nicht erklären."

Alles war erschreckend schnell über die Bühne gegangen. Der Anwalt, die Einigung über das Haus und sie waren geschieden. Am Ende ohne Streit, nachdem Sabina sich kurzfristig in eine andere Frau verwandelt hatte als jene, mit der er zwanzig Jahre zusammengelebt hatte. Er konnte im Nachhinein nicht mehr sagen, was für ihn schwerer zu verkraften gewesen war: Ihre Wut oder ihre Tränen. In der Nacht, in der er mit Reuter spätabends von einer Konferenz aus Wien zurückgekehrt war, hatte sie bereits im Wohnzimmer auf ihn gewartet. Ruhig und unbewegt, wie es ihrer Art entsprach, hatte sie wortlos den Brief vor ihn auf den Tisch gelegt, den er ihr vor Jahren zum Hochzeitstag geschrieben hatte.

„An mein Liebes! Heute, vor sieben Jahren, haben wir ‚ja' zueinander gesagt. Es waren schöne Jahre, die uns neben so viel anderem einen wundervollen Sohn geschenkt haben. Meine schönste Erfahrung aber bist du. Wir sind gemeinsam aneinander gewachsen, Hand in Hand, waren füreinander da und haben immer zusammengehalten. Deine Schönheit nehme ich dankbar an, bewundere deine Klugheit und dein einfühlsames Wesen. Du bist es, die mir auf meiner Suche nach Antworten auf so vieles, das einfach nicht beantwortet werden kann, vorlebt, dass aller Sinn im hier und jetzt liegt. Wie leicht es sich doch sagt: „Ich liebe dich". Und wie schwer es oft fällt, es zu zeigen und zu leben, inmitten von Zwängen und Verpflichtungen. Du bist eine außergewöhnliche und wunderbare Frau. Ich liebe die unzähligen Seiten in dir und die Zartheit, mit der sie in dir klingen. Ich liebe dich, deinen Körper, deine Stimme, deine Augen, deine Lippen. Deine Hände auf meinem Körper. Lass uns den Weg, der uns angeboten wurde, noch viele Jahre miteinander gehen.

In Liebe bei dir, Marco

Als er den Brief wieder ablegte, begann sie mit ruhiger Stimme zu sprechen.

„Hast du gelogen?!"

„Nein. Nur geirrt."

Dann konfrontierte sie ihn mit Fakten, ja, unverrückbaren Fakten, die er nur ja nicht versuchen sollte, zu leugnen. Die verhängnisvollen Zeilen, die sie vor einem Monat in der Mail-Box seines Handys entdeckt hatte, erwähnte sie zuletzt. Er verachtete sie dafür, nicht sofort darauf reagiert zu haben. Unbewegt ließ er den Hagelsturm ihrer Vorwürfe über sich ergehen.

Als er nicht einmal den Versuch unternahm, zu leugnen, schrie sie ihn an, schrie ihre Verzweiflung darüber hinaus, der Diebin ihres Glücks unterlegen zu sein und das Unvermeidbare akzeptieren zu müssen. Sie hatte den Kampf verloren. Ihre Wut, aufgestaut über Jahre des nebeneinander her Lebens, ergoss sich wie heiße Asche über ihn. Sie umarmte ihn, flehte ihn mit tränenerstickter Stimme an, sie nicht zu verlassen. Da begann auch er hemmungslos zu weinen. Sie hielten einander fest. Wie all die Jahre zuvor. Und dann sagte sie etwas, mit dem er nie gerechnet hätte, das ihn fast ein wenig irritierte in seiner nüchternen Sachlichkeit: „Lass uns einander nicht länger das vorenthalten, was wir bei anderen erfahren sollen."

Er war nun frei, doch er war auch alleine wie nie zuvor in seinem Leben. Wie mochte es Lisa gehen? Ob sie und Pascal wieder zusammen waren? Der Gedanke ließ in seinem Magen ein ganzes Panzerbataillon auffahren. Wenigstens hatte er mit der neuen Wohnung Glück gehabt. Oft hatte er beim Überschreiten der Nibelungenbrücke auf die hellgelbe Villa gesehen und jene beneidet, die von ihr aus den Blick über die Donau genießen konnten.

Jetzt war er es, der von dort aus das gegenüberliegende Linzer Schloss und die Altstadt betrachtete. Lisa. Bestimmt hätte ihr das Villen-Appartement mit dem herrlichen Ausblick gefallen. Beleuchtete Schiffe, die auch nachts in großer Zahl den Strom hinab glitten, die blau beleuchtete Kunstakademie und das in wechselnden Farben erstrahlende Lentos, das an diesem Abend mit sattem Rot die Donau in einen glühenden Lavastrom verwandelte.

Der Fluss hatte sich zwischen ihm und allem gedrängt, was sein Leben ausgemacht hatte. War es Sehnsucht, die sich unerwünscht anschickte, es sich in seiner Brust bequem zu machen? Er war ohne Rüstung fort gegangen. Nachdem er alle Brücken hinter sich abgebrochen hatte, waren die Schwerter der Einsamkeit ungebremst auf seine Schultern niedergesaust.

All seine Kraft und Stärke schien an jenen Ort gebunden zu sein, von dem er immer geglaubt hatte, er würde ihn schwächen. An das Haus, in dem Sabina nun allein lebte.

Die Vibrationen seines Handys rüttelten ihn wach. Es war Felix, sein Sohn. Sie waren einander nahe geblieben und als er seine Stimme hörte, erinnerte er sich an die Worte, die er so oft zu ihm gesagt hatte:

„Fang jetzt an zu leben und zähle jeden Tag als ein Leben für sich." Der Satz stammte von Seneca und hatte für ihn nach seiner Trennung eine ganz neue Bedeutung erlangt.

„Kommst du klar alleine dort drüben, Papa? Ich habe Ben getroffen, als er mit seinem Jausenbus zu uns in die Uni kam. Er hat von deinem großen Wohnzimmer und der tollen Aussicht geschwärmt. Und von deinem cremefarbenen italienischen Sofa. Sag mal, das Gemälde von Curd, hat Mama es freiwillig herausgerückt?"

„Was denkst du! Wegen dem Bild wären wir um ein Haar sogar noch beisammen geblieben."

„Das traue ich Mama glatt zu, wo sie doch immer so geschwärmt hat von Curd. Aber im Ernst, wie fühlst du dich in deiner Nobelvilla?"

„Ich bin ja nur eingemietet, aber es ist ein wahrer Glücksfall! Das Haus hat sogar seine eigene kleine Geschichte. Wusstest du, dass sich in ihm das Fotoatelier eines gewissen Nunwarz befand, der die Portrait-Aufnahmen des Karl May Fotografen Alois Schießer vertrieb?"

„Und?"

„Nichts und. Das war es auch schon."

„Mehr hat die Hütte nicht zu bieten? Ich dachte, jetzt kommt irgendetwas Aufregendes. Zum Beispiel, dass Mozart die Frau des Hauses beglückte und bei seiner Flucht vor dem Hausherren in die Donau sprang. Er war doch in Linz und hat für uns eine eigene Sinfonie komponiert, nicht wahr."

„Stimmt. Aber da stand die Villa noch nicht. Soll ich dir die Geschichte von Karl May jetzt zu Ende erzählen?"

„Na ja, ..."

„1902 besuchte also Karl May besagten Nunwarz in Linz und nächtigte am gegenüberliegenden Ufer im Hotel Rother Krebs. Keiner weiß genau, warum, aber eines Abends gingen die beiden an die Donau und warfen alle Negativ-Platten mit Aufnahmen von Old Shatterhand und Ben Emsi ins Wasser."

„Bestimmt eine Saufgeschichte. Sie werden gebechert haben wie die alten Färber."

„Haben Färber denn viel getrunken?"

„Na und wie! Sie waren die einzigen, die während der Arbeit Bier saufen durften. Blauer Farbstoff wurde aus Lapislazuli Mineralien und Indigo gewonnen. Damit die Farbpartikel sich bleibend in den Stofffasern festsetzen konnten, mussten die Färber kräftig in die Bottiche pissen. Aus diesem Grund wurden sie angehalten, den ganzen Tag Unmengen von Bier zu trinken."

„Hat man euch das auf der Kunst-Uni erzählt?"

„Allerdings! Jetzt erinnerst du mich an unser neuestes Projekt."

„Die „Altstadt-Visionen". Ich habe davon gelesen."

„Wir haben fast einen Monat lang nur Daten gesammelt und mit Bewohnern und Besuchern geredet. Der Verkehr muss weg vom Hauptplatz, dann kommt auch die Nostalgiebahn auf den Pöstlingberg besser zur Geltung. Dann noch ein Fußweg mit Leuchtdioden zum Lentos und Brucknerhaus! Und die Fassaden der Altstadthäuser malen wir weiß an. Ach ja, meinen eigenen Beitrag nicht zu vergessen: Zur Mahnung an die Gassenpisser bringen wir an den Häuserecken symbolisch Pissoirmuscheln an."

„Allein bei dem Gedanken treibt ihr die Stadtväter in den Wahnsinn."

„Keineswegs. Sie sind offener, als du denkst. Das Kulturjahr tut allen gut!"

„Ich bin sehr stolz auf dich und dein Engagement."

„Was ich bin, verdanke ich Mama und dir."

„Wo keine Glut ist, können sich auch keine Flammen entwickeln. Du selbst hast etwas aus dir gemacht."

„Ich habe jemanden kennen gelernt, Papa."

„Studiert sie auch an der Kunst Uni? Es ist doch eine „Sie"?"

„Klar, ich stehe nur auf Frauen, was die Auswahl an möglichen Sex- und Lebenspartnern allerdings etwas eingrenzt."

„Ich denke, du wirst das Auslangen finden."

„Sie arbeitet auf einem Schiff."

„Wenn sie zur See fährt, werdet ihr euch wohl öfter schreiben als küssen."

„Nein, es ist kein Kreuzfahrtschiff. Sie kellnert auf einem Holzkahn auf der Donau. Sie heißt Anna. Stell dir vor: Sie sagt, sie kennt dich!"

Die Stadt war einfach zu klein, er hatte es immer schon gewusst. Oder war das Leben mancher Menschen einfach nur kurioser als jenes der anderen, weil sie mit untrüglicher Sicherheit stets jene Seite des Stromes befuhren, auf der die meisten Strudel und Stromschnellen auftauchten? Es war ihm egal. Alles, was er wusste war, dass er wieder begann, es zu lieben, sein Leben.

Reuter verkniff sich jeden Kommentar zu Marcos Trennung, fragte ihn aber, ob er auch weiterhin rund um die Uhr mit ihm rechnen könne. Hinter dieser Frage versteckte sich der Vorwurf, dass Marco in den letzten Wochen nur wenig neue Impulse gebracht hatte.

Er wusste, dass es an der Zeit war, aufzustehen und zu lernen, mit den geänderten Verhältnissen zurechtzukommen. Und Lisa für immer zu vergessen.

Als Raimond Bernier die Ankunftshalle am Flughafen Linz betrat, wurde er bereits von Lisa erwartet.

„Es freut mich, sie wieder in Linz begrüßen zu können, Senor Bernier. Ich hoffe, sie hatten einen angenehmen Flug."

„Bestens und landschaftlich äußerst reizvoll. Die Pilotin ließ sich überreden und zog eine Schleife über Stift Melk und die Wachau. Ein schöner Flecken Heimat, den sie da haben. Darf ich sie noch auf einen Drink einladen, ehe wir in die Stadt fahren?"

„Tut mir leid, aber das wird sich leider nicht mehr ausgehen. Wir treffen Patrizia bereits um sechzehn Uhr im Lentos zur Begutachtung der Keplerschriften. Wenn Sie einverstanden sind, bringe ich Sie in ihr Hotel am Schillerpark und hole sie später wieder ab. Am Abend dürfen wir Sie dann zum Essen in den nahe gelegenen Promenadenhof einladen."

Auf seinem Zimmer goss sich Bernier ein Glas Bowmore ein und wählte die Nummer der Rezeption.

„In Ihrem Hotel wohnt ein Senor Pleskov. Verbinden Sie mich mit ihm."

„Buenas tardes, Senor Bernier."

„Holen Sie sich was zu trinken und setzen Sie sich. Was haben Sie bisher herausgefunden?"

„Es gab Probleme mit der Technik. Ich habe nach wie vor keine Erklärung dafür, warum die Peilung ständig versagt. Beim letzen Mal waren plötzlich ein griechischer Sänger und ein seltsames Rauschen zu hören. Also musste die alte Methode herhalten. Die Verrückte in den Bergen, die die beiden aufgesucht haben, war verschlossen wie eine Muschel. Sie wären nur zu ihr gekommen, um eine Art indische Seelenreise zu machen. Traunberg trifft sich auch noch mit ihrem früheren Freund, einem jämmerlichen Süßholzraspler namens Pascal. Aber er kommt gut damit durch bei ihr."

„Behalten Sie auch ihn im Auge. Vielleicht kann er uns noch nützlich sein.

Was ist mit dem anderen Freund."

„Der Lackaffe von der Presse mit den Schwimmerschultern? Sie hatten Streit. Ich glaube, er ist weg vom Fenster."

„In einer Stunde sehe ich mir die Pergamentbögen an und gebe Ihnen dann weitere Instruktionen. Ich bin mir nicht sicher, ob man mir alles anvertrauen wird, was über die Schriften und das Buch herausgefunden wurde. Behalten sie Traunberg weiterhin gut im Auge. Sollten sich Anzeichen ergeben, dass das Buch gefunden wird, informieren sie mich unverzüglich."

Es fiel Bernier nicht leicht, seine Erregung zu verbergen, als er sich über die Keplerschen Prophezeiungen beugte. Die Expertisen der Wissenschafter hatten die Vermutungen bestätigt: Die zweite Prophezeiung deutete auf die Existenz eines Buches hin und Bernier war überzeugt, dass in ihm der entscheidende Hinweis auf den Verbleib der Kunstgüter von Rudolf II. zu finden war.

„Wir haben in den letzten Tagen einige neue Erkenntnisse gewinnen können, besonders, was die elliptischen Bahnen betrifft. Sie überlagern den Text der Botschaften in wachsenden Umlaufbahnen. Wir haben die Bahnen auf den eingescannten Schriften mit Farbe – natürlich Purpur – überlegt. Dr. Traunberg und Dr. Rainbach haben herausgefunden, dass die Bahnverläufe mit den „Drei Keplerschen Gesetzen" zu tun haben müssen und uns Aufschluss sowohl über den Verbleib als auch den Inhalt des Buches geben könnten. Lisa, Marla, wenn ihr bitte fortfahren wollt."

„Das erste Keplersche Gesetz besagt, dass die Bahnen der Planeten Ellipsen sind, in deren einem Brennpunkt die Sonne steht. Auf die Bedeutung und Auswirkungen des heliozentrischen Weltbildes brauche ich wohl nicht einzugehen. Bei den Brennpunkten der Ellipsenbahnen, die sich aus der Anordnung der Worte und Buchstaben der vorliegenden Schriften ergeben, finden wir das Wort „Lichtträger" in der Mitte des Bogens 2, also der zweiten Prophezeiung. „Lichtträger" bedeutet „Luzifer", die Bezeichnung für den gefallenen Engel.

Warum Kepler ihm den Platz der Sonne zuweist, ist nicht nachvollziehbar. Wir müssen jedoch berücksichtigen, dass Kepler Theologe war. Es ist auszuschließen, dass er den Teufel als Zentrum der Macht sah. Vielmehr nehmen wir an, dass es sich um einen Hinweis auf den ewigen Kampf zwischen „Gut" und „Böse", um den zentralen Machtanspruch handelt.

Legen wir die drei Bögen und somit die genau festgelegten Ellipsenbahnen in unserer Computeranimation übereinander, entdecken wir folgendes: Einzelne Bahnen durchkreuzen an genau festgelegten Punkten dieselben Buchstaben, und zwar „C / H / E / Z / S / A / N /V / U / D / I / P / R /O / L / G".

Die Suche nach einem Namen oder Ort ergab in diesem Fall nichts. Unter allen möglichen Kombinationen dieser Buchstaben war eine Wortfolge jedoch besonders interessant: „In Purpur geschrieben von Land zu Land". Sie würde die zweite Prophezeiung um den Hinweis ergänzen, dass es sich bei dem Gegenstand tatsächlich um ein Buch handelt, das an einen Ort donauaufwärts gebracht wurde. Johannes Kepler verließ Linz 1626 in den Wirren der Bauernkriege Richtung Regensburg und Ulm. Er muss das Buch mitgenommen haben."

„Danke, Lisa. Machst du bitte weiter, Marla."

„Das zweite Keplersche Gesetz besagt, dass die Verbindungslinie von der Sonne zum jeweiligen Planeten, also der Radiusvektor, in gleichen Zeiten gleiche Flächen überstreicht. Wenden wir das Gesetz auf die Ellipsenbahnen unserer Schriften an, wird in der Botschaft eine Chronologie deutlich. Nehmen wir als Zentrum wieder den Bogen mit der zweiten Prophezeiung. Egal, wie wir die Bögen eins und drei anordnen: Die Flächen, die die Verbindungslinien vom Mittelpunkt des Bogens 2 ausgehend bilden, überziehen immer dieselben Schlüsselwörter aller drei Bögen. So etwa erzählt der dritte Teil der Botschaft von ‚Zweien, die voranschreiten und das Feuer des Lichtträgers mit der Kraft ihrer Liebe zum Erlöschen bringen'. Die Worte ‚zwei, Ort, Strom, Planeten und Liebe' liegen alle auf einer Fläche.

Das dritte Keplersche Gesetz könnte sich ausschließlich auf die erste der drei Prophezeiungen beziehen. Wir gehen davon aus, dass die Reihenfolge, in der die Bögen in die Eisenkiste eingebracht wurden, genau überlegt war. Die Quadrate der Umlaufzeiten der Planeten verhalten sich wie die Kuben, also 3. Potenzen, der großen Halbachsen ihrer Bahnellipsen. Bei den in dieser Prophezeiung angesprochenen ‚Schiffen und Segeln, die wie Jupitermonde und Himmelskörper die Planeten umrunden', können nur Satelliten gemeint sein. Dass es sich bei der Gefahr, vor der Kepler für 2029 warnt, um den Asteroiden Apophis 2004 MN4 handelt, wissen wir ebenfalls. Kepler legte seinen Vorhersagen stets wissenschaftliche Berechnungen zugrunde. In diesem Fall konnte er das allerdings nicht. Der Asteroid war zu Keplers Lebzeiten nicht zu orten."

„Ja, Lisa?"

„Der Asteroid wurde am 19. Juni 2004 entdeckt. Er ist ein sogenannter ‚Erdbahnkreuzer' und verdankt seinen Namen dem Widersacher des Sonnengottes Ra aus der ägyptischen Mythologie. Er rotiert in 30 Stunden und 37 Minuten um seine eigene Achse und nähert sich der Erde am 13. April 2029 in 30.000 km Entfernung. Vor kurzem sprach man von einer Wahrscheinlichkeit von 2,7 %, dass der Asteroid am Freitag, dem 13. April 2029, die Erde treffen und massive regionale Verwüstungen verursachen könnte.

Nun ergibt sich bei der von Frau Dr. Rainbach angesprochenen Chronologie der Botschaften, die sich in elliptischen Schichten von innen nach außen ziehen, ein Ganzes, ein Weg durch die Jahrhunderte. Alle Kombinationen der Schlüsselwörter deuten darauf hin. Von der Fackel des Lichtträges im Ursprung über den Sturm Kyrill 2007 bis in das Jahr 2029. Das Bindeglied zwischen all diesen Ereignissen sind die Worte ‚purpurn', ‚Land' und ‚ziehen'.

Unter Berücksichtigung dessen, was wir über Keplers Leben wissen, sind wir nun sicher, dass es sich um ein Buch handelt. Es lässt sich mit großer Wahrscheinlichkeit ausschließen, dass sein Inhalt auf die Existenz eines Kunstschatzes verweist. Im Gegenteil, wir interpretieren die Passage „Reichtum und Erkenntnis" mit der Erlangung von Wissen. Weiters müssen wir davon ausgehen, dass Kepler noch vor anderen Gefahren warnen will, die die Erde bedrohen und die er mit der Gestalt des Satans personifiziert. Es muss unser ganzes Streben sein, dieses Buch zu finden. Nicht nur wegen seines möglichen materiellen Wertes.

Was meinen Sie, Senor Bernier?"

„Ich applaudiere Ihnen zu dieser hervorragenden Arbeit, Ihnen allen. Das Buch muss gefunden werden und ich denke, dass dabei auf die deutsche Donaustadt Ulm nicht vergessen werden sollte. Als Kepler Linz verließ, kam er mit seiner Familie nur bis Regensburg. Die Donau war aufgrund des kalten Winters zugefroren und die Schifffahrt musste eingestellt werden.

Während seine Familie in Regensburg blieb, zog er alleine nach Ulm weiter, um später bei Sagan in Wallensteins Dienste zu treten. Erst dann kehrte er wieder nach Regensburg zurück. Ich würde also diese beiden Städte in die Suche mit einbeziehen."

„Das ist unsere Absicht, Raimond."

Bernier war zufrieden, als er wenig später im Promenadenhof sein Glas erhob. Man sollte nur die Ansicht vertreten, dass das Buch keinerlei Hinweise auf Kunstschätze enthielt. Er wusste es besser, als diese Narren.

„Auf Johannes Kepler, wo immer er und sein Buch sich gerade befinden mögen. Wie sind Sie eigentlich auf den Gedanken mit den Schichtellipsen gekommen, Lisa?"

„Es war ein bekanntes Gedicht von Rainer Maria Rilke, das mich inspiriert hat:

Ich lebe mein Leben in wachsenden Ringen,
die sich über die Dinge ziehn.
Ich werde den letzten vielleicht nicht vollbringen,
aber versuchen will ich ihn.

Und genau wie Rilke sollten auch wir immer danach streben, unser Leben nach geistigem Wachstum und nicht allein materiellen Gesichtspunkten auszurichten."

„Schließt das eine das andere etwa aus?

„Bei manchen Menschen, ja."

Es stand für Lisa von Anfang an fest, dass es kein langer Abend werden würde. Obwohl sie damit den Unwillen ihrer Chefin hervorrief, verabschiedete sie sich früh und fiel erschöpft in ihr Bett. Am nächsten Morgen war sie bereits gegen sieben Uhr im Büro, um sich auf den Termin bei Patrizia vorzubereiten. Die Direktorin beschloss, ihrer Mitarbeiterin völlig freie Hand zu lassen, wies sie allerdings in aller Schärfe darauf hin, dass sie für jeden ihrer Schritte Rechenschaft würde ablegen müssen.

„Findest du nicht, dass Bernier etwas zu desinteressiert wirkte? Gerade er rafft doch sonst alles an sich, was Geld bedeuten kann. Seine Kunstsammlung soll sogar eine wertvolle Purpurbibel enthalten."

„Viele Gerüchte ranken sich um ihn. Derartige Funde müsste er sofort den staatlichen Stellen melden."

„Ich bitte dich, Patrizia. Du weißt selbst, welche Kunstschätze in den Safes und Kellern von Privatsammlern lagern."

„Ich weiß nur, dass du Raimond misstraust, aber ich kann dich beruhigen. Er fliegt heute Morgen wieder zurück nach Barcelona."

„Wollte er nicht noch die Kunstmesse in Salzburg besuchen?"

„Er sprach von dringenden Geschäften, die ihn zur Heimreise zwingen würden. Hast du übrigens gewusst, dass Marco und er sich kennen?"

„Wie kommst du darauf?"

„Gestern, nach dem Abendessen, brachten wir Raimond zum Hotel. Uns fiel auf, dass er zurück Richtung Casinobar spazierte. Als wir wieder in die Landstraße einbogen, sahen wir ihn vor der Bar mit Marco Reiler stehen. Die Art, wie sie miteinander umgingen, hatte etwas Vertrautes."

An manchen Tagen war sie fast irritiert darüber, wie gut sie mit seinem Verlust zurechtzukommen schien. Tief in ihrem Inneren jedoch spürte sie, dass ihre Geschichte noch nicht fertig geschrieben war. Sie liebte ihn. Die Bekanntschaften, die sie seit ihrer Trennung gemacht hatte, bestärkten sie nur in diesem Bewusstsein. Es durfte nicht vorbei sein. Wegen nichts. Einer harmlosen Umarmung, die ihre Einsamkeit stillen sollte. Was danach gekommen war, existierte für sie nicht mehr.

Dass sie wieder mit Pascal geschlafen hatte, in einem befreienden Sturm von Lust und Gier, dies alles war nicht passiert. Ihre Tränen danach, die er ignoriert hatte und zur Zigarette griff. Dass sie den Dingen einfach ihren Lauf gelassen hatte, als er sie im Anschluss an die italienische Oper mit dem reservierten Zimmer auf dem Bergschloss bei Linz überraschte, es war nicht passiert. La Traviata erschien ihr als Abbild ihres eigenen Lebens. Sie hatte sich gehasst, als sie unter Pascal gelegen war und an Marco dachte. Sie waren nicht über Nacht geblieben, sondern zurück in die Stadt gefahren, deren Lichter sich vor ihren verschwommenen Augen zu einer blendenden, sich unaufhaltsam drehenden Scheibe verwandelt hatten.

Wie verlockend einfach es doch wäre, sich auf Prosecco und La Traviata auszureden, nur ein einziges Mal so sein zu können, wie Ruth. Ihre Unentschlossenheit, den Kontakt mit Pascal endgültig abzubrechen, verunsicherte sie. Die Freundschaft zu ihm hatte sie geradewegs zurück in sein Bett geführt.

Sie war nicht mehr sicher, ob sie nicht doch mehr mit diesem attraktiven Mann verband, als sie bisher angenommen hatte. Sie setzte sich ans Fenster, blickte hinab auf den blaugrauen Strom. Dann lauschte sie nach ihr, der Stimme, der sie immer hatte vertrauen können. Da war sie, ganz tief in ihrem Inneren, erst leise nur, dann lauter, als sie es zu hoffen gewagt hatte.

Sie klappte ihr Handy auf und wählte die Nummer.

Kapitel XIII

Curry-Purpur auf glühendem Stahl

„Leg bitte nicht auf. Ich möchte mit dir reden."

„Ich lege nicht auf. Schließlich möchte ich wissen, weswegen du anrufst. Aber fasse dich bitte kurz, ich muss gleich weg."

„Es war dumm von mir, mich von Pascal umarmen zu lassen, zugegeben, aber immerhin bist auch du nach wie vor verheiratet. Marco, bitte! So dürfen wir es nicht enden lassen. Es würde uns beiden nicht gerecht."

Alles in ihm drängte danach, es ihr zu erzählen, hinauszuschreien, dass er frei war. Er hätte nicht sagen können, warum, doch er entschied anders.

„Ich lebe mit einer Frau zusammen, von der ich mich trennen will, mit der mich nichts mehr verbindet. Das ist etwas anderes, als wenn man den Mann trifft, mit dem man vor kurzem noch eine heiße Affäre hatte. Es ist zu spät."

Ihr Wunsch, von ihm gehalten zu werden, endlich wieder seine Hände auf ihrem Körper zu spüren, war stärker als ihr Gewissen. Er würde niemals erfahren, was mit Pascal vorgefallen war. Sie wollte nicht mehr leben ohne sein Lachen, ohne die vielen Eigenschaften, die ihn von anderen Männern abhoben. All dies rechtfertigte in ihren Augen den Entschluss, ihn zu belügen.

„Vertraue mir. Es war nichts. Pascal und ich sind nur Freunde und er wird lernen, damit umzugehen. Er sagte, dass er mich liebt."

„Was? Er liebt dich?"

„Ja, er liebt mich immer noch und würde dich sogar als meinen Liebhaber akzeptieren, wenn ich nur zu ihm zurückkäme."

„Seid ihr noch zu retten? Wer bereit ist, so etwas zu ertragen, der kann nicht lieben."

„Er hat eben eine andere Auffassung von Liebe. Muss sie nicht auch großmütig sein, ohne einzuengen? Wer den anderen festhält, hat die Arme selbst nicht frei, um zu fliegen. Und entspricht nicht genau das unserer Sehnsucht, zu schweben und die Freiheit zu genießen? Die wahre Liebe muss bereit sein, Schmerz zu ertragen, wenn es den andern glücklich macht."

"Du irrst. Die wahre Liebe kennt keine Schmerzen und ihre Flügel können immer nur zwei Menschen umspannen."

„Ja, Marco, und diese zwei Menschen sind wir. Pascal wird niemals mehr sein, als ein guter Freund."

„Hättest du mir alles von Anfang an gesagt, ich hätte versucht, es zu verstehen, auch, wenn mir nicht wohl dabei gewesen wäre. Du hast mir jedoch erklärt, ihn nicht mehr wieder zu sehen, ohne dass ich dich je darum gebeten hätte. Du hast mein Vertrauen missbraucht, taktiert und abgewartet, wie die Dinge sich entwickeln würden. Obwohl du wusstest, dass eine Ehe, die zwanzig Jahre dauert, ihr Recht auf behutsame Auflösung hat."

Sie flehte ihn an, bei ihr zu bleiben, versicherte ihm, Pascal nun endgültig niemals wieder sehen zu wollen. Schon als sie es aussprach, spürte sie, dass er ihr nicht mehr vertraute. Er schwieg. Ein Schweigen, das schlimmer war als alles, das er ihr hätte an ihr Herz schmettern können. Dann sprach er leise: „Ich werde dich immer lieben. Leb wohl."

Die Arbeit half ihr, nicht an ihn zu denken. Auch die tröstenden Worte Pascals, an deren freundschaftlicher Aufrichtigkeit sie einfach glauben wollte, glauben musste, um nicht zu verzweifeln.

Sie beschloss, Marco in den hintersten Winkel des Vergessens zu schieben. Schon bald würde eine andere ihren Platz an seiner Seite einnehmen. Auch ihre Sehnsucht würde er stillen, mit ihr erleben, wovon viele Frauen dachten, dass es nicht mehr für sie vorgesehen war. Er zelebrierte seine Liebe, machte sie zu einem Reigen, dem man sich nicht entziehen konnte. Sein einfühlsames Aufgehen im anderen machte ihn zu einer gefährlichen Droge. Sie empfand Wut und Lust zugleich, wollte ihn anrufen, ihm an den Kopf werfen, dass sie alle seine E-Mails löschen, alle seine Briefe verbrennen würde. Sie weinte, spürte immer noch seine Hände auf ihrem Körper, als könnte ihre Haut sich an die sanften Berührungen erinnern und pochen auf diese Momente, die sie nie zuvor erfahren hatte. Sie brauchte ihn. Und er wusste es.

Nachdenklich blickte er von seiner Terrasse über den breiten Donaustrom. Wie ein stählerner Wurm wanden sich die Autos aus dem Tunnel des Römerberges, der nahe am Fluss emporragte und den westlichen Eingang zur Stadt markierte. Bereits zum dritten Mal las er den Brief, den er ihr geschrieben hatte. Er würde ihn auch heute nicht in den Umschlag stecken. Nicht Stolz hielt ihn davon ab, sondern Zweifel und Angst. Angst, von ihr verletzt zu werden. Er zerriss den Brief, griff hastig nach seinem Gedichtbuch, dem er immer noch seine Gedanken anvertraute.

„Die Traurigkeit. Sie legt uns Augenbinden an und hindert uns zu sehen, was um uns ist. Sie isoliert uns von der Welt.

Ein anderer Tag. Und dieselbe große Liebe. Nichts vermag sie zu zerstören. Der Strom zwischen uns, kalt durchschneidet er das Band, das uns verbindet. Breit und riesig wie ein Meer, und doch so klein im Vergleich zu meiner Sehnsucht nach dir. Ich gehe hinab zum Ufer, tauche meine Hand ins Wasser und schicke dir eine Welle voll Liebe. Zärtlich soll sie dich umspülen und dein Herz streicheln."

Er hasste sie, diese Angst, die ihn quälte. Diese unmännliche Angst, dass er unter ihrem Drang nach Freiheit leiden könnte, sollten sie doch wieder zueinander finden. Lisa und ihre Männer. Sie genoss es, auf Vernissagen umworben zu werden, liebte es, wenn alle Blicke auf sie gerichtet waren. Und sie hatte ihm auch gestanden, dass sie es mehr als andere Frauen brauchte, begehrt zu werden. Irgendwann würde ein armer Teufel auftauchen und versuchen, es an ihrer Seite bis zu seinem letzten Atemzug auszuhalten. Waren sie einander etwa ähnlich? Vielleicht. Vielleicht aber saß sie auch gerade lachend bei einem Glas Wein, umworben und nahe daran, mitzugehen, um zu vergessen. Oder lag bereits in den Armen eines anderen. Wieder kontrollierte er seine Mailbox, ob nicht eine Nachricht von ihr eingelangt war. Sie war leer.

Manchmal schützt unsere Intuition uns, indem sie unsere Aufmerksamkeit von Unangenehmem lenkt, das zu verarbeiten wir noch nicht in der Lage wären. Sie lässt Ereignisse erst dann in unser Bewusstsein dringen, wenn wir innerlich bereit sind, sie anzunehmen und unsere Entscheidungen zu treffen. Sie hielt seine Gedanken in festem Griff, dem zu entziehen er sich wie hypnotisiert weigerte. Etwas ließ ihn nach der Zeitung greifen, die er an diesem Tag bereits zweimal durchgeblättert hatte. Er überflog die Seiten gedankenlos, ohne besonderes Interesse oder Ziel. Das Bild eines Autowracks. Farbdruck. Ein Brückengeländer, verbogen wie Plastilin, über das ein Wagen ragt, anscheinend kurz davor, in die Fluten zu stürzen. Die linke Seite - völlig aufgerissen. Die Schlagzeile. Sein Atem wird kürzer, rasend schnell gleiten seine Pupillen über den Text:

„Horror-Crash auf der A 7"

„Die Linzer Galeristin Dr. Lisa Traunberg … auf der Vöest-Brücke … Der Wagen der Frau drohte, die Leitplanke zu durchbrechen und in die eiskalten Fluten der Donau zu stürzen. Die Lenkerin gab an, von einem silbergrauen Wagen abgedrängt worden zu sein. Wie durch ein Wunder wurde Traunberg nur leicht verletzt und konnte das Krankenhaus bereits am selben Tag wieder verlassen. Traunberg ist anlässlich des Kulturjahres 09 mit den Recherchen rund um eine antike Purpurbibel betraut, wie sie im italienischen Frauenkloster Brescia gefunden worden war. Ihr Wert wird auf 70.000,-- Euro geschätzt. Die Polizei prüft einen möglichen Zusammenhang zwischen dem Unglück und den unlängst im Landhauspark gefundenen Keplerschriften, über die wir bereits mehrfach berichtet haben ….."

„Ich möchte, dass du kommst." Das waren ihre Worte, als sie ihn anrief. Kein „Ich möchte dich sehen", kein „Ich brauche dich" oder „Halte mich fest". Er war enttäuscht. Er tat sich immer noch schwer mit Frauen, von denen er glaubte, dass sie seiner Stärke nicht bedurften. Oder nicht zugeben konnten, dass sie es tief in ihrem Innersten doch ersehnten.

Ein dicker Verband bedeckte die Wunde auf ihrer Stirn, die rechte Hand war bandagiert. Sie wirkte blass und müde. Er spürte, dass sie weit, weit weg von ihm war. Sein erster Impuls, sie sofort in die Arme zu schließen, verfing sich in dem fein gesponnenen Netz, das seine Vorsicht um ihn gespannt hatte.

Doch es war auch etwas an ihrem Verhalten, das ihn irritierte. Eine Kälte schien von ihr Besitz ergriffen zu haben, die sie umschloss wie ein undurchdringbarer Wall. Alles, wozu er sich im Stande sah, war zu fragen, ob sie Schmerzen hätte.

Sie meinte, sie könne mittlerweile gut umgehen mit Schmerzen jeder Art. Den Unfallhergang schilderte sie sachlich und detailliert, erzählte unbewegt, wie der Wagen neben ihr plötzlich die Kontrolle verloren und sie abgedrängt hatte. Der Aufprall am Geländer wäre unvermeidbar gewesen, der kalte Strom unter ihr bedrohlich und verlockend zugleich. Ob er nicht auch finde, dass dies seltsam sei.

„Weiß man schon etwas über den anderen Wagen?"

„Die Ermittlungen laufen. Die Zeitungen berichten, dass der Unfall mit dem Buch zusammenhängen soll. Schon vor Wochen haben sie von dieser Purpurbibel geschrieben, von Kunstschmuggel und dass jemand ungeduldig geworden sei. Es ist mir ein Rätsel, wer solche Informationen streut."

„Es muss nicht unbedingt jemand dahinter stecken. Du kannst dir gar nicht vorstellen, welchem Druck manche Journalisten ausgesetzt sind. Bei einigen regt das die Phantasie eben etwas zu sehr an."

„Vielleicht haben erst die Berichte dazu geführt, dass mich jemand bei den Fischen sehen wollte."

„Du glaubst also auch an Absicht?"

„Wir hätten von Anfang an alle Informationen zurückhalten sollen, alle. Jetzt haben wir bald die Schatzjäger im Genick."

„Ich mache mir Sorgen um dich, Lisa."

„Um mich? Du überraschst mich. Du meinst wohl eher um das Buch."

„Warum sollte es mir Kopfzerbrechen bereiten?"

„Du scheinst mehr daran interessiert zu sein, als deine Aufgabe in unserer Expertengruppe es verlangen würde."

„Ich weiß, dass ich nur als Sprecher und Pressemann fungiere. Das ist der Job, um den man mich gebeten hat. Alles, was darüber hinausging, tat ich nur, um dir nahe zu sein. Ich verstehe, dass du nach allem, was geschehen ist, reserviert bist. Doch es ist eine Kälte in deiner Stimme, die mich enttäuscht."

„Du bist enttäuscht, keine schwache, leidende Frau vorzufinden, um die du schützend deine Arme breiten kannst. Irritieren dich starke Frauen?"

„Was macht eine starke Frau aus? Sicher nicht, die Sehnsucht nach Schutz und Geborgenheit zu leugnen. Ist es gut, dass Männer und Frauen einander immer ähnlicher werden anstatt sich zu ergänzen? Uns reizt an euch nicht, was uns selbst ausmacht, sondern das, woran es uns oft mangelt. Euer Selbstbewusstsein und eure Sanftheit, die euch für uns interessant machen. Es ist das Fremde, das uns lockt."

Sie unterbrach ihn, nannte ihn boshaft ein „Soziales Fossil", um sich gleich darauf dafür zu entschuldigen. Zum zweiten Mal dachte er daran, ihr von seiner Scheidung zu erzählen. Auch diesmal ließ er den Gedanken wieder fallen. Sie hatten sich zu weit voneinander entfernt. Als er aufstand, um sich zu verabschieden, hielt sie ihn nicht zurück.

Patrizia war besorgt, versuchte Lisa zu überzeugen, mit den weiteren Recherchen abzuwarten, solange der Unfall nicht restlos geklärt sei. Lisas Misstrauen gegenüber Bernier war in ihren Augen nichts anderes als eine paranoide Karussellfahrt.

Obwohl auch sie den Eindruck hatte, dass er sein Desinteresse etwas übertrieben zur Schau stellte, war sie verärgert, dass man seine Seriosität anzweifelte.

„Bernier ist sauber, glaube mir, du steigerst dich da in was rein."

„Das sehe ich anders. Ich habe Nachforschungen über ihn angestellt. Unter seinen Veröffentlichungen waren auch folgende Werke: „Die Purpurbibel von Brescia" und „Kepler am Hofe Rudolf II." In letzterem schreibt er ausführlich von den verschwundenen Kunstgütern, über die wir bereits diskutiert haben. Jede seiner Zeilen darin trieft vor Gier, man kann es förmlich spüren. Mit diesem Werk hat er sich selbst die Maske vom Gesicht gerissen. Glaube mir: Seine Interessen gehen über das Sammeln astronomischer Raritäten und Schriften hinaus. Auch, wenn du große Stücke auf ihn hältst: Er ist ein kühler Rechner."

„Wie du meinst. Ich muss zurück ins Lentos. Wann können wir wieder mit dir rechnen?"

„Na, ab sofort natürlich!"

Als die signalrote Beleuchtung des Lentos wechselte, umstreifte der Strom die Stadt wie ein purpurnes Band. Ein warmer Wind schickte sich zaghaft an, ihn zu begleiten, wurde stärker und erzeugte kleine Wellen auf der Oberfläche des Wassers. Fast sah es aus, als wollten sie sich dem aufkommenden Sturm entgegenstrecken. Im Garten der Villa, den er von seiner Terrasse aus gut überblicken konnte, rieben die Bäume im Rhythmus der Windstöße ihre Zweige aneinander. Wieder einmal war er an ihren ersten Abend erinnert, als sie in der Waldtherme nebeneinander gelegen waren. Es war der Tag nach dem großen Sturm, der sich im Dunkel der Nacht ein letztes Mal aufgebäumt hatte.

„Ein Sohn Cyrills“, dachte er lächelnd und strich das dunkle Haar aus seiner Stirn. Noch ein Mal las er die Worte, die sie ihm geschickt hatte.

„Zeig mir deine Sterne.“

Das Licht der Kerze durchdrang das Glas mit dem Pinot Noir. Eine rote Ellipse tanzte auf dem marmorweißen Tisch und berührte den Bogen Papier, auf den er erleichtert die Feder setzte.

Kapitel XIV

Der Duft des Pfirsichs

„Sind wir einander wirklich so ähnlich? Stehen wir deshalb Situationen wie der heutigen so hilflos gegenüber? Dein Drang nach Freiheit – ich verstehe ihn, wenngleich er mir so vieles abverlangt. Ich liebe dich. Mit all deinen Bildern in dir. Lebe sie. Wann immer, wie immer und mit wem auch immer es für dich und jene, die dir begegnen, Erfüllung bringt. Ich wünsche es uns beiden, denn ich fühle wie du und will dennoch vertrauen. Vertrauen, dass es nur mich gibt in deinem Leben. Wie oft verträgt es sich zu sagen: „Ich liebe dich"?

Kann man es täglich tun und dabei Gefahr laufen, dass es für den anderen Gewohnheit wird? Ich will das Wagnis auf mich nehmen und dir immer sagen können, was ich fühle. Es ist das Gefühl allumfassender Liebe für jenen besonderen Menschen, der du bist. So oft ich es dir in den letzten Wochen auch gesagt und im Bett zärtlich an deinen Hals gehaucht haben mag, ich schreibe es dir heute wieder: Ich liebe dich und will es dir so oft und so lange sagen, wie du diese Liebe annehmen willst. Unsere Liebe, unsere Körper so oft und so lange aneinander spüren, wie du mich begehrst. Und sollte es nicht für immer sein und wir getrennte Wege gehen müssen, so wirst du dennoch für immer die Frau meines Lebens bleiben."

Marco

Sie hatte gedacht, es käme nur in zweitklassigen Filmen vor, dass Frauen die Briefe von Verehrern an ihr Herz drückten. Jetzt war es ihre eigene Hand, unter der die einfühlsamen Zeilen eines Mannes auf ihrer Brust ruhten. Das Papier wölbte sich unter dem sanften Druck, als fürchtete sie, irgendjemand könnte die geliebten Worte entwenden und einer anderen Frau zustecken. Sie war wieder stark, bereit, um ihn zu kämpfen. Sie würde ihn herausreißen aus diesem Gefängnis, dieser Farce einer Ehe.

Die Zeit, wie quälend langsam sie doch verstreichen kann. Als würde sie sich dafür rächen wollen, dass man ihr bisweilen nicht den gebührenden Respekt zuteil werden lässt. Noch eine ganze Stunde trennte sie von der erlösenden Umarmung, die ihre Liebe endgültig besiegeln würde. Er war der erste Mann in ihrem Leben, der Zärtlichkeiten in all ihrer Vielfalt zu variieren wusste. Nicht wie die anderen, die mechanisch ihr einstudiertes Programm abspulten oder nur an sich dachten. Er ließ sich treiben, nahm sie mit auf eine Reise, deren Route beide ohne Worte in blindem Verstehen wählten. Seine Gabe, sich gegenüber anderen zurücknehmen zu können, hatte sie selbstbewusst und ohne schlechtes Gewissen ihre Stimmungen ausleben lassen, ihr das Vertrauen geschenkt, dass nicht einmal ihre Launen seinen Blick auf ihr Innerstes zu trüben vermochten. Auch das machte ihn aus.

Manchmal hatte sie sich ausgemalt, wie es wohl sein würde, wenn sie ganz zusammen wären und Herz an Herz gegen die kalte Routine des Alltags ankämpften. Sie hatte ein scharf umrissenes Bild vor Augen gehabt, erstellt aus den vielen Momenten, die sie gemeinsam erlebt hatten. Sie fühlte sich absolut sicher und seine Zeilen, die immer noch auf ihrer Brust ruhten, bestätigten sie in diesem Gefühl.

Er hätte eine Überraschung für sie, hatte er gemeint, als sie ihn sofort nach dem erlösenden Brief angerufen hatte. Ganz fest dachte sie an den Wunsch, den sie schon nach ihrer ersten Nacht gehegt hatte. Den Wunsch, ihn ganz für sich zu haben, für immer mit ihm zu verschmelzen. Zu ihrem hellen Kleid trug sie eine Kette aus grünem Chrysopras und Turmalin, die sich über dem Dekolletee eng um ihren Hals schmiegte. Das rotblonde Haar strich über ihre nackten Schultern, als sie sich schwungvoll vom Spiegel abwandte und aufgeregt das Penthouse verließ. Sein Wagen wartete bereits. Er stieg aus, kam ihr entgegen und mit einem leisen Seufzer fiel sie in seine Arme.

Er fuhr mit ihr an die Donau. Die letzten Sonnenstrahlen des Tages tauchten die weißen Dampfer in helles Orange, hoben sie beeindruckend vom Blau des majestätisch dahin fließenden Stromes ab. Direkt an der Reling des weißen Restaurant-Schiffes speisten sie Zander und Mascarponefeuillette, dann führte er sie auf das exklusive Oberdeck des Schiffes. Sie nahmen in einem Strandkorb Platz und bestellten Moet & Chandon, der auf einem kleinen, mahagonifarbenen Tisch munter im Schein der Kerze perlte. Die Lichter der Stadt und ihrer hügeligen Siedlungen weckten in ihr Erinnerungen an Florenz und das Leuchten Fiesoles. Zärtlich wie am allerersten Abend, blickten sie einander an. Der Sturm, die Sterne, Thales und der eine Moment, der ihr Leben verändert hatte, waren wieder da.

„Es ist etwas vorgesehen für uns. Noch dürfen wir es nur erahnen. Wenn wir vertrauen, wird unser Weg uns weiterführen."

Als ein Komet über der Spitze des Mariendoms seine Bahn in den Himmel zeichnete, dachten sie nicht an Wünsche, wie viele andere es taten, wenn der Himmel ihnen einen Gruß entsandte. Sie glaubten vertrauensvoll an das, was ihnen vorherbestimmt war.

Auf dem Weg zur Villa entlang des Donauufers sprachen sie kaum ein Wort, vermochten nur im Schweigen einander all das zu sagen, was sie fühlten. Von Bord eines Schiffes, das majestätisch stromabwärts glitt, winkte ihnen ein junges Paar zu. Sie erwiderten den Gruß, wünschten den beiden jene Liebe, die sie selbst gefunden hatten. Als sie im Wohnzimmer die neunzehn langstieligen weißen Rosen sah, fiel sie ihm freudestrahlend um den Hals. Ein einziges Mal nur, an einem ihrer ersten Abende, hatte sie erwähnt, dass die weiße Rose ihre Lieblingsblume sei. Die Zahl neunzehn hatte er bewusst gewählt. Sie stand für den 19. Jänner 2007, an dem sie sich zum ersten Mal begegnet waren, dem Tag nach Cyrill.

Er nahm sie in die Arme, küsste sie zärtlich auf die Stirn. Und dann plötzlich ging ihr Wunsch in Erfüllung. „Ich bin geschieden", sagte er ruhig, strich eine Strähne ihres rotblonden Haars aus ihrer Stirn und blickte tief in ihre Augen. Sie schmiegte sich eng an ihn, weinte leise und mit ihren Tränen strömten monatelange Verzweiflung und banges Hoffen aus ihrem Körper, verloren sich in einem Meer von Geborgenheit und tiefer Liebe. Die Nacht, die sie miteinander verbrachten, veränderte ihr Leben, gab ihrem Atem einen völlig neuen Rhythmus. Sie spürten, dass ihre Herzen von nun an immer im selben Takt schlagen, ihre Seelen so einzigartig aneinander gedeihen würden, wie die Fächer eines Ginkgoblattes.

Am Abend des nächsten Tages besuchten sie die nahe gelegene Linzer Sternwarte. Seit langem schon hatte Lisa den Wunsch gehegt, einmal einen Blick in die „Sterne von Linz" zu werfen und er erfüllte ihn ihr nur allzu gerne. Auf der Fahrt zu dem Observatorium fragte er sie vorsichtig, ob es Neuigkeiten rund um das purpurne Buch gäbe.

„Noch zwei Wochen, dann haben wir wieder eine Besprechung im Landhaus. Wir werden dir im Vorfeld eine Zusammenfassung zukommen lassen, damit du deinen Landesrat rechtzeitig fit machen kannst."

„Wenn du meinst."

„Schatz, versuche mich bitte zu verstehen. Die Polizei bat mich nach meinem Unfall und den Zeitungsberichten, zumindest eine Woche lang niemandem gegenüber Details über das Buch zu erwähnen. Ich weiß um den Stellenwert, den du der Loyalität deinem Chef gegenüber einräumst. Du würdest ihm alles erzählen, was für ihn und seine politische Laufbahn wichtig sein könnte. Ich will nicht, dass du in einen Interessenskonflikt gerätst."

„Selbst wenn es so wäre, denkst du, Ernest ist nicht integer?"

„Ich unterstelle niemandem etwas. Ist er eigentlich mit Raimond Bernier näher bekannt?"

„Nein, nicht, dass ich wüsste. Warum?"

„Es ist nur eine Frage, die mich beschäftigt."

„Glaubst du immer noch, dass das Buch in Paris ist?"

„Ja, und ich habe vor, schon sehr bald dorthin zu fliegen. Woher weißt du das eigentlich?"

„Patrizia Dorner hat es mir erzählt. Könntest du vielleicht einen Assistenten brauchen, der dir das eine oder andere abnimmt?"

„Das wäre ja wundervoll! Du bist vom Fleck weg engagiert!"

Das Läuten von Lisas Handy unterbrach abrupt ihre Reiseträume.

„Paul? Bist du es? Ich kann dich kaum hören!"

„Das liegt sicher an deinem alten Handy. Vor zwei Jahren hat es übrigens beim Konsumententest „Kommganzfest!!!" miserabel abgeschnitten. Ich will dich nicht lange aufhalten, aber es ist wichtig."

„Worum geht es denn, Pauli."

„Ein Mann mit spanischem Akzent „Affe rennt!!" hat bei Evi und mir angerufen. Ich habe sofort gespürt, dass er mich über dich ausfragen will. Er gab sich als Mitarbeiter eines Reisebüros aus und wollte wissen, ob du noch an dem Flug nach Paris interessiert bist und ob ich etwas davon wüsste. Ich sagte „Nein", stimmt ja auch. Und dann wollte er noch wissen, ob es dir wieder besser geht nach deinem Unfall. Lisa? Bist du noch dran?"

Sie umklammerte den Türgriff des Wagens, drückte ihn so fest, dass die Knöchel ihrer Hand weiß hervortraten. Spanischer Akzent? Etwa Bernier? Nein, das wäre zu offensichtlich. Sie beschloss, sich ihre Unruhe nicht anmerken zu lassen.

„Danke, Paul. Ich kümmere mich darum. Sonst alles in Ordnung bei euch?"

„Alles klar, Lisa. Der Umsatz stimmt Eva glimmt! Demnächst stellen wir sogar einen Lehrling ein! Ich muss dann Schluss machen und hinunter zu den Plasmaschirmen Rastabirnen!! Schamhaardirnen!! Sie müssen bis fünf ausgepackt sein. Unser Bürgermeister Lutschverwaister!! will einen 132er kaufen. Also dann, ich ruf dich nächste Woche wieder an."

Mit bebenden Lippen versuchte er, dem neuerlichen Ausbruch des Wortfeuerwerks in seinem Kopf zu entgehen. Wie ein Mahlwerk arbeiteten seine Kiefermuskeln. Vergebens. „LLLu..LLutsch mich Fähnrich", bellte er erleichtert in den Hörer.

Sie stellten den Wagen nahe dem Park ab, der die Sternwarte umgab. Erwartungsvoll spazierten sie vorbei an blühenden Forsythien bis zu einem erleuchteten Brunnen, wo sie dem friedvollen Plätschern des Wassers lauschten. Da bis zur Öffnung der Führung noch ein wenig Zeit war, setzten sie sich in einen der Rosenpavillons, von wo aus sie neugierig in den Himmel blickten. Unzählige Sterne funkelten über ihnen und schienen so nahe, als bräuchten sie nur die Hände auszustrecken, um sie zu berühren.

„Sag mal, hörst du auch die griechische Musik und das Lachen?"

„Ja, es scheint aus dem Gebüsch dort unten zu kommen. Kannst du jemanden erkennen? Männer sehen im Dunkeln besser als Frauen."

„Wer sagt das?"

„Frauen, die sich im Dunkeln fürchten."

„Ich sehe nichts."

„Das müssen doch mindestens zwanzig Leute sein, den Geräuschen nach. Jetzt singt sogar jemand, horch!"

„Dort ist aber nichts. Nicht einmal der Schatten eines Sirtakitänzers. Bestimmt kommen die Klänge aus einem der Häuser drüben im Zaubertal. Der Wind trägt gerne seine Geschichten von unten herauf auf den Berg."

„Was ist das eigentlich für ein Sternbild dort drüben, das wie ein „W" aussieht?"

„Das müsste Kassiopeia sein!"

„Und die Sternengruppe daneben, die sich wie ein Balletttänzer durch den Sternenhimmel schraubt?"

„Das ist das Sternbild des Perseus, ein Zirkumpolarsternbild, also das ganze Jahr über sichtbar. Perseus war ein Sohn des Zeus, der die Medusa besiegte. Später rettete er die äthiopische Königstochter Andromeda vor einem Meeresungeheuer. Sie sollte dem Gott Poseidon geopfert werden, weil ihre Mutter, Kassiopeia, sich gerühmt hatte, schöner als alle anderen Meeresnymphen zu sein. Perseus fand Andromeda nackt an einen Felsen gekettet. Auf seinem geflügelten Pferd Pegasos stieß er vom Himmel herab, spaltete dem Untier den Schädel und dann … „

„ … haben sie geheiratet …"

„ … und kriegten einen Sohn: Elektryon, der Großvater des Herakles."

Als sie vor dem modernen Spiegelteleskop standen und den Erklärungen des Astrophysikers folgten, begann Lisa Marcos Faszination an den Sternen zu verstehen.

„Bevor wir einen Blick in die Sterne werfen, noch eine kurze Information über unser neues Cassegrain-Teleskop. Der Hauptspiegel mit einem Durchmesser von 500 mm und einer Brennweite von 5 m konzentriert genügend Licht, damit wir auch weit entfernte, lichtschwache Gestirne beobachten können. Mit diesem Instrument können Objekte ausgemacht werden, die zehntausend Mal schwächer sind als die schwächsten mit bloßem Auge erkennbaren Gestirne. Wir werden Leben und Tod von Sternen, Sternenexplosionen und Millionen Lichtjahre entfernte Galaxien beobachten können. Die Dame mit den rotblonden Haaren: Möchten Sie als erste einen Blick in die Unendlichkeit werfen?"

Er beobachtete sie genau, als sie neben ihm vor das riesige Teleskop trat. Erleichtert bemerkte er das Strahlen in ihrem Gesicht.

„Was mag es sein, das uns umgibt?"

„Alles, was du fühlst", antwortete er. „Es liegt an dir, das Staunen wieder zu erlernen."

„Ich stelle mir vor, die Sterne wissen in jedem Augenblick genau, was wir tun. Sie achten darauf, dass wir immer versuchen, nach ihnen zu greifen. Ich glaube, ich kann deine Sehnsucht jetzt besser verstehen, mein neugieriger Sternenwandler. Was sind eigentlich Wandelsterne?“

„Nichts anderes, als Planeten, die die Sonne umlaufen. Man kann sie nur im reflektierten Sonnenlicht beobachten. Anders als die Sterne, nehmen wir sie in Scheibengestalt wahr. Die Bewegungseffekte erklären sich dadurch, dass entweder unsere Erde einen oberen, langsameren Planeten überholt, oder selbst von einem unteren, schnelleren Planeten passiert wird. Tycho de Brahe beobachtete diese Bewegungen mit einer Armillarsphäre. Er benutzte sie zum Anvisieren und Verfolgen von Sternen und Planeten. Doch es gab viele Instrumente zur Beobachtung, etwa das Regulae Ptolemaei.“

„Und die Gesetze der Gravitation halten sie auf ihrer Bahn. Newton kam etwa zwanzig Jahre nach Galilei dahinter.“

„Ja, sein Verdienst ist, dass er mehrere Entdeckungen der damaligen Zeit miteinander in Verbindung gebracht hat, zum Beispiel Galileis Fernrohrbeobachtungen und Keplers Gesetze der Planetenbewegungen. Daraus entwickelte er die Gesetze der Anziehungskräfte zwischen den Himmelskörpern. Von nun an verstand man, warum die Erde nicht in die Sonne und der Mond nicht auf die Erde stürzen, obwohl sich die Körper anziehen.“

„Und warum werden die Bahnen der Planeten durch die Gravitation nicht größer oder die Planeten durch die Fliehkraft gar in den Weltraum geschleudert?“

„Der Grund ist, dass die Kraft, mit der die Sonne einen Planeten anzieht, genau so groß ist wie jene Fliehkraft, die den kreisenden Planeten von der Sonne wegziehen möchte. Auch wir tragen das Gesetz des Kosmos in uns. Bestimmte Menschen begegnen einander auf den Bahnen ihres Lebens, ziehen sich an, um aneinander zu wachsen. Wie die Planeten auf ihren Ellipsenbahnen folgen sie einer höheren Ordnung.

Jedem ist seine Bahn von Beginn an vorgezeichnet. Die Wissenschaft wäre nicht so weit, hätten nicht große Männer wie Brahe, Kepler oder Newton erkannt, wie wichtig Kommunikation und Austausch sind. Dies gilt nicht nur für die Wissenschaft. Trotz der Nachteile, die das Zusammenrücken der Welt gebracht hat: Wir müssen erkennen, dass wir nur dann überleben, wenn wir uns austauschen und aneinander wachsen, ohne ineinander in übermütiger Toleranz aufzugehen. Die Vielfalt der Sterne muss uns Mahnung sein, auch unsere Verschiedenartigkeit zu akzeptieren. Was in den Sternen steht, ist auch in uns festgeschrieben."

„Glaubst du eigentlich an Horoskope?"

„Ich bin mir nicht sicher. Jeder von uns hat sein Bild in den Himmel gemalt bekommen. Doch er selbst muss es sein, der nach ihm sucht, es finden und sein Schicksal annehmen. Niemand außer uns selbst darf sich anmaßen, das Werden eines anderen im Voraus erkennen zu wollen. Selbst Kepler hat versucht, seriöse Horoskope zu erstellen. Viele seine Vorhersagen trafen ein. Er hasste aber Scharlatane und legte all seinen Vorhersagen stets aufwändige Berechnungen zugrunde. Er war der genialste Mathematiker seiner Zeit."

Lisa war irritiert, als Patriza Dorner sie am nächsten Morgen in die Direktion zitierte. Sie war sonst immer zu ihr ins Büro gekommen, wenn es kurzfristig etwas zu besprechen gab. Während Dorner und die übrigen Mitglieder der Expertengruppe mittlerweile davon ausgingen, dass das Buch sich in Regensburg befinden müsse, hielt Lisa nach wie vor an der Theorie von Peter Vasnovsky fest und vertraute den Informationen seiner Witwe. Als sie Patrizia von dem beabsichtigten Parisflug erzählte, reagiert diese ungehalten.

„Du bist es, die Rechenschaft wird ablegen müssen über jeden einzelnen Cent. Liefere endlich brauchbare Resultate und besiege deinen Stolz. Warum tauschst du dich nicht mit Bernier aus? Du tust auch deiner Stadt einen Gefallen, wenn sich in der Sache etwas tut."

„Ich will alles für meine Stadt tun. Aber nichts für Bernier!"

„Kurz, bevor du gekommen bist, war Marla Rainbach bei mir. Sie hat mich ersucht, dir diesen Umschlag zu geben."

Ungeduldig riss Lisa ihn auf. Mit jeder Zeile wurde ihr Lächeln breiter. Es handelte sich um eine Zusammenfassung der letzten Computeranalysen über die Keplerschen Prophezeiungen. Die Texte wurden mit den Ellipsen der Umlaufbahnen jener Planeten abgeglichen, die zu Keplers Zeit bekannt waren. Es ergaben sich exakt neun Kreuzungspunkte. Die Buchstaben, die auf ihnen lagen, bildeten ein Wort: „T.I.B.I.D.A.B.O."

„Das darf doch nicht wahr sein! Tibidabo, die höchste Erhebung im Norden Barcelonas!"

„Richtig. Aber da war noch etwas, das die Analyse ergeben hat, und zwar konnte ein weiteres Textmuster erfolgreich entschlüsselt werden: Kepler teilt uns darin mit, dass einst zwei Liebende erwählt würden. Nur ihre Liebe könne die drohende Gefahr im Jahre 2029 abwenden. Und einer von ihnen drohe, im Feuer des Lichtträgers zu verglühen."

Kapitel XV

Der Leonidenschwarm

Krachend zersplittert das Holz der schweren Bibliothekstür unter den mächtigen Hieben. Hinter ihr befindet sich das Wissen Generationen Gelehrter aus aller Herren Länder. Wieder und wieder sausen die Äxte nieder, bis das eiserne Türschloss nachgibt und polternd zu Boden fällt.

Fassungslos betritt Gringallet das Arbeitszimmer seines Herrn.

„Meister Kepler! Herberstorff und die Katholischen! Sie beschlagnahmen eure Bücher. Viele Protestanten sind verhaftet!

„Mein Gott, Gringallet. Wie konnte ich ahnen, dass sie es wagen würden?

Es ist der Ketzer, den sie in mir sehen wollen und nicht den Gläubigen und Astronom. Ich dachte, sie würden verstehen."

„Herr, es eilt!"

„Es ist zu spät, um etwas zu unternehmen. Wir müssen abwarten. Man wird nicht wagen, etwas zu vernichten, solange ich in Diensten des Kaisers stehe. Nicht alle Jesuiten sind mir Feind. Pater Guldin, der bei Hofe in Wien lebt, wird sich für mich verwenden."

Es sind schwere Zeiten für die schöne Stadt an der Donau. Kaiser Ferdinand II. konnte den Bayrischen Herzog Maximilan gewinnen, gegen die böhmischen Protestanten ins Feld zu ziehen. Als Gegenleistung verpfändete er ihm Oberösterreich mit Linz, von wo aus der bayrische Statthalter, Graf Adam von Herberstorff, sein Schreckensregiment führte und gegen die Protestanten mit aller Härte zu Felde zog.

Von seinem Fenster aus blickt Kepler sorgenvoll Richtung Hauptplatz.

„Der Auftrag des purpurnen Buches ist klar, sein Weg vorgezeichnet. Zu allen Zeiten wird es für seine Besitzer Wegweiser und Mahnung sein, den Menschen in Liebe und Toleranz zu begegnen und Wissen weiterzugeben. Die wahre Liebe, die weder verlangt noch fordert, die offen ist und die vertraut. Das ist unsere bescheidene Rolle im Gesetzbuch der kosmischen Macht. Wir werden unseren Auftrag erfüllen und das Buch vor jenen bewahren, die noch blind sind für das Vorherbestimmte. Sonst wird die Liebe einst erlöschen auf unserer Erde, verbrannt von der lodernden Fackel des Lichtträgers."

Noch zwei weitere Werke bereiteten Kepler Sorgen: Die „Harmonices Mundi libri V" mit dem in Linz gedruckten Titelblatt und die „Rudolfinischen Tafeln", ein Sternenkatalog mit Planetenbewegungen, die er in seinem Arbeitszimmer in der Rathhausgasse vollendet hatte.

„Sobald die drei Werke wieder in unserem Besitz sind, werden wir nach Ulm gehen. Ich fühle, es wird Zeit, unsere geliebte zweite Heimat zu verlassen. Das Schicksal stellt seine Weichen für diese Stadt. Es wird ein schwerer, doch immer bedeutungsvoller Weg sein, der für sie bestimmt ist. An seinem Ende sollen Liebe und Toleranz stehen, unter all ihren Bürgern mit der Vielfalt ihrer Gesinnungen und Religionen. Das Purpurbuch wird hierher zurückkehren. Mögen meine Prophezeiungen einst in die richtigen Hände gelangen und die Botschaft entschlüsselt werden.

Hast du die Eisenkiste nach meinen Vorgaben anfertigen lassen, Gringallet?"

„Sie steht bereit. Der Schlosser vermochte den Mechanismus, den ihr entworfen habt, nur mit Mühe umzusetzen."

„Danke, treuer Gringallet. Wenn alles gut geht, wird meine Familie schon bald in Sicherheit sein. Inzwischen zwingt man sogar meine Kinder, an der katholischen Messe teilzunehmen. Viele Jesuiten und Katholiken, die mir wohl gesonnen sind, legen mir nahe, Linz zu verlassen. Unsere Freunde, Erasmus von Starhemberg und seine Frau Elisabeth, die meine Hochzeit in Eferding ausgerichtet haben, wurden all ihrer Güter beraubt. Hitzler hat man bereits ins Verlies geworfen und in den Kellern des Schlosses schmachten dutzende Adelige für ihre protestantische Gesinnung. Ich muss meinen Einfluss bei den Katholiken geltend machen."

„Ihr wollt für Pastor Hitzler eintreten? Gerade für ihn, der euch wegen eurer freien Gesinnung bekämpft, ja sogar vom Abendmahl ausgeschlossen hat?"

„Wäre ich Christ, wenn ich es nicht täte?

Einen ganzen Monat lang durchwühlen Jesuiten die Keplersche Bibliothek, um alle Bücher ketzerischen Inhalts bei den neuen Mächtigen im Lande ob der Enns abliefern zu können. Zu den Rudolfinischen Tafeln erhält der Astronom bereits nach wenigen Tagen wieder Zugang. Schließlich war es auch der katholische Kaiser gewesen, der dieses bahnbrechende Werk in Auftrag gegeben hatte. So erleichtert Kepler auch ist, es kann ihn nicht darüber hinwegtrösten, dass ihm bei zahlreichen anderen Büchern dieses Glück nicht vergönnt ist. Viele werden versiegelt, einige wenige sogar entnommen und an einen geheimen Ort verbracht. Allein das purpurne Buch bleibt noch immer unentdeckt. Gut versteckt ruht es in einer unscheinbaren, hölzernen Schatulle. Schließlich beugt man sich vor der Fülle an Schriften und befiehlt dem Astronomen, selbst auszusondern, was der mit Härte betriebenen Rekatholisierung des Landes schaden könnte. Eigens abgestellte Jesuitenpater verfolgen jeden seiner Handgriffe mit strengem Blick.

Wenngleich sie ihre Aufgabe nicht allzu ernst nehmen, gelingt es Kepler tagelang nicht, die Schatulle mit dem Purpurbuch unbemerkt in Sicherheit zu bringen. Entweder einer der Jesuitenpater blickt ihm beim Studium der Bücher neugierig über die Schulter, oder er setzte sich zu ihm an den Bibliothekstisch, um eine Frage nach der anderen an ihn zu richten.

Am elften Tag der Zensur endlich scheinen die Sterne günstig zu stehen. Wie immer schließt Pater Pulchrin ihm die Tür zur Bibliothek auf, anders als sonst verabschiedet sich der Alte jedoch wieder. Auch kein anderer Jesuit ist in diesen frühen Morgenstunden zu sehen. Kepler zögert nicht und greift mit beiden Händen unter das Regal mit der Kometenstreitschrift.

Er verschiebt die vier Holzriegel, löst einen Stift und zieht die hölzerne Schatulle zwischen den beiden Schienen wie eine Lade heraus. Das purpurne Buch! Auftrag und Vermächtnis, Sehnsucht und Erlösung. Hort des Wissens Generationen Auserwählter. Er sieht nicht den Schatten, der sich über dem steinernen Fußboden ausbreitet und unheilvoll seinen Rücken empor kriecht. Und schon erfüllt die Stimme eines hühnenhaften Mannes dröhnend den Raum.

„Ioannes Kepplerus, ich irre doch nicht, wenn ich annehme, dass ihr bei eurer Arbeit Hilfe gebrauchen könnt?"

„Man soll nicht fragen, welche Hand es ist, die Gutes tut, sondern sie dankbar walten lassen. Und dennoch. Ein Wort des Grußes, das ihr vorauseilt, wird stets gern gehört."

„Jakob Keller ist mein Name. Berater Maximilians, Herzog von Bayern. Ihr rechtfertigt doch unser Vertrauen und lasst bei der Zensur jene Sorgfalt walten, die ihr gelobt habt? Was ist das für eine Schatulle in eurer Hand?“

„Sie enthält Aufzeichnungen meiner Berechnungen über die Planetenörter und Entwürfe für die Rudolfinischen Tafeln. Ein Auftrag des Kaisers, wie ihr wisst, auf den auch eure Glaubensbrüder schon so sehnsüchtig warten. Wir können sie gerne studieren und eure Kenntnisse der Trigonometrie auffrischen.“

„Reicht mir doch einmal die Schatulle! Hm, ganz schön schwer ... Vielleicht später! Das Buch dort hinten rechts, ja, das mit dem zerfransten, fleckigen Umschlag. Fast wolltet ihr es verschlingen, als ihr unter meiner Stimme zusammengezuckt seid. Wollt ihr es vor mir verbergen?“

„Es ist kein Werk von Bedeutung, Pater.

„Gebt es sofort her! Was? Hyperaspistes? Euer zweifelhaftes Werk über Kometen? Wahrscheinlich verbirgt sich Lutherisches zwischen den Zeilen, feige versteckt und verschlüsselt mit geheimen Zeichen! Ich werde es versiegeln. Wir sehen uns bald wieder, Kepler.“

„Lebt wohl, Pater, und vergesst nicht: Wir sind Brüder ein und desselben Glaubens. Gott sei mit euch.“

Die Mühlen der Gegenreform arbeiten zuverlässig, treffen neben Gelehrten, Geistlichen und Adeligen auch die protestantischen Bauern hart. Nicht lange erdulden sie die grausame Herrschaft Adam von Herberstorffs. Unter ihrem Führer Stephan Fadinger schließen sie sich in Gruppen zusammen und ziehen plündernd durchs Land.

Selbst vor Kirchen und Klöstern machen sie nicht halt und lassen viele lodernd und qualmend hinter sich. Nach der Eroberung von Wels erreicht das Heer der Bauern im Juni 1626 Linz.

Über zwei Monate dauert die Belagerung der Stadt an, über die sich gespenstisch der Qualm abgefeuerter Kanonenkugeln legt. Linz gerät so heftig unter Beschuss, dass mehr als siebzig Häuser entlang der Stadtmauer ein Raub der Flammen werden. Auch die Plancksche Druckerei ist nicht mehr zu retten und so verbrennen Teile der Rudolfinischen Tafeln. Hätte Kepler sein Originalmanuskript nicht rechtzeitig in Sicherheit bringen können, das einzigartige Werk wäre rettungslos verloren gewesen. In diesen Tagen bewohnt er das über der Stadtmauer errichtete Landschaftshaus, das unglücklicherweise genau im Schussfeld der Belagerer liegt.

Kepler mahnt den Kaiser in einem Eilbrief, dass an einen Druck der so bedeutenden Sternenkarten in Linz nicht mehr zu denken ist und endlich stellt die Prager Hofkanzlei ihm am 8. Oktober 1626 den lang ersehnten Sonderpass aus.

Geschützdonner, umhereilende Soldaten, schreiende Verwundete werden den Gelehrten für immer prägen und mahnen ihn an seinen Auftrag, das purpurne Buch der Liebe immer bei sich zu führen und zu schützen. Die eiserne Kiste mit den drei Prophezeiungen muss er in den Wohnräumen über der Stadtmauer zurücklassen. Gott sollte entscheiden, wem es gelingen würde, sie zu öffnen und die Botschaft zu entschlüsseln.

Es ist kalt und nieselt, als Kepler und Gringallet auf dem nebelverhangenen Linzer Hauptplatz voneinander Abschied nehmen.

„Leb wohl, Gringallet, Gott schütze dich. Und dein Entschluss steht endgültig fest?"

„Ja, Herr. Es soll nicht noch einmal passieren, dass ich mich hinter Mauern verstecke, während andere um mich herum ihr Leben lassen. Fortan will ich mein Glück als einfacher Soldat in der Armee suchen."

„Da, nimm diesen Beutel. Er soll dir helfen, die Zeit bis zu deinem ersten Sold zu überbrücken."

„Aber … Ihr und die euren, Ihr habt doch selbst nicht mehr viel?"

„Es wird reichen. Gib acht auf dich, teurer Gringallet."

„Ich danke euch, edler Kepplerus."

Nach vierzehn bewegten Jahren verlässt Johannes Kepler jene Stadt, die er so lieb gewonnen hat. Die Kutsche ist teuer und so besteigt er in Linz mit seiner Frau und den drei Kindern ein Donauschiff. Vorbei an winterlichen Uferlandschaften, begeben sie sich auf die zeitraubende Reise in das protestantische Ulm. Doch der Winter fordert früh sein Recht ein in diesem Jahr und die Fahrt muss auf halbem Wege in Regensburg unterbrochen werden.

Susanne bezieht mit den Kindern im Haus des Schneiders Haller Quartier, während der Astronom alleine weiter nach Ulm reist, um endlich die Rudolfinischen Tafeln drucken zu lassen.

Während der schwierigen Arbeiten mit Buchdrucker Jonas Saur trennt Kepler sich keine Minute von dem purpurnen Buch. Er nimmt es auch mit nach Sagan in Schlesien, wo er gegen tausend Gulden Jahresgehalt für Albrecht von Wallenstein, den großen Feldherrn des Dreißigjährigen Krieges, Horoskope erstellt. Erst drei Jahre später kann er seine Familie in Regensburg wieder in die Arme schließen.

Es ist bereits spät in der Nacht, als der Astronom der hölzernen Schatulle das in Leinen gewickelte Purpurbuch entnimmt. In den Jahren bei Kepler war das Buch um ein Meer von Gedanken, Visionen und Botschaften bereichert worden, die der Astronom in langen Nächten niedergeschrieben hatte. Im Schein des Kerzenlichts will er nun zum letzten Mal den Kiel über das purpurne Papier wandern lassen.

Er schließt kurz die Augen, tunkt dann die Feder in das Tintenfass und beginnt zu schreiben:

„Schiffe und Segel werden gebaut, die sich für die Himmelsluft eignen.

Solche auch, die wie Jupitermonde und all die Himmelskörper die Planeten umrunden und ihre Bahnen ziehen.

Den Namen Satelliten werden sie tragen.

Auch die Kreise der Menschen werden einander berühren, in rasender Geschwindigkeit und dennoch harmonisch und liebevoll.

Dem gesamten Globus wird jene Melodie erklingen, die ich in den Sternen bereits vorweggenommen sah.

Im Gleichklang lauschen wir ihr und singen sie mit.

Im Dritten Jahrtausend dann wird entschieden, ob Gottes Liebe, die wir in uns tragen, das Feuer des Lichtträgers zum Erlöschen bringt.

Erst dann wird Gott sich selbst in uns erkannt haben.“

Als er die Feder ablegt und das Buch schließt, bleiben noch viele Blätter leer. Ehrfurchtsvoll spürt er, dass ihm eine kleine, bescheidene Rolle im Plan Gottes vergönnt war. Ein Wimpernschlag vor dem Auge der Ewigkeit. Er will das purpurne Vermächtnis beizeiten demjenigen anvertrauen, dessen Herz im Lachen wie auch im Weinen ganz nah an dem der andern sein kann. Leider ist es ihm nicht mehr vergönnt, einem solchen Menschen zu begegnen. Am 15. November 1630 schlägt Keplers Herz zum letzten Mal. Wer in den Tagen um seinen Tod in den nächtlichen Himmel blickt, wird Zeuge eines seltenen Schauspiels: Im Sternbild des Löwen regnet es Sternschnuppen in unendlicher Zahl. Thales weint seine Tränen, die Cyrill mit sanften Winden weit über das Firmament streut.

Bis zum heutigen Tage geht alle dreiunddreißig Jahre ein solcher Leonidenschwarm, benannt nach dem Sternbild des Löwen, auf die Erde nieder. Keplers Schiffe sind allgegenwärtig, ziehen ihre Kreise auf seinen und Frowins elliptischen Bahnen. Künstliche Monde, Wetter- und Nachrichtensatelliten, umrunden die Erde. Raumlaboratorien, wie die ISS, setzen stolz ihre Solarsegel. Künstliche Himmelskörper entschweben zu entfernten Planeten und umrunden sie.

Immer noch weint Thales um einen seiner liebsten Sternenapostel. Er ist müde und will ausruhen nach all den Kaisern, Heerführern und Gelehrten, die das Buch inzwischen bereichert haben. Er muss Kräfte sammeln für die, die ihnen folgen werden als Wegbereiter der Liebe. Staatsmänner, Glaubensführer, Revolutionäre, Maler, Dichter.

Auf den Schwingen Cyrills wird er weiterziehen, um der gewaltigsten aller Mächte zum Sieg zu verhelfen: Der Macht der Liebe. Das purpurne Buch. Als kleines Mosaiksteinchen wird es in den Lebenszimmern der Auserwählten liegen und ihnen Mut machen. Und immer wieder wird er sie zaubern, die Liebe in ihrer mächtigsten und vollkommensten Form:

Die Liebe zwischen Mann und Frau.

Kapitel XVI

Roter Samt

Es sind bewegte Jahre, in denen Thales auf den Schwingen Cyrills durch die Welt reist. Das Lachen ist leiser geworden auf der Erde, allein die Liebe lebt weiter und ihre Melodie klingt immer gleich.

Im Jahr 1800 bezieht die siegreiche französische Armee in Regensburg an der Donau Quartier. Soldaten in prächtigen Uniformen reiten unter den neugierigen Blicken der Bürger über die Steinerne Brücke. Jubelnd passieren sie das mächtige Stadttor. Es sind vorwiegend hohe Offiziere des napoleonischen Heeres, die mit ihren Adjutanten in den stolzen Bürger- und Patrizierhäusern untergebracht werden. Auch einige Offiziere von niedrigerem Rang haben das Glück, nicht wie die meisten ihrer Kameraden in dem Feldlager am Rande der Stadt hausen zu müssen.

Lieutenant Deljacques und dem Soldaten Nicolas Perrot von der Versorgungskompanie wurde das Haus des Schneidermeisters Haller zugewiesen. Seit Jahren schon ist der alte Schneider verwitwet und erhält dreimal in der Woche Besuch von einer jungen Magd. Anna, die Tochter eines Fischers und Donauflößers, besorgt ihm gegen ein geringes Entgelt den Haushalt.

Als ihr der junge Soldat Nicolas Perrot im Flur des Hauses zum ersten Mal begegnet, ist Annas Neugierde schnell geweckt und ebenso schnell verwirft sie die mahnenden Worte ihres Vaters. Er verbot ihr, den Franzosen schöne Augen zu machen, drohte sogar Schläge an, sollte ihm etwas zu Ohren kommen. Die Hochzeit mit dem reichen Wirtssohn durfte auf keinen Fall platzen! Verlegen richtet sie ihr blondes Haar und streift die blaue Schürze glatt, während Nicolas Perrot sich vor ihr verneigt.

„Bonjour, Mademoiselle! Je m´ appelle Nicolas."

„Hallo, Nicolas. Ich bin Anna."

Mit einem Lächeln verneigt Perrot sich ein weiteres Mal und küsst Annas Hand. Der alte Haller bemerkt es. Missmutig blickt er von seiner Arbeit auf und legt den halb fertigen Gehrock vor sich ab. Mit der Nadel in seiner Hand deutet er auf den jungen Soldaten.

„Lass mir ja das Herumturteln bleiben, Anna. Dein Vater nimmt den Franzmann als Köder, wenn er dich mit ihm erwischt."

„Aber Meister Haller, wer wird denn gleich so streng sein. Ihr wisst doch, dass ich dem Josef versprochen bin."

„Eben, gerade deshalb!"

Der Schneider weiß, dass er wachsam sein und die Tochter seines Freundes gut im Auge behalten muss. So stimmt er die Besuche bei seinen Kunden genau auf die Abwesenheiten von Deljacques und Perrot ab. Nur wenn er sicher gehen kann, dass sie länger bei ihren Einheiten weilen, geht er mit seinem Bündel Stoffballen und bereits fertigen Stücken zu den Anproben.

An diesen Tagen verrichtet Anna ihre Arbeiten im Haus des Schneidermeisters immer besonders schnell. Heute ist jedoch nicht nur ihr, sondern auch dem alten Haller entgangen, dass nur einer der Soldaten das Haus verlassen hat. Kaum ist die Tür ins Schloss gefallen und der Schneider zur Kundschaft aufgebrochen, stößt sie einen Freudenschrei aus. Sie wartet, bis das Geklapper der Pferdehufe verstummt ist und wäscht sich sorgfältig die Hände. Dann öffnet sie die Türe zur Schneiderwerkstatt und späht hinein.

Obwohl in dem Glauben, dass niemand im Haus ist, der sie sehen oder hören könnte, schleicht sie auf Zehenspitzen in den hinteren Lagerraum. Dutzende von bunten Stoffen umgeben sie und sie stellt sich vor, sie gehöre zu jenen feinen Damen, die in prächtigen Kleidern Gesellschaften geben.

Versonnen befühlt sie die Oberfläche der Ballen. Wie weich und geschmeidig sie sind! Jeder fühlt sich etwas anders an. Das ist besser als das grobe Webwerk, das sie selbst tragen muss. Doch damit würde es bald vorbei sein. Nach der Hochzeit mit dem reichen Wirtssohn würde sie sich als allererstes ein Kleid schneidern lassen, und zwar vom alten Haller selbst! Verträumt schließt sie die Augen.

Langsam gleiten ihre Hände über die Stoffballen. Der rote mit dem seidigen Glanz hat es ihr besonders angetan. Allein an seinem Duft würde sie ihn unter all den anderen blind erkennen! Ihre Hand fährt sanft die glänzende Rolle auf und ab. Sie hält inne und überlegt. Dann beginnt sie, den Stoff vorsichtig abzurollen. Wie würde er sich wohl auf nackter Haut anfühlen? „Wenn ich es nicht ausprobiere, werde ich es auch nicht wissen!“ flötet sie keck.

Kurz entschlossen schlüpft sie aus ihrem Kleid, entledigt sich geschickt und schnell ihrer Wäsche. Vollkommen nackt steht Anna inmitten der bunten Stoffe und öffnet langsam das lange, blonde Haar. Sie streift es aus dem Nacken nach vorne, bis es ihre rechte Brust fast völlig verhüllt.

Ihre Lippen sind leicht geöffnet, als sich die rot glänzende Pracht um ihre Schultern schmiegt. Ganz leicht gleitet der Stoff mit singendem Ton über ihre makellose, milchig-weiße Haut.

Sie schließt die Augen, fühlt und riecht das kostbare Gewebe. Lächelnd, auf Zehenspitzen tänzelnd, vollführt sie anmutig eine langsame Drehung nach links, dann, etwas schneller, in die entgegen gesetzte Richtung. Das lange, hellblonde Haar verlässt die üppige Brust der jungen Frau und schwebt wie ein goldener Sommerregen durch den Raum.

In schnellen Drehungen beginnt sie zu tanzen, immer wärmer werden ihre Fußballen, die abwechselnd kleine Halbkreise auf den Holzboden zeichnen. Die bunten Stoffe um sie herum verschwimmen zu einem leuchtenden Regenbogen.

Als leichter Schwindel sie erfasst, verlangsamt sie ihr Tempo und lehnt sich gegen die Wand. Langsam teilt sich das rote Fasermeer, gibt den Blick frei auf wohlgeformte, schwere Brüste und helle, kräftige Schenkel. Da steht plötzlich Nicolas vor ihr. Erschrocken schreit Anna auf und rafft den Stoff vor sich zusammen.

„Cette robe te va très bien."

Der französische Soldat kann sich glücklich schätzen. Annas Schrecken währt nur kurz. Herausfordernd lächelt sie Nicolas an.

„Ich verstehe nicht, was du sagst, mein hübscher Franzose. Aber wenn du mich nicht sofort küsst, wirst du nie mehr wieder Gelegenheit dazu haben!"

Nicolas geht auf sie zu, lächelt und blickt ihr tief in die Augen. Langsam gleiten seine Hände zwischen den geteilten Stoff und legen sich um Annas Hüften. Doch gerade, als seine Lippen sich auf ihren Mund legen, stößt sie ihn unsanft von sich und läuft laut lachend aus der Stoffkammer.

„Fang mich, mein gallischer Gockel!"

Nicolas verfolgt die kichernde Magd bis auf den Dachboden, wo beide unter wilden Küssen in einem riesigen Haufen bunter Stoffreste versinken.

Zwei Stunden später liegen sie eng aneinandergeschmiegt in ihrer bunten Stoffwolke und streicheln einander zärtlich.

„Je t´aime, Anna."

„Wie gerne würde ich dir das glauben, Nicolas!"

„Pardon?"

„Komm. Wir müssen runter!"

Anna will sich gerade erheben, da ertönen im Parterre des Schneiderhauses die polternden Stimmen von Deljacques und Haller.

„Perrot! Perrooot! Où est-tu!!"

„Mon Dieu! Anna."

„Bleib, Nicolas. Ich sage, du hättest dich doch noch entschlossen, deinen freien Nachmittag außerhalb zu verbringen. Wenn die Luft rein ist, gehst du runter, schleichst dich bei der hinteren Tür hinaus und kommst vorne wieder rein, ja?

„......"

„Ja? „

„Pardon?"

„Ach. Er versteht mich ja nicht!"

Schließlich gelingt es Anna doch noch, den entnervten Soldaten mit einem Feuerwerk an Mimik, Gestik und Verrenkungen in ihren Plan einzuweihen. Nachdem sie den Dachboden verlassen hat, blickt Nicolas um sich.

Es türmen sich allerlei Kisten und Gerümpel um ihn auf. Da er damit rechnet, noch länger hier oben ausharren zu müssen, beginnt er vorsichtig und leise zu stöbern. Wer weiß, was die deutschen Handwerksleute auf ihren Speichern alles verstecken? Er entdeckt eine Truhe mit Kleidern, Stoffresten und einem alten Zollstab, dahinter einen freistehenden hohen Schrank mit zwei Stoffpuppen davor.

Vorsichtig stellt er sie beiseite und öffnet Zentimeter für Zentimeter die hölzerne Tür. Neugierig streckt er sich und nimmt erwartungsvoll das Innere des Schrankes in Augenschein. Nichts als alte Kleider und Schürzen.

Je länger er in den Fächern des Schrankes wühlt, umso unvorsichtiger wird er. Als er schließlich enttäuscht aufgibt und die Schranktür kraftvoll zudrückt, gerät der Kasten unheilvoll ins Schwanken. Mit all seiner Kraft stemmt er sich gegen die hölzerne Last und kann gerade noch ein Umkippen des Schrankes verhindern.

Schwer atmend legt er den Kopf in den Nacken. Da erblickt er oberhalb des Schrankes etwas Dunkles. Perrot schiebt die Truhe heran, klettert hinauf und greift nach einer dunklen, hölzernen Schatulle. Erwartungsvoll schiebt er den Riegel zur Seite und öffnet den Deckel.

„Qu´est-ce que c´est? Un livre?"

Kapitel XVII

Un chat pourpre

1789. Das Stöhnen der Pariser Bürger unter der Geißel von Armut und Hunger blieb ungehört in den Jahren der Französischen Revolution. Kaum eine Tages- und Nachtzeit, zu der man in einer der dunklen Gassen nicht einem Verbrechen zum Opfer fallen konnte. Diebstahl, Mord und Vergewaltigung hielten die Hauptstadt mit festem Griff umklammert. Der Ruf der Bürger nach Ruhe, Ordnung und Sicherheit wurde von Monat zu Monat lauter.

Es stand ein Mann bereit, der antrat, diesen Ruf nicht ungehört verhallen zu lassen. Napoleon Bonaparte. Nicolas Perrot war fasziniert von der Ausstrahlung und dem Genie des Generals und Konsuls. In seiner Armee wollte er dienen, um jeden Preis. Auch um jenen seines Lebens. Hart und gnadenlos war die Ausbildung, brutal die Männer, deren Launen er rund um die Uhr ausgesetzt war. Allein, die Schläge der Vorgesetzten fühlten sich nicht anders an als jene seines Vaters. Aber wenigstens bekam er nun dafür Geld.

Perrot hatte über die Jahre mehr Glück gehabt, als viele seiner Kameraden. Bis auf eine Brandwunde an seinem linken Unterarm und einem amputierten Finger war er von schlimmeren Verletzungen verschont geblieben. Als seine Kompanie schließlich nach Regensburg verlegt wurde, fand er sofort Gefallen an der alten Donaustadt. Hier ließ es sich schöner von der Heimat träumen, als im offenen Felde. Gerne saß er am Flussufer, schloss die Augen und lauschte dem Rauschen des Stromes, das dem der Pariser Seine so ähnlich war. Nicht selten kam es dabei vor, dass er einnickte und sich beeilen musste, um noch rechtzeitig zurück in sein Quartier im Haus des Schneiders Haller zu gelangen. Das nachmittägliche Schäferstündchen mit der Magd Anna war leider ein einmaliges Vergnügen geblieben. Anna hatte sein Werben ignoriert und wenig später den Sohn des reichen Gastwirts Perlauer geehelicht. In seinem Kummer gab er dem Drängen der Soldaten seiner Einheit gerne nach und zog mit ihnen fröhlich durch die Wirtshäuser der Stadt.

An diesem Abend trennt er sich früher als sonst von seinen Kameraden. Er weiß, das morgige Manöver wird ihm einiges abverlangen. Die strenge Disziplin in der französischen Armee duldet kein halbherziges Handeln. Als er nach etlichen Krügen Bier das Hallersche Haus betritt, erwartet ihn bereits Lieutenant Deljacques.

„Ich bin pünktlich zurück, Lieutenant. Ich weiß, was ich den Neuen bei der morgigen Übung schuldig bin."

„Vergiss das Manöver, Perrot. Es gibt neues aus Paris."

„Paris. Ich vermisse es, Lieutenant. Sicher, wir haben Glück mit diesem Regensburg und auch die Donau ist ein edler Strom. An den Zauber und die Eleganz unserer Seine kommt sie jedoch nicht heran."

„Das finde ich nicht, Perrot. Der Donau wohnt eine gewaltige Kraft inne, die wenige vermögen zu spüren. Doch du wirst bald Gelegenheit haben, dem romantischen Wellentanz deiner Seine zu lauschen. Es geht zurück in die Heimat!"

„Das ganze Heer?"

„Natürlich nicht, Dummkopf. Nur du und ich."

„Nur wir beide? Was hat es damit auf sich? Werden wir befördert?"

„Ich wüsste nicht, wofür. Ich kenne den Grund selbst nicht genau. Und jetzt frag nicht so viel, sondern fang lieber an zu packen!“

Anders als Ihre Kameraden, werden Nicolas Perrot und Lieutenant Deljacques früher als vorgesehen zurück nach Paris beordert. Die Umstände, die zu dem überraschenden Marschbefehl geführt haben, bleiben im Dunkeln. Cyrills Schwingen bewegen sich leise. Ganz sanft streifen sie die Gedanken der Auserwählten und beseelen sie mit Thales Geist.

Der Dienst bei der Pariser Versorgungskompanie langweilt Perrot. Noch kann er nicht ahnen, dass ein neuerlicher Marschbefehl ihn schon bald in den Süden Europas führen wird: Nach Katalonien! Bereits nach wenigen Tagen ist sein Sold in den Beuteln von Pariser Huren und Spielern gelandet. Ein Schicksal, das er mit vielen Soldaten teilt. Frustriert wendet er sich im Quartier an seinen Kameraden Calverre.

„Francois, du erinnerst dich doch an das Buch, von dem ich dir erzählt habe.“

„Das purpurne aus der Kiste, das aussieht, als hätte es zusammen mit dir in einem Fass Rotwein übernachtet?“

„Ich will es loswerden. Deljacques hat gemeint, es könnte was wert sein. Einen Humpen Wein und die Gesellschaft einer Dirne wird es wohl einbringen. Dann hat sich die lästige Rumschlepperei wenigstens gelohnt. Hast du nicht neulich erzählt, dass der reiche Freund deiner Schwester Bücher sammelt? Wenn er einen guten Preis zahlt und das Maul hält, kann er es haben.“

„Vergiss den Kerl. Er hat es mit Colette ein paar Mal getrieben und ist dann zurück aufs Land zu seinen reichen Alten. Ich weiß aber von einem neuen Buchladen im Latin am Parc des

Hexagons. Früher befand sich dort die Stammkneipe meines Cousins Albert. Er fluchte wochenlang, als sie zusperrte."

„Das kann ich verstehen. Papier ist trockener als Wein. Wer zuviel liest, vergisst aufs Leben. Egal, ich brauche das Geld. Am Parc des Hexagons sagst du? Ich glaube, ich kenne die Kneipe. Sie hieß „Le chat rouge".

Schon am nächsten Tag begibt sich Perrot ins Pariser Quartier Latin. Als er über den Place des Hexagons geht, sieht er schon von weitem das Schild mit der roten Katze. Claude Arneau, der Besitzer des Buchladens, hatte den Namen der Schenke übernommen.

„Bon jour, Monsieur. Kaufen sie auch?"

„Das hängt davon ab, was angeboten wird."

Wortlos zieht Perrot das Buch aus seinem Schultersack. Sofort spürt Arneau, dass dieser Mann etwas Besonderes in Händen hält. Als er zwischen den leinenen Umschlägen das purpurne Papier erblickt, macht er sich über den Inhalt des Buches kaum noch Gedanken. Nur Außergewöhnliches wird auf der Farbe der Macht festgehalten! Er muss es haben! Und sei es nur, um es aus den Händen dieses ungebildeten Tropfes zu retten.

„Was wollt ihr dafür haben?"

„Wie viel wollt ihr mir geben?"

„Dazu muss ich erst sehen, was drinnen steht, nur darauf kommt es an. Hmm ... Gekritzel, Notizen, Zahlenspielereien. Umständliche Wortklaubereien in nervöser, deutscher Zappelsprache!"

Claude Arneau denkt nach. Bietet er zu viel, könnte der Dummkopf Lunte riechen. Ist es zu wenig, zieht er womöglich wütend ab.

„Ich gebe Euch zwanzig für das Buch."

„Zwanzig? Dafür darf ich einer Hure nicht mal tief in die Augen schauen!"

„Was wollt ihr! Der Inhalt ist nichts wert und das Papier gibt auch nichts her. Ihr seht doch selbst, wie die Seiten sich über die Jahre in dieses unansehnliche Rot verfärbt haben. Zwanzig und nicht mehr.

Ihr könnt gerne euer Glück woanders versuchen. Was mich noch interessieren würde: Woher habt Ihr das Buch eigentlich?"

„Das ist meine Sache. Also, meinetwegen, zwanzig. Her damit!"

Mürrisch zieht Nicolas Perrot wieder ab und macht sich zum nächst besten Wirtshaus auf. Zur gleichen Zeit beugt sich das Ehepaar Claude und Sophie Arneau erwartungsvoll über das purpurne Werk.

„Das Buch enthält zweifelsohne die Aufzeichnungen eines Astronomen.

Auf kostbarstem Papier! Warum nur ist es so ungeschickt gebunden?

Jede einzelne Seite ist von Hand beschrieben, keine einzige bedruckt.

Es wird schwierig werden, herauszufinden, aus welcher Zeit es stammt."

„Das Purpurpapier allein lässt keine Schlüsse auf das Alter zu. Noch im 16. Jahrhundert hat man in einigen Klöstern für besondere Bücher und Schriftstücke Purpurpapier verwendet. Wir müssen nach Jahreszahlen suchen!"

Seite für Seite blättern die beiden das Buch durch, bis Sophie Arneau plötzlich inne hält und mit dem Finger auf eine Zahl tippt.

„Hier, 1549. Kannst du den verblassten Schriftzug unterhalb dieser Kreisbahnen lesen?"

„Gib mir die Lupe."

„Nicolaus Copernicus!"

Der große Name des Astronomen aus Thorn stand auf der letzten von sieben Seiten, die voll waren mit Sternbildern, Kreisbahnen und lateinischen Texten. Ein anderes Schriftbild schloss daran an, ergänzt um weitere Sternbilder, elliptische Bahnen und Berechnungen. Sie stammten aus der Feder des Mönches Frowin und trugen keinerlei Signatur. Mehrmals änderte sich das Schriftbild. Zuerst auf jener Seite, welche dem Text mit der Jahreszahl 1616 folgte, neun Seiten später erneut. Die letzten neunzehn Seiten des Buches hingegen waren unbeschrieben.

„Ein „I" und ein „K", und am Ende der vierten Eintragung ein „I" und ein „N". Erinnerst du dich an das Buch über Newton, von dem ich dir letzten Monat erzählt habe? In seinen Betrachtungen über die Gravitation erwähnt er, dass schon der deutsche Astronom Johannes Kepler von dieser Kraft gesprochen hat. Er nannte sie „Anima motrix".

Beide Gelehrte vertraten den Standpunkt, dass die Wissenschaft ohne ausreichende Kommunikation, ohne vernetztes Denken und lückenloser Weitergabe von Informationen nicht vorwärts kommen könne. Die lateinische Schreibweise von „Johannes" lautet Ioannes. Ioannes Kepplerus und Isaac Newton. Es könnte ihre Handschrift sein."

„Wir müssen einen Fachmann beiziehen, Claude, vor allem wegen der lateinischen und deutschen Handschriften."

„Zu riskant. Ich will nicht, dass das Buch bei den staatlichen Stellen landet. Man wird es einziehen, uns unangenehme Fragen stellen. Wer weiß, unter welchen Umständen das Buch in den Besitz dieses Kerls gelangt ist. Lass uns lieber versuchen, noch mehr über seinen Inhalt herauszufinden und dann: Ich höre schon die Francs klimpern!"

Noch lange blättern die beiden, dicht aneinander gedrängt und mit roten Wangen, in dem geheimnisvollen Buch. Es ist fast Mitternacht, als sie es schließen. Mit neuem Leinen umwickelt, steckt Claude Arneau es in den ledernen Umschlag, den Louise schon zuvor bereitgelegt hatte. Dann verstecken Sie das Buch in der Kommode ihres Schlafzimmers.

In dieser Nacht hat Sophie Arneau einen seltsamen Traum. Sie sieht zwei Männer am Ufer eines purpurnen Stromes. Ihre sanften Stimmen schweben über dem ruhig dahin fließenden Wasser.

„Die letzten neunzehn Seiten sollen nun erstrahlen.
Liebe, Lust und Leidenschaft.
Trennung, Hoffnung, Wiederkehr.
Im Schatten des Bodhi und den Blättern des Mangos.
Bald ist es vollbracht, der Feuersturm gebannt."

Paris und der Mai, was für ein Paar. Wie kaum eine andere Stadt Europas erliegt die Seine-Metropole dem farbenprächtigen Charme des Frühlings, verfällt atemlos seinem bunten Zauber. Würdevoll präsentieren die Baumriesen der weitläufigen Parks ihr frisches Kleid in den warmen Strahlen der Frühlingssonne. Schneeweiße Pavillons und versteckte Parkbänke laden inmitten satten Grüns zum entspannten Verweilen ein. Stolze Frauen in prächtigen Kleidern. Auf sonnenüberfluteten Terrassen baden sie in den anerkennenden Blicken jugendlicher Galans.

Gemächlich schlendert ein Mann über den Place des Hexagons. Ohne aufzublicken, steuert er auf einen kleinen Buchladen zu, über dessen Eingang eine rotblaue Katze mit riesigen grünen Augen wacht. Auf ihrem Buckel tanzen in goldenen Buchstaben die Worte „Le chat pourpre."

Kurz vor dem Laden bleibt der Mann stehen und wartet. Spitzbübisch lachen seine dunklen Augen unter einem riesigen purpurfarbenen Hut mit schwarzer Feder hervor. Sein Gesicht ist von auffallend brauner Farbe, und würde ihn jemand genauer betrachten, er müsste wohl lächeln über diese sonderbare Gestalt in blauem Umhang.

Wie der Hut des Fremden ist auch der Saum seines Gewandes von satter, purpurner Farbe. Kleidung und Feder bewegen sich auffallend lebhaft, als würde der Mann von einem starken Wind umweht. Doch es ist windstill. Obwohl der Platz überaus belebt ist, beachtet niemand den Fremden, der sich nun anschickt, den Laden zu betreten.

Claude Arneau fühlt sich unbehaglich, als er dem Mann gegenübersteht.

„Ich komme wegen des Buches."

„Welches Buch meint ihr?"

„Euer Laden trug den Namen „Le chat rouge". Ihr habt ihn umbenannt."

„Ihr werdet nun wissen, welches Buch ich meine."

„Schickt euch der Mann, der sich Perrot nennt?"

„Der Soldat, den ihr betrogen habt? Nein. Ich diene einem anderen.

Hier, die Zwanzig, die ihr für das Buch ausgegeben habt."

Kapitel XVIII

Montserrat

„Noch sieben Stunden, und ich flüstere ein Geheimnis in dein Ohr. Auf dem Zimmer in Barcelona. Ich liebe dich, Marco.“

Sie liebte seine SMS fast so sehr wie seine Briefe. Keiner außer ihm schrieb sie in ganzen Sätzen und achtete dabei auch noch auf Groß- und Kleinschreibung. Bestimmt nahm er sich nur für sie die Zeit dafür. Da sie wusste, dass er wie immer pünktlich sein würde, wartete sie vor der Einfahrt des Hauses auf ihn. Es war früh am Morgen und die letzten Nachtschwärmer verließen die Bars der Innenstadt.

Während sie gedankenverloren neben ihrem Koffer stand, näherte sich vom gegenüberliegenden Park aus ein untersetzter Mann. Sein Schritt war langsam, fast gemächlich, doch steuerte er geradewegs auf sie zu. Sie begann, sich unwohl zu fühlen, starrte ängstlich auf die leicht schwankende Gestalt. Die Finger ihrer rechten Hand krallten sich in das Leder ihrer Handtasche und ihr Herz begann heftig zu schlagen, ein hartes, trockenes Pochen, als würde jemand beharrlich an eine Tür klopfen. Nur noch wenige Meter war der Mann mit der schwarzen Jacke von ihr entfernt. Er grinste. Knapp vor ihr drehte er ab und entfernte sich pfeifend.

Wann kam Marco endlich! Gerade heute musste er sich verspäten! Er wusste doch, dass um diese Zeit viele Betrunkene unterwegs waren. Aber betrunken hatte der Kerl eigentlich gar nicht gewirkt. Wollte man sie wieder einschüchtern? So wie damals in der Tiefgarage und auf der Autobahnbrücke?

Nein, beim dritten Mal wäre man wohl weitaus deutlicher geworden. Endlich! Scharf bremsend hielt sein Wagen vor ihr an.

„Buenos días! Möchten Sie vielleicht mit mir nach Barcelona fliegen?"

„Wenn es sein muss, bis ans Ende der Welt."

„Falls sich das ausgeht, gerne! Schnell, Liebling, wir sind spät dran. In einer Stunde geht unser Flug!"

Umgeben vom dumpfen Dröhnen der Turbinen schloss Lisa ihre Augen und lehnte behaglich den Kopf an seine Schultern. Fort, weg von allem, was sie auch nur eine Sekunde davon ablenken konnte, voll Zuneigung an ihn zu denken. Sie konnte nicht umhin sich einzugestehen, dass der Anlass ihres Aufenthalts in Barcelona zu etwas Unwichtigem verkommen war. Und wenn sie das purpurne Buch nie finden würden: Sie war dem Mann begegnet, den sie schon als Kind begonnen hatte, zu skizzieren.

Jedes Buch, jeder Film, jede noch so unwichtige Begegnung hatten beigetragen, sein verschwommenes Bild mit immer klareren, festeren Linien zu überzeichnen. Strich für Strich. Jahre schon hing es fertig im Schauraum ihrer Gedanken. Vielleicht war es gerade die Vollkommenheit jenes Gemäldes, die sie verunsichert hatte und zweifeln ließ. Ihre Zweifel hatten begonnen, einer Furcht zu weichen, dass der Mann den Rahmen ihres Gemäldes niemals verlassen würde, um zu ihr heraus zu steigen, hinein in ihr bewegtes Leben.

Und dann war es passiert. An jenem Abend nach dem Sturm, dessen milde Luft die trügerische Illusion geschaffen hatte, das Ende des Winters stünde bereits bevor. An jenem Abend in der Therme, da hatte sie begonnen, die wundervolle Geschichte ihrer Liebe. Die Geschichten beginnen immer in einem Moment, der uns zufällig erscheint, aber in Wahrheit Schicksal ist. Beim Landeanflug auf die katalanische Hauptstadt weckte sie ihn mit einem Kuss.

Vorsichtig nahm sie die Zeitung von seinem Schoß und legte den Gurt um seinen Bauch. Sie sahen sich in die Augen. Ein langer, stiller Blick. Wozu Worte, wenn man wusste, was der andere sagen würde. Unter ihnen schaukelten hunderte von Segelyachten in den Wellen des Meeres. Stolz ragten ihre weißen Masten in den Himmel. Das Fenster des Airbus gab den Blick auf lang gedehnte Sandstrände und Häfen, wie den Port Vell und den Port Olimpic, frei. Im nördlichen Hinterland umwand eine Hügelkette die stolze Millionenstadt.

Lisa hatte ein Zimmer im exklusiven Hotel „Silken Diagonal Barcelona" reserviert, dessen Shuttle-Bus bereits vor dem Airport auf sie wartete. Der Fahrer willigte ein, sie am belebten Placa de Catalunya abzusetzen und ihr Gepäck in das nur wenige Fahrminuten vom Zentrum entfernte Hotel zu bringen. Ehe er sich mit einem knappen „adéu" von ihnen verabschiedete, wies er auf den südlichen Teil des Placas: „La Ramblas!".

Nur schwer vermochten sie der Verlockung zu widerstehen, in das bunte Treiben der Prachtstraße Barcelonas einzutauchen, die von Catalunya aus sanft abwärts bis zum Meer führte. Ihr straffer Zeitplan zwang sie, gleich nach ihrer Ankunft die Metro Richtung Tibidabo zu nehmen, dem höchsten Berg der Stadt. Auf ihm befand sich, ursprünglich in Konkurrenz zu Sacré Coeur in Paris erbaut, die Wallfahrtskirche „Temple del Sagrat Cor".

Seit ihrer Fertigstellung im Jahr 1966 betet zu jeder Tages- und Nachtstunde immer zumindest ein Gläubiger in ihr. Sie verließen die Metrostation und erreichten nach kurzer Fahrt mit der bekannten „Tramvia Blau“ die Talstation der Bergbahn, die sie bis zu der bekannten Kirche bringen würde.

„Geschafft! Bald werden wir wissen, ob die Reise sich gelohnt hat.“

„Das hat sie sich bereits. Dreh dich doch einmal um!“

„Steht etwa ein attraktiver Katalane hinter mir?“

„Nein, besser!“

„George Clooney?“

„Noch besser. Eine ganze Stadt liegt dir zu Füßen!“

Sie wandte sich um, griff nach seiner Hand und legte sie an ihre Hüfte. Der Ausblick raubte ihr fast den Atem. Schweigend genossen sie die Fahrt auf den Berg und begrüßten die Stadt, die sich in alle Himmelsrichtungen südlich bis hin zum Mittelmeer erstreckte.

Der Priester, der sie an der Kirchentreppe mit wehender Soutane erwartete, war ein Mann von etwa fünfzig Jahren. Seine grau melierten Haare waren streng nach hinten gekämmt und er lächelte freundlich, als sie sich im Laufschritt näherten.

„Entschuldigen sie die Verspätung, Padre. Die Fahrt mit Metro und Straßenbahn dauerte länger, als man uns gesagt hatte.“

„Willkommen in Barcelona! Bitte, machen Sie sich keine Gedanken, das Warten gehört in gewisser Weise zu meinem Beruf und ich beherrsche diese Kunst mittlerweile ganz gut. Für andere mag es den Diebstahl von Lebenszeit bedeuten, mein Zugang ist ein etwas anderer. Die Momente, in denen wir gezwungen sind auf jemanden oder auf etwas zu warten, hält der Herr nicht nur aus purem Zufall für uns bereit. Wir müssen das Innehalten nur möglichst sinnvoll nützen und in uns gehen, dann spüren wir sehr schnell, warum die Zeit für uns kurz still stehen darf. Außerdem führte ich bis vor wenigen Minuten ein interessantes Gespräch mit zwei Männern aus Gràcia."

„Danke, Padre, dass Sie sich Zeit nehmen und uns bei unserer Recherche unterstützen."

„Der Abt von Kremsmünster und ich sind schon lange miteinander bekannt. Als er mir Details über den Fund der Keplerschriften erzählte, verstand ich, warum man selbst in unserer Stadt Interesse an dem purpurnen Buch zeigt."

„Man hat sich bei ihnen bereits danach erkundigt?"

„Das ist richtig. Doch wie ich schon ihrem Landsmann, Peter Vasnovsky, erklärt habe: Es sind nur Legenden, die sich um das Buch ranken. So soll es eine Abschrift der lateinischen Version des Matthäus-Evangeliums enthalten. Nach ihr soll der Teufel zu Christus gesagt haben: „Haec omnia Tibi dabo si cadens adoraberis me – All dies will ich dir geben, wenn du niederfällst und mich anbetest." Wenn sie mir nun bitte in die Kirche folgen möchten."

Zu beiden Seiten der Krypta führten Treppen zu dem neugotischen Gotteshaus, das im Inneren mit bunten Fliesen und Mosaikschmuck verziert war. Durch vielfarbige Glasfenster malte das Sonnenlicht bunte Farbmuster auf die Rücken der betenden Gläubigen. Nach wenigen Schritten erreichten sie hinter einer Nische einen Aufzug, der sie auf eine Plattform brachte. Von dort führte sie der Priester über eine Wendeltreppe zu einer riesigen, gold gefärbten Bronzestatue.

„Sie sehen an dieser Christusstatue, dass Jesus der Versuchung des Teufels widerstand. Er nahm das Land nicht, dass sich vor ihm erstreckte, sondern breitete schützend seine Arme darüber aus. Auch davon soll in dem purpurnen Buch geschrieben worden sein."

„Können sie uns etwas über den Verbleib des Buches erzählen?“

„Ich kann ihnen nur sagen, was ich bereits Senor Bernier und seinem Begleiter gegenüber erwähnte.“

„Raimond Bernier hat sich bei ihnen nach dem purpurnen Buch erkundigt?“

„Ja. Kurz, bevor Sie hier oben ankamen. Aber ich konnte ihm wie schon vor Jahren mein Vorgänger nur das erzählen, was mir selbst während meines Studiums berichtet wurde. Das Buch soll sich im Besitz des katalanischen Schriftstellers Miguel Florandos befunden haben. Es verschwand jedoch noch zu seinen Lebzeiten und soll in einer der dreizehn Einsiedeleien von Montserrat versteckt sein. Kommen sie mit zur anderen Seite der Statue! Wir haben Glück, der Wind bläst zwar wie immer sehr stark, doch die Sicht ist heute hervorragend. Sehen sie genau in diese Richtung. In einer sternenklaren Nacht wanderte der Dichter auf den Gipfel dieses Berges. Die Kirche war noch nicht erbaut, doch soll er genau an jener Stelle gestanden sein, an der wir uns jetzt befinden. Hier hat er angeblich Gott angefleht, ihm etwas über den Verbleib des purpurnen Buches zu sagen. Als Florandos in den Himmel blickte, erschien in nordwestlicher Richtung ein Komet, genau über ...“

„... dem Kloster Montserrat.“

„Ja, Senor Reiler. Und sie können mir glauben, dass an jeder nur erdenklichen Stelle gesucht wurde, an der das Buch hätte versteckt liegen können.“

Inmitten bizarr geformter Gipfel, die aus der Ferne wie die Zähne einer gewaltigen Säge erschienen, lag das Monestir de Montserrat. Das 1025 gegründete Benediktinerkloster beherbergt seit dem zwölften Jahrhundert die Schwarze Madonna, an der täglich hunderte von Pilgern vorbei defilieren. Ein Wagen mit zwei Männern jagte mit hoher Geschwindigkeit über die schmale Straße, die hinauf zum Kloster führte. Erschrocken sprangen zwei junge Pilger zur Seite und hoben wütend ihre Fäuste, als die schwarze Limousine knapp an ihnen vorbeiraste.

„Langsam, Pleskov. Du warst schon einmal übermotiviert."

„Sie hatten mich ja angewiesen, Traunberg ein wenig anzuspornen."

„Aber nicht, indem du ein privates Rennen über die Brücken von Linz veranstaltest. Ich bezahle nicht für dummen Spaß, sondern für Informationen. Keine Angst. Es werden auch wieder Aufträge mit etwas mehr Körpereinsatz auf dich zukommen. Traunberg hat über den Verbleib des Buches kaum Neues in Erfahrung bringen können, vorausgesetzt, dir ist nichts entgangen. Hast du die Probleme mit dem Abhörgerät endlich in den Griff bekommen?"

„Ja. Gehen Sie davon aus, dass Traunbergs Wissensstand auch der unsere ist."

„Das wird sich nun ändern. Es scheint, als hätte ich bei meiner bisherigen Suche nach dem Buch etwas übersehen. Als ich vor Jahren in Montserrat danach suchte, stand für mich am Ende fest, dass es sich weder innerhalb der Klosteranlage noch in einer der dreizehn Einsiedeleien im bergigen Umland befinden konnte."

„Es ist also auch nicht unter der schwarzen Madonna oder in einer der Ruinen?"

„Nein. Dank meiner guten Kontakte zu den Mönchen konnte ich nicht nur die versteckten Wege und Höhlen sondern auch die schwarze Madonna genauestens inspizieren. Aber die verzweigten Pfade rund um das Kloster führen nicht nur zu den Einsiedeleien, sondern auch auf den höchsten Gipfel von Montserrat: Dem Sant Jeroni. Der Komet, von dem der Priester sprach, könnte nicht auf das Kloster selbst, sondern auf den Berggipfel gewiesen haben. Auf ihm wurde eine der vier Kapellen errichtet, die sich in der Nähe von Montserrat befinden. Wir werden sie uns etwas genauer ansehen, vor allem ihr Fundament."

„Sie glauben diese Märchengeschichte mit dem Kometen und dem Dichter also."

„Das nicht gerade, doch wie alle Geschichten hat sie ihren wahren Kern. Traunberg und ihr Begleiter werden nicht mehr lange ihre Zeit hier verschwenden. Das Buch ist in der Kapelle auf dem Sant Jeroni. Es muss einfach dort verborgen liegen! Wir werden es uns holen, es ist seine Bestimmung, wieder in den Besitz der Berniers zu gelangen! Und es ist Bestimmung, dass ich es bin, der unserer Familie nach so vielen Jahren wieder zu ihrem Recht, zu ihrer Ehre verhilft."

Für Bernier war Lisa Traunberg nicht würdig, auch nur in die Nähe des Buches zu gelangen. Sie hatte ihm den Weg weisen, für kurze Zeit eine unbedeutende Rolle am Rande des Schicksals einnehmen dürfen. Nun war es Zeit für sie, in die kahle Einöde ihrer kleinen Welt zurück zu kehren. Welche Schlüsse sie aus den Worten des Priesters auch ziehen mochte: Er und Pleskov würden vor ihnen bei der Kapelle eintreffen. Bereits in den nächsten zwei Stunden, wenn sich nur mehr wenige Touristen dort oben befanden, würde er es aus seinem jahrzehntelangen Schlaf erwecken. Mit seiner Hilfe würde er den Schatz finden, der unter ungeklärten Umständen vom Prager Hof Kaiser Rudolfs II. verschwunden war. Traunberg war einfältig, wenn sie dachte, das Buch enthielte keinen Hinweis auf die Existenz dieser einzigartigen Kunstgüter, die ihn zu einem noch reicheren Mann machen würden. Erst irritierte ihn die Abneigung, die er ganz unvermittelt der jungen Frau gegenüber empfand.

Doch schnell gewöhnte er sich an das neue Gefühl, das unaufhaltsam in ihm keimte. Abneigung, die zu Verachtung führte und schließlich in Hass mündete. Der Hass. Es hatte eine Zeit gegeben, da hatte ihm der Hass geholfen, zu überleben, schneller und zäher zu sein, als der Feind. Er hatte seine Sinne geschärft, ihn immer wachsamer werden lassen. Wie lange war es doch her, dass er bezahlt wurde, um zu hassen. Er hatte sich unendlich wohl dabei gefühlt.

Kapitel XIX

Allein auf La Rambla

Marco schlug vor, erst am nächsten Tag zu dem nordwestlich von Barcelona gelegenen Kloster zu fahren. Nach den ernüchternden Worten des Priesters war davon auszugehen, dass Bernier genau wusste, wo in der Umgebung von Montserrat nach dem Buch zu suchen war. Welch Ironie des Schicksals, dass das, wonach er jahrelang gesucht hatte, sich so nahe bei seiner Heimatstadt befand.

Nach einem Teller Gambes taronja und einem Glas Caipirinha beschlossen sie, das unangenehme Gefühl der Niederlage in den nächtlichen Gassen von Barcelona abzustreifen. Ausgelassen tanzten sie in den Bars von Barri Gotic zur mitreißenden Musik katalanischer Bands. Er bewunderte ihre Gabe, Belastendes innerhalb von Minuten ablegen zu können wie einen schweren Mantel, der sie in ihrer Freiheit behinderte. Tausende schützender Schichten schienen sie zu umgeben, aus denen sie sich, wann immer sie es für nötig hielt, zu schälen vermochte. Ihr volles, rotblondes Haar wirbelte durch den Raum, streifte weich die Gesichter und Blicke jener, die sie interessiert beobachteten. Ihr heiteres Wesen steckte ihn an.

An ihrer Seite fühlte er sich wie Merlin, der große, unbesiegbare Zauberer, bescheiden und sich dennoch seiner Macht bewusst. Frei und losgelöst streifte er mit jeder Drehung die gesprengten Fesseln ab, die das Leben ihm angelegt hatte. Der Tanz mit ihr war ein einziger erlösender Schrei am Ende einer geglückten Flucht. Schließlich entzogen sie sich dem

Rausch der Bewegung und wechselten in eine Bar zwei Gassen weiter, wo sie bei Kerzenlicht den einfühlsamen Klängen eines Jazz-Saxophonisten aus Figueres lauschten. „Wie nach Cyrill", dachte er bei sich, lächelte und nahm einen Schluck Vi negre, während der Puls katalanischer Lebenslust kraftvoll ihre Körper durchdrang.

Die Fahrt nach Montserrat tags darauf empfanden sie wie die letzte Etappe der Tour de France, bei der alle Plätze bereits fix vergeben waren. Das Buch war mit hoher Wahrscheinlichkeit bereits in den Händen von Bernier, der es dank seiner zweifelhaften Kontakte wieder einmal geschafft hatte, der Allgemeinheit Kulturgut vorzuenthalten. Beeindruckt besichtigten sie das alte Kloster, stiegen auch die Stufen zum Museum hinab, in dem sich Werke von Tiepolo, Caravaggio und El Greco befanden. Auch Dali und die französischen Impressionisten, Monet, Degas und Sisley vermochten wieder etwas Glanz in Lisas Augen zu zaubern. Zurück auf dem Placa de Santa Maria, sah Lisa ihn plötzlich ernst und nachdenklich an.

„Du weißt, wie sehr ich dich liebe und dir vertraue. Gerade deshalb muss ich mit dir etwas klären, das zwischen uns steht und mich bedrückt. Wie immer die Antwort auf die Frage, die ich dir gleich stellen werde, auch ausfallen mag. Sie ändert nichts an meiner Liebe zu dir, aber ich bitte dich: Stelle sie über deine Loyalität zu Reuter.

Besteht zwischen ihm, Bernier und dir ein Naheverhältnis?"

„Ich dachte, wir hätten die Angelegenheit geklärt. Warum beschäftigt sie dich immer noch? Hast du den Eindruck, dass ich dir etwas verschweige?"

„Man hat dich mit ihm in Linz gesehen."

„Das kann nur an jenem Abend gewesen sein, an dem ich mit ihm vor der Casino-Bar beim Parkhotel Schiller aufeinander getroffen bin. Ich war mit Ben im Hotelrestaurant essen und auf dem Rückweg zu meinem Wagen, als er mich ansprach. Sicher, auch mir kam es vor, als würde er sich etwas zu vertraulich benehmen, doch das ist schließlich nichts Außergewöhnliches bei manchen Südländern. Ich fand ihn sympathisch, ließ mich sogar zu einem Whiskey in der Hotelbar überreden. Wir sprachen über unsere Berufe und über Astronomie. Sein Wissen ist beeindruckend."

„Und du warst gar nicht überrascht, dass er dich kannte?"

„Nein. Immerhin erwähnte er sofort, dass er Kunsthändler sei und nicht nur beruflich mit Patrizia zu tun habe, sondern auch Reuter kenne. Über die Keplerschriften aus dem Landhauspark sprachen wir nur kurz. Er wollte Verschiedenes über dich wissen und ich hielt mich natürlich bedeckt. Seinen Fragen nach war er aber eher an der Frau als an der Historikerin interessiert."

„Das ist alles?"

„Das ist alles."

„Verzeihst du mir mein Misstrauen, Thermenprinz?"

„Der Thermenprinz lacht wieder. Lass uns kein Wort mehr darüber verlieren. Außerdem habe ich mir selbst eine Zeit lang eingeredet, Patrizia könnte mit Bernier gemeinsame Sache machen."

„Daran hatte ich auch schon gedacht. Aber Patrizia ist sauber, davon bin ich überzeugt. Auch wenn sie es war, die Bernier ins Spiel gebracht hat: Hätte sie persönliches Interesse an dem Buch gehabt, sie wäre anders vorgegangen."

„Sollten wir nicht doch noch die Pfade zu den Einsiedeleien erkunden?"

„Das wird nichts mehr bringen. Glaube mir, das Buch liegt entweder im Safe von Bernier oder eines anderen Kunsthändlers. Genauso gut könnte es auch vernichtet worden sein. Das Kloster erlitt um 1812 durch napoleonische Truppen erhebliche Zerstörungen.

Aber um ganz sicher zu gehen, könnten wir noch die kleine Kapelle auf dem Sant Jeroni besichtigen. Vielleicht finden wir dort oben doch noch einen Hinweis. Bernier jagt schon seit Jahren dem Buch nach. Es liegt nahe, dass er innerhalb des Klosters intensiv nach ihm gesucht hat. Der Priester vom „Temple del Sagrat Cor" hat dies auch angedeutet. Aber Bernier muss irgendetwas übersehen haben, das ihn das Gespräch mit dem Padre suchen ließ. Vielleicht waren es die Prophezeiungen Keplers, die ihm den entscheidenden Hinweis geliefert haben. Patrizia ist einfach zu gutgläubig."

Sie waren die einzigen auf der letzten Bergfahrt der Drahtseilbahn zur Capella de Sant Jeroni. Immer wieder wandten sie sich um und blickten nach Süden Richtung Barcelona. Wie ein samtenes Band schmiegte sich das dunkle Blau des Meeres um die Stadt, in dem mächtige Ozeandampfer wie Wandelsterne kreuzten. Von der Endstation der Funicular de Sant Joan führte der Weg zum leichten Anstieg auf den Sant Jeroni, dessen Gipfel sie eine Stunde später erreichten.

Als nur mehr wenige Schritte sie von ihrem Ziel trennten, schwoll das Zirpen der Zikaden plötzlich an und brach gleich darauf unvermittelt wieder ab. Da bemerkten sie eine Gruppe aufgeregter Mönche, die sich um die kleine Kapelle scharten. Sie war zerstört.

Zwei Wände waren völlig zum Einsturz gebracht worden und das auf den verbliebenen Mauern ruhende Dach drohte jeden Moment, einzustürzen. Tiefe Löcher und Risse am Fundament ließen auf den Einsatz von Stemmeisen schließen. Polizisten betraten den Schauplatz, fotografierten jeden Quadratmeter der Szene, die selbst bei oberflächlicher Betrachtung auf mehr als nur einen Akt blinder Zerstörungswut hindeutete. Es waren Hass und Enttäuschung, die unheilvoll über dem Ort lagen und immer noch zu spüren waren. Zwischen den Trümmern aus Holz und Stein, aus denen zahlreiche zerdrückte Blumen ragten, lag eine zerbrochen Marienstatue. Einer der Mönche hielt zwei Heiligenbilder in Händen, ihm zu Füßen das zersplitterte Glas der verformten Bilderrahmen, die in loderndem Zorn an einem der Steinziegel zerschmettert worden waren.

„Ich weiß, was du denkst, aber das passt nicht zu Bernier."

„Das ist doch nicht dein Ernst! Du weißt wohl nichts von ihm und seiner Gier nach Reichtum und Erfolg. Sein Museum ist die reinste Asservatenkammer von Diebstahl und Betrug. Man kann ihm nur deshalb nichts nachweisen, weil er über gute Kontakte und Mittelsmänner verfügt. Die Gerüchte, die über ihn existieren, sind alles andere als beruhigend. Man erzählt sich, er hätte einer privaten Söldnertruppe angehört, die sich aus ehemaligen Berufssoldaten, vor allem französischen Fremdenlegionären, zusammensetzte.

Unter anderem soll er verdeckt als Führungsoffizier in die Unruhen auf Sri Lanka verwickelt gewesen sein und an verschiedenen Geheimaktionen in Afrika teilgenommen haben. Die Kontakte, die er bei seinen Einsätzen knüpfte, wusste er später bei der Sammlung von Kunstgütern geschickt zu nützen. Der deutsche Bundesnachrichtendienst und der CIA sollen den spanischen Behörden umfassendes Material zur Verfügung gestellt haben."

„Interessant, was ihr in der Kunstszene so alles voneinander wisst."

„Ich habe Patrizia immer gewarnt, allzu engen Kontakt mit Bernier zu pflegen. Auf irgendeine Weise scheint sie jedoch fasziniert zu sein von ihm und seiner abenteuerlichen Vergangenheit. Er ist jähzornig und gefährlich. Sinnlose Aggression bei berechnenden Menschen wie Bernier ist selten. Sie irritiert mich. Ich habe Angst, Marco. Das Verbrechen, das er hier an der Kapelle begangen hat, sagt mir aber vor allem eines: Auch er hat das Buch nicht gefunden!"

Es war noch zu früh, um zurück zum Hotel zu fahren und so beschlossen sie, die berühmte Kathedrale Sagrada Familia zu besichtigen. Der Architekt Antoni Gaudi hatte das Projekt 1884, zwei Jahre nach der Grundsteinlegung, übernommen und musste seine Pläne mit Fortgang der Arbeiten mehrmals abändern. Der zentrale Turm sollte Christus symbolisieren und jedes Relief auf den mächtigen Fassaden erzählte eine eigene Geschichte. Als sie zur Passionsfassade gelangten, um das hohe Portal ins Innere der Kathedrale zu durchschreiten, schien eine unsichtbare Kraft sie davon abhalten zu wollen.

Sie folgten ihrem Gefühl, traten ein paar Schritte zurück und betrachteten aufmerksam die Fassade, die die letzten beiden Tage im Leben Jesu abbildete. Das Werk war derart angelegt, dass man es einer s-förmigen Windung folgend von links nach rechts lesen konnte.

„Siehst du die Zahlenreihen dort oben, neben der Darstellung des Judaskusses?"

„Ein Kryptogramm?"

„Ja. Laut Reiseführer lassen sich aus seinen Ziffern dreihundertzehn Kombinationen bilden, die alle die Zahl „33" zum Ergebnis haben, die Anzahl der Lebensjahre Christi."

Nicht lange konnten sie voreinander verbergen, dass sie nun fieberhaft begannen, nach verschlüsselten Hinweisen zu spähen, nach irgendeinem Zeichen, das ein Weitersuchen nach dem Purpurbuch rechtfertigen könnte. Vergeblich variierten sie die Zahlenkombinationen des Kryptogramms und wollten schon fast wieder weiterziehen, als Marco plötzlich innehielt.

„Warte, Lisa! Stell dich doch bitte einmal genau auf diesen Punkt hier."

„Was ist das? Eine rote Marmorplatte?"

„Kann sein, aber darum geht es nicht. Betrachte doch einmal von dieser Stelle aus die fünf Skulpturen dort neben der Nische."

„Ich sehe sie, aber mir fällt nichts Besonderes an ihnen auf."

„Es ist auch nicht leicht zu erkennen und vielleicht täusche ich mich ja, doch ich habe den Eindruck, dass ihre Anordnung einem Sternbild entspricht, das ich vor einiger Zeit von meinem Dachboden aus beobachtet habe. Es will mir nur nicht einfallen, um welches es sich handelt."

„Wir könnten Gregor Kerner anrufen und um Hilfe bitten!"

„Das ist eine prima Idee!"

Ein nahe der Kirche gelegenes Hotel scannte für sie die Fotografie ein und sandte sie per e-mail an den Astrophysiker nach Linz. Nach nur einer Stunde rief er sie zurück: Die übermittelte Konstellation lasse nach erster Prüfung keinerlei Rückschlüsse auf Proportionen egal welcher Art zu und entspräche somit keinem derzeit bekannten Sternbild. Nun, es war einen Versuch wert gewesen. Im Strom der Massen bewegten sie sich unverdrossen weiter rund um die Kathedrale und gelangten schließlich zur Weihnachtsfassade mit ihren lebhafte Schwüngen und Windungen. Da zeigte Lisa plötzlich aufgeregt auf eine zarte Verzierung, die von seltsamen Symbolen umgeben war.

„Siehst du die Szene dort? Eine Schlange übergibt einem Terroristen eine Bombe. Damit soll die Versuchung des Menschen durch den Teufel symbolisiert werden. Auch die dritte Prophezeiung Keplers spricht vom Feuer eines Lichtträgers, das bekämpft wird und schließlich erlischt. Meinst du, es könnte ein Zusammenhang bestehen?"

„Möglich, aber allein in Europa gibt es in der Bildhauerei Tausende von Darstellungen, die diesen uralten Machtkampf symbolisieren. Ich denke nicht, dass die Szene etwas mit unserem Buch zu tun hat. Es ist auch schwer zu glauben, dass diesen Miguel Florandos, Kepler und Gaudi irgendetwas miteinander verbinden könnte."

Dennoch fotografierte sie jedes der Symbole aus verschiedenen Perspektiven. Dann zog sie ihn eilig mit sich in die nächstgelegene Tapas-Bar, wo sie in ihr hellbraunes Lederheftchen eifrig Notizen schrieb. Vielleicht gab es ja doch noch Arbeit für das wissenschaftliche Team in Linz. Als sie fertig war, küsste sie ihn fröhlich und prostete ihm zufrieden zu.

Es war bereits dunkel, als sie in ihr Hotel an der Avenida Diagonal zurückkehrten. Das Zimmer in der obersten Etage gewährte den Blick über das nächtliche Barcelona bis hin zum Meer. Die Lichter der Yachten glichen einer kostbaren Perlenbrosche, die vor ihren Augen auf dunklem Samt gebettet war. Man hatte Geschmack und Phantasie bewiesen, als man das Bad in der Mitte des Hotelzimmers mit Wänden aus Glas errichtete.

Vom Bett aus sah er, wie sie ihr seidiges Haar löste und trat zu ihr in den gläsernen Raum. Sie genoss es, als er sanft in ihren Nacken biss und unter ihrer Bluse die schweren Brüste umfasste. Mit einer geschickten Drehung entwand sie sich, fuhr ihm durch das dichte, schwarze Haar und verließ das Bad. Sie brauchten einander nicht zu signalisieren, dass es diesmal anders werden sollte, als sonst. Sie taten einfach, wonach ihnen war und wie immer harmonierten ihre Begierden in stiller Übereinkunft.

An diesem Abend, an dem die Sonne ihnen weit westwärts ihr allerletztes Licht sandte, verlangte sie nicht wie sonst nach dem zärtlichen Liebhaber, der jeden ihrer Sehnsüchte erahnte und die Signale ihres Körpers zu deuten verstand. Sein Griff war fest und unnachgiebig, sie wand sich, wehrte sich mit wildem Blick und Drohungen gegen die Umklammerung.

Er drückte sie gegen die Wand, bog ihre Arme über den Kopf und fixierte sie nur mit der Kraft seiner Rechten. Mit der anderen Hand riss er ihre Bluse auf, blickte auf sie herab und saugte an der zarten Haut über ihrem seidenen Büstenhalter. Es gelang ihr, sich zu lösen, sie stieß ihn von sich und streifte selbst den Slip über ihre Hüften. Ihr Fuß glitt zwischen seine Schenkel, fuhr in quälend süßer Langsamkeit höher, während sie ihm lasziv zulächelte.

Dann schlang sie das Bein um ihn, rieb sich lüstern an seinem Geschlecht und befahl ihm, sie zu besitzen. Er hob sie hoch und drang tief und kraftvoll in sie ein. Sie schrie vor Lust, erwartete gierig jeden seiner Stöße. Sie schlang ihre Beine noch fester um ihn und er verlangsamte seinen Rhythmus. Ihre Nägel zogen blutige Spuren auf seinem Rücken, während sie vorsichtig auf den weichen Teppich glitten.

Er spürte den Schmerz auf der Haut, doch er war süß und er nahm ihn befriedigt an. Ihr Körper bebte unter seiner Männlichkeit, wand sich, während ihre Schenkel an seinen Lenden rieben. Wie Ertrinkende umklammerten sie einander, Verlorene, die fürchteten, nur einer allein könnte den Tod finden. Dann versanken sie. „Bleib bei mir", hauchte sie in sein Ohr. Er sog ihren Duft ein, wünschte, er würde für immer auf seinem Körper haften bleiben. In dieser Nacht malten seine Lippen und Hände immer neue Bilder der Liebe auf jeden Winkel ihrer Haut. Eng aneinander geschmiegt schliefen sie ein.

Oft sind unsere Träume unentschlossen, zweifeln, ob die Zeit reif ist, die Reise in unser Bewusstsein anzutreten. Unschlüssig verharren sie im Schutz des Vergessens, das sich behütend vor das Erwachen schiebt.

„Mit dir ist es wie eine Reise in ein fernes Land, exotisch und unerforscht. Du allein vermagst mir den Eingang in mein Paradies zu zeigen, das ich für immer mit dir teilen will. Wohin deine Wege dich auch führen, ich gehe mit dir, mein Mann. Im warmen Sand will ich mit dir ruhen und den Duft des Mangobaums atmen, der nur für uns dort blüht. In seinem Schatten liegen wir, innig umarmt und lauschen den Wellen des Meeres. Dort werden wir die Geschichte unserer Liebe in das Buch der Ewigkeit schreiben."

Es war der Morgen nach der einen Nacht, der einen, besonderen Nacht, in der die Liebe ihnen ein weiteres Geheimnis anvertraut hatte. Und es war ihr letzter Tag in Barcelona. Sie beschlossen, es dem Zufall zu überlassen, wohin ihr Weg sie durch die Metropole führen würde. Einzig Barri Gòtic, das gotische Viertel mit seinen zahlreichen Bars, Ladengeschäften und Sehenswürdigkeiten, wollten sie noch einmal sehen.

So begannen sie ihren Spaziergang am Carrer Portaferrissa und besuchten eine Kunstausstellung im Palau de la Virreina, einer der schönsten Barockbauten der Stadt. Gleich darauf umhüllte sie wieder das bunte Treiben auf La Rambla, steckte sie mit seiner unbeschwerten Ausgelassenheit an. Straßenmusikanten, Maler, Akrobaten und Händler am Pulsschlag von Barcelonas grüner Ader erfüllten an diesem warmen Junitag die Stadt mit neuem Leben.

Sie hielten an einem der zahlreichen Blumenstände und er schenkte ihr eine weiße Rose. Angelockt von den exotischen Aromen, entdeckten sie am Ende einer schmalen Gasse einen kleinen Marktplatz mit bunten Ständen. Sie sogen den Duft von Gewürzen, Mariscos und Früchten in sich auf und kosteten aus den Händen der fröhlichen Marktfrauen pinyas, cloisses und maduixes. Mittags speisten sie im Ca L'Isidre, das man ihnen im Hotel empfohlen hatte. Die katalanische Küche ist vielfältig und temperamentvoll. Lebendig vermischt sie Fisch und Fleisch, spielt eine Symphonie von Meer und Berg auf den Zungen und Gaumen ihrer Liebhaber.

Er kaufte heimlich das Bild, vor dem sie mehrere Minuten verweilt war und die letzten Pinselstriche verfolgt hatte. Man sah ein Haus an einem Strand und die Schatten zweier Menschen. Nur ihre Schatten. Sie selbst schienen noch nicht zu existieren. Oder hatten bereits aufgehört, zu sein. Die Schatten waren satt und dunkel, hoben sich in klaren Linien ab vom hellen Gelb des feinkörnigen Sandes.

Sie dachten beide an Sri Lanka, ohne dass einer von ihnen es aussprach. Ihre Gedanken schwangen in ein und derselben Bahn, als der Maler den Pinsel ablegte, mit dem er zuvor in elliptischem Bogen die Schaumkrone auf einer Welle vervollständigt hatte.

Als der Straßenmusikant auf der gegenüber liegenden Seite ein neues Lied anstimmte, wandte sie sich ihm zu. Marco nützte den Augenblick und gab dem Maler ein Zeichen. Ohne aufzusehen, ließ er das Geld in seine Tasche gleiten, das er ihm versteckt unter seiner Karte überreicht hatte. Lisa zog ihn an der Hand zu dem jungen Sänger, der zu den Klängen seiner Gitarre mit weicher Stimme ein katalanisches Volkslied anstimmte. Es machte sie glücklich, dass er die Menschenmassen ebenso liebte wie die Ruhe der Natur. Er war wie sie.

Es waren nicht viele, die Schritt halten konnten mit ihrer lebendigen, sprunghaften Natur. Er dagegen schien ihre Rastlosigkeit nicht einmal zu bemerken. Sie waren einander zu ähnlich, mussten sich in keiner noch so schmalen Fuge der Zeit den Kopf über die Passionen und Schwächen des anderen zerbrechen. Sie genossen und fragten nicht, warum.

Durfte es Menschen vergönnt sein, soviel Glück zu empfinden? War dies der Zenit, der verschwindend kleine Punkt am kurzen Bogen des Vollkommenen, dem der Absturz folgen musste? Die Blicke der Kellner in der Strandbar störten ihn nicht, noch machten sie ihn stolz. Er wusste, dass sie es genoss und es ihre Phantasie beflügelte.

Er nahm einen Schluck kühlen Calva, blickte gelassen hinaus aufs Meer, in dem hinter ankernden Yachten ein schneeweißer Katamaran seine Bahnen zog. Er war glücklich und wusste, dass er nun endlich befreit war von dem Zwang, nach etwas Bestimmtem, nur für ihn Vorgesehenen suchen zu müssen. Etwas, von dessen Existenz er ohnehin nicht einen einzigen Tag in seinem Leben auch wirklich überzeugt war. Und dennoch gab es dieses Besondere, das entstand, wenn Schicksale einander kraftvoll anzogen und für immer berührten.

Es kam ihm in den Sinn, wie ähnlich Mann und Frau einander doch waren. Er dachte daran, wie es sich wohl anfühlen würde, als Frau zu leben. Nur eine Woche. Vielleicht wäre es schön. In diesem Moment fühlte er stärker als sonst, wie lieb er sie hatte. Sie waren Mann und Frau, vereint in einem vollkommenen Wesen.

Es passierte im Labyrinth der mittelalterlichen Gassen von Barri Gòtic, auf dem Weg zur Catedral de la Santa Creu i Santa Eulàlia. Sie schilderte ihm mit fröhlicher Stimme, wo sie mit ihm den Sommer verbringen wollte. Dann ihr Schrei, nur eine einzige Sekunde während und seltsam verzerrt.

Ganz langsam glitt ihre Hand aus der seinen und ebenso langsam sank ihr Körper zu Boden. Er sah ihren Kopf auf dem Steinboden aufschlagen, hoch federn, aufschlagen. Das rotblonde Haar ausgebreitet wie ein Fächer auf dem kalten Grund. Die Schreie um ihn herum nahm er nicht wahr.

Er sank auf die Knie, starrte fassungslos auf das schmale rote Rinnsal, das sich zwischen den Ritzen des Steinbodens seinen Weg zu der weißen Rose bahnte. Ihre Augen waren geschlossen, ihr Gesicht fahl und seltsam fremd. Aus ihrem Rücken ragte ein bizarrer Gegenstand, schwarz, mit hellen Verzierungen. Er wagt nicht, ihn anzurühren.

Er schrie, laut und anklagend, die Augen weit aufgerissen. Seine Hände, verzweifelt in den Himmel gereckt, waren kraftlos, wie gelähmt. Als er das Haupt senkte und auf den geliebten Körper blickte, gruben Verzweiflung und Hilflosigkeit tief ihre Spuren in sein entsetztes Antlitz.

Dann versucht er, ihren Puls zu fühlen.

Kapitel XX

Proclus

Als Bernier die schwarze Limousine vor seinem Haus im noblen Stadtteil Gràcia parkte, zitterten seine Hände heftig. Das Herz raste in seiner Brust wie ein wilder Stier, der soeben die ersten Stiche der Picadores in Schulter und Nacken empfangen hatte.

Verzweifelt grub er sein Gesicht in die schweißnassen Hände und unterdrückte ein leises Schluchzen. Erst war es nur ein bedeutungsloses Ziehen entlang der Pulsadern gewesen, ganz so, als würde jemand gierig an ihnen saugen. Genau so hatte es sich angefühlt, so hatte es begonnen. Damals, vor elf Jahren. Harmlos. Das Zittern setzte erst später ein. Die Stimmen hatten es zu unterbinden vermocht, ihn nicht im Stich gelassen.

Alles war ganz harmlos. Immer wieder hatte er es Pleskov versichert, als sie zurück in die Stadt gefahren waren und er den Wagen nur mit Mühe auf der Straße hatte halten können.

Das Zittern. Kurz vor den befreienden Schlägen mit dem Vorschlaghammer hatte es sein Recht eingefordert, oben, auf dem Sant Jeroni.

In der Kapelle, wo er seine letzten Hoffnungen hatte begraben müssen. Seine letzten Hoffnungen! Das Buch würde nicht mehr in seinen Besitz gelangen. Er ahnte, nein, er wusste es! Es war diese Schlampe, deren dunkle Magie ihn von dem fern hielt, was ihm zustand. Ihm und seinen Vorfahren, die man auf so grausame Weise entmachtet hatte. Ob es wohl ihre Stimmen waren, die ihn nach so langer Zeit neuerlich hinab in die

Finsternis zogen? Hinab bis auf den Grund des Kraters in tiefschwarzen Morast, der sich kalt um seine Waden legte? Die dunklen Schatten der Vergangenheit, sie hatten ihn wieder eingeholt und sich unbarmherzig seiner Seele bemächtigt.

Der messerscharfe, kalte Klang ihrer Stimmen war ihm sofort wieder vertraut gewesen und er hatte sie gehorsam begrüßt. Eine nach der anderen. So lange hatten sie schweigen müssen, mehr als zehn Jahre, geknebelt von dem erbarmungslosen Medikament und seinem eisernen Willen, den er nun umso mehr verabscheute.

Aber jetzt, jetzt war wieder alles anders! Er war nicht mehr allein. Seine Armee war wieder bei ihm und ihre Führer schossen ihre Kommandos in militärischer Knappheit und Präzision mitten in sein Gehirn. „Kommt mit und folgt mir. Ich führe euch durch das Museum, das ich für uns gebaut habe. Hier, all die Bücher, astronomischen Geräte und Bilder. Sie gehören uns. Dort drüben! Seht ihr den kleinen Raum? Hier wird die Vitrine für das Astrolabium stehen, das wir nächste Woche gemeinsam mit den Bildern und dem Türkenstab ersteigern werden. Sie müssen nicht in den Tresorraum, wie die Sachen aus Sri Lanka.

Die Politiker unserer Stadt sind anständige Menschen. Morgen werden sie ihre Zusage für die finanzielle Unterstützung geben und unseren Antrag für den Anbau des Planetariums positiv abwickeln. Ihr werdet sehen, sie haben uns noch nie enttäuscht. Sie empfangen mich immer noch persönlich. Mein Name gilt etwas in dieser Stadt. Auch ohne unser Buch wird es weitergehen. Traunberg, sie wird es nicht verhindern können."

Als Bernier die Lade auf der Rückseite des Sekretärs aufzog und den wertvollen Dolch entnahm, schwiegen die Stimmen plötzlich. Verzweifelt sank er auf den ledernen Stuhl, donnerte die geballte Faust mit solcher Wucht auf die Tischplatte, dass der Dolch hochsprang und zu Boden fiel. Er hob ihn auf, betrachtete ihn ernst.

Der Mann, dem er ihn abgenommen hatte, war durch seine Hand gestorben. Es war ganz leicht gewesen, in die im Westen Sri Lankas gelegene Villa einzudringen. Er war geschult für Einsätze dieser Art und hatte niemals die Frage nach dem „warum" gestellt. Es war eines der ersten Dinge, die man ihm bei der Legion beigebracht hatte. Kein Befehl darf hinterfragt werden. Jede Frage hat den Preis eines getöteten Kameraden, jeder Gefallene nimmt ein Stück deines eigenen Lebens mit in die Hölle.

So hatte er es später auch den Soldaten seiner Einheit immer eingebläut und die Verluste stets gering halten können. Der gewundene Griff des Dolches war aus Ebenholz gefertigt, in das Verzierungen aus Elfenbein und Silber eingearbeitet waren. Auch die scharfe Klinge, die zahlreiche Symbole schmückten, war leicht gebogen und lief nach vorne hin gleichmäßig spitz zu. Wenn sie in dem schmalen Schaft aus schwarzem Leder steckte, ähnelte die Waffe einem matt glänzenden Horn. Er sah zu Boden und seufzte, als er sie in die Innentasche seines Jacketts wandern ließ.

Berniers Schlaf in dieser Nacht war tief und traumlos. Den Vormittag verbrachte er mit der Erstellung von Expertisen und telefonierte mit der Baufirma, die den Auftrag für die Erweiterung des Museums erhalten hatte.

Nach kurzer Mittagsruhe verließ er gestärkt und voller Zuversicht das Haus. Er parkte den Wagen nahe dem Olympischen Hafen. Sein weiterer Weg führte ihn Richtung Placa de Sant Jaume, wo der zuständige Referent für Kultur und

Finanzen ihm persönlich die positiven Bescheide für die Museumserweiterung aushändigen würde. Alles andere war unmöglich und so schob er den Gedanken des Zweifels, der an der letzten Säule der Hoffnung in seiner Brust sägte, beharrlich beiseite. Und auch die zugesagte finanzielle Unterstützung, welche die Ersteigerung des wertvollen Astrolabiums, des Türkenstabes und der beiden Dali-Bilder ermöglichte, war nur noch Formsache.

Die letzte Säule seiner Hoffnung. Ihr Einsturz kam unerwartet, ihre Trümmer schlugen hart und schmerzhaft gegen seine Organe, zerquetschten sein Herz, pressten alle Luft aus seinen Lungen. Man würde außerordentlich bedauern, wüsste um sein Engagement und sein wissenschaftliches Werk. Aber leider könnten die finanziellen Mittel für die Anschaffung der astronomischen Geräte und der Bilder aus grundsätzlichen Erwägungen nun doch nicht gewährt werden. Ja, auch der Stadtrat vertrete diese Ansicht. Ebenso könnte der Bescheid über den Museumsanbau und die Errichtung eines Planetariums bedauerlicherweise keiner positiven Erledigung zugeführt werden. Die Budgetmittel, er könne fragen, so oft er wolle: Ausgeschöpft! Und die Baurechtsreform, sicher, ein Pech, so kurz vor Einbringen seines Antrages.

Natürlich wüsste man von seinen guten Kontakten! Die Zeiten hätten sich aber geändert. Zu viel Demokratie. Zu viele Parteien mit wachsamen Anhängern in allen Instanzen. Nein, der negative Entscheid hätte rein gar nichts zu tun mit der Beschlagnahme der Kunstgüter, die vor Jahren als Leihgabe nach Österreich hätten verschickt werden sollen.

Als die Stimmen ihn mahnten, Stolz zu zeigen und den Ort der Niederlage hoch erhobenen Hauptes zu verlassen, stand er auf und ging. Seine Schritte waren kurz und schnell, als er den Platz vor dem großen Gebäude überquerte und die Finger seiner Hand eine Kralle formten. Sein Blick war starr nach vorn gerichtet, die schmalen Lippen aufeinander gepresst. Die Stimmen vergaßen nicht auf ihn. Wie ein stählernes Rohr, das man in einem Saal fallen lässt, hallten sie in seinem Kopf, erteilten ihre Befehle schnell und mit zwingender Schärfe. Sie erinnerten ihn daran, dass das Messer immer noch in der Innentasche seines Jacketts steckte. Wie gut, dass sie sich wieder um ihn sorgten!

Vorsichtig legte seine Hand sich auf den groben Stoff, übte prüfend leichten Druck dort aus, wo seine Führer die Waffe für ihn versteckt hatten. Auch diesmal hatten sie sein Vertrauen gerechtfertigt und ihn nicht im Stich gelassen. Er würde im Hotel auf die Schlampe aus Linz warten. Wahrscheinlich war sie bereits unterwegs, beeilte sich, um es wieder mit diesem Dreckskerl zu treiben. Ihn würde er sich zuerst vornehmen. Ihn vor ihren Augen ausweiden und sein pumpendes Herz langsam auf ihr Gesicht drücken. Dann könnte er sich nur für sie Zeit nehmen. Viel, viel Zeit. Das Messer, kalten Stahl in warmes Fleisch rammen, bis zum Heft. Die tödliche Aufwärtsbewegung. Kurz und kraftvoll. Dann abtreten. Keine Verstümmelungen. So lautete sein Auftrag.

Wenn die Schicksale zweier Menschen einander berühren, sind es stets andere, welche die Frage nach Zufall oder Bestimmung aufwerfen. Sie lehnen entspannt in den Stühlen ihrer Auditorien und sehen ein Stück, bei dem der letzte Vorhang schon lange gefallen ist.

Bernier hat seinen Einsatz verpasst. Er steht allein auf der Bühne. Der einzige Scheinwerfer, dessen Strahl die Bretter der Bühne berührt, ist für ihn unerreichbar. Seine Sprünge sind stets zu kurz, um in das Licht zu tauchen, das ihn für sein Publikum sichtbar machen würde. Die Rolle, die er spielen durfte, war zu unbedeutend. Er wird das Stück, von dessen letztem Akt wir noch entfernt sind, umschreiben.

Es war ihr rotblondes Haar, das ihn auf sie aufmerksam machte. Er sah sie in dem Moment über den Platz gehen, als das Blut in wilden Bächen aus den Bildern strömte, die sein Zorn befreiend und in schnellem Takt in das Album seiner Seele klebte. Sie lachten, erstrahlten in hellem Licht, als sie in die Carrer del Bisbe Irurita einbogen. Um sie herum nur Dunkelheit und Stille. Sie verdienten nicht das Licht der Sonne! Er musste sie vertreiben, eliminieren aus der Bahn, auf der sie sich um sie bewegten. Verbannen in die hinterste Galaxie des sich ständig ausdehnenden schwarzen Alls.

Seine Schritte wurden schneller, kürzer. Immer leichter hoben sich seine Füße aus dem tiefschwarzen Morast am Grunde seines Kraters, in den er gezogen worden war. Die Stimmen feuerten ihn an, schrill und laut. Ein Chor klirrender Schwerter, der nur für ihn sein Lied sang. Jetzt! Nicht später im Hotel! Jetzt!

Er glaubte zu schweben, wie ein Balletttänzer, umjubelt, gepeitscht in den unvermeidlichen Rhythmus. Seine Bewegungen hatten etwas Bizarres, Unheimliches, ließen die schreckliche Abartigkeit erahnen, die seiner Tat zugrunde lag.

Nur noch wenige Meter trennten ihn von dem Paar, das nichts ahnte von dem drohenden Wahnsinn. Er näherte sich in tänzelnder Schrittfolge, hämmerte die Absätze seiner Schuhe in wildem Stakkato auf den Steinboden. Die Hand, mit der blitzenden Klinge holte aus. Da schob sich ein Arm aus der zähen Masse der Dunkelheit, die das rotblonde Haar umgab. Er sah ihn zu spät, den schwachen Arm des taumelnden Greises, der zu stürzen drohte. Der verhasste Arm lenkte den tödlichen Stoß ab, nahm ihm den kraftvoll geführten Schwung. Als die Klinge dennoch den Stoff der Bluse durchdrang, spürte Bernier erleichtert den weichen Widerstand lebenden Fleisches. Endlos lange genoss er diesen Moment, in dem die eingestürzte Säule in seinem Innern neu errichtet wurde.

Der Ton, den die Klinge beim Durchstoßen der Haut ihres Rückens erzeugte, war die Ouvertüre zu einer Melodie in Moll, deren Taktstock sich in den Muskel bohrte und Faser um Faser durchtrennte.

Doch was war das? Seine Stimmen, sie verstummten! Nein! Nicht jetzt! Nein! Voller Grauen wandte er sich ab und floh entsetzt Richtung Placa de la seu.

Kapitel XXI

Wolken über Sri Lanka

Wir sind hilflos, wenn wir aus einem Traum gerissen werden. Zweifelnd fragen wir uns, ob unser Erwachen nicht einfach nur den Beginn einer neuen Geschichte markiert, deren unausweichliches Ende ahnungsvoll in unser Bewusstsein drängt. Die Fäden, an denen wir unsere Träume versuchen festzuhalten, sind dünn gesponnen. Sie reißen, oder gleiten schmerzvoll und schneidend durch unsere Handflächen.

Bis zum Schluss wich er keine Minute von ihrer Seite. Nicht einmal den Eintritt in den Operationssaal wollte er sich verwehren lassen, nachdem er ungefragt den grünen Umhang übergestreift und die Maske angelegt hatte. Alles wies darauf hin, dass ihr helles Lachen ihn schon bald wieder anstecken würde. Sie war bewusstlos gewesen, als man sie nahe der Kathedrale auf die Bahre gelegt und mit dem Ambulanzwagen ins Hospital de la Santa Creu gebracht hatte. Nach vielen Jahren hatte er zum ersten Mal wieder zu Gott gebetet, während er jeden Handgriff des Notarztes genau verfolgte.

Die Notaufnahme war auf ihr Eintreffen vorbereitet. Er flehte sie an, zu bleiben, den Körper nicht zu verlassen, den er so sehr liebte. Den Körper, in den der Unbekannte die Klinge getrieben und nur um Haaresbreite Herz und Lunge verfehlt hatte.

Nicht der Stich selbst war gefährlich und veränderte für ihn den Fluss der Zeit. Es war der Blutverlust, der ihr Leben an einen hauchdünnen Faden knüpfte und wie einen Rotor unerreichbar über ihm kreisen ließ. Millimeter und Sekunden, hatten die Ärzte gemeint. Millimeter und Sekunden hätten entschieden über das Schicksal eines Menschen. Zweier Menschen. Und dann veranlasste man eine Computertomographie des Schädels. Als sie, zurück auf der Intensivstation, traurig zu ihm hoch sah, bemerkte sie besorgt die Tränen, die seine Augen versuchten zurückzuhalten.

Ein junger Pfleger bot an, ihn zurück zum Hotel zu fahren. Sein monotones Geplauder beruhigte ihn, auch wenn er kein einziges Wort verstand. Die aufmunternden Worte und Gesten im Hospital hatten ihm gut getan. Auch die betretenen Gesichter im Hotel schienen ihm auf unerklärliche Weise Kraft zu geben. Ihr stiller Trost begleitete ihn, als er gezeichnet von der schlaflosen Nacht vorbei an der Rezeption zu den Aufzügen ging.

Er hatte panische Angst, das Zimmer zu betreten, das noch erfüllt sein würde von ihrer Stimme, ihrem Lachen. Doch es war totenstill in dem schattigen Raum, als hätte ihn noch niemals vor ihm irgendein Mensch betreten.

Ihm war kalt. Er fühlte sich allein, hinab gestoßen in den Schlund eines dunklen Kraters, aus dem niemand seine verzweifelten Rufe hören konnte. Er zweifelte daran, ob ihre Geschichte weitergehen würde und hasste sich dafür.

Das Kleid, das sie an ihrem letzten Tag in Barcelona getragen hatte, hielt er an sein Gesicht gedrückt, sog mit geschlossenen Augen ihren Duft ein, ehe er es behutsam in den Koffer legte. Dasselbe tat er, als er es in Linz wieder herausnahm und in den Kasten neben seine Anzüge hängte. Dann trat er ans Fenster und weinte hemmungslos. Seine Tränen flossen mit dem Strom der Donau, leicht und weit.

Während des Heimfluges im Ambulanzjet hatte sie seine Hand gedrückt, ihn immer wieder fragend angesehen. Man hatte sie seitlich gelagert, um die tiefe Wunde auf ihrem Rücken keiner unnötigen Belastung auszusetzen. Ihr Kopfverband schnürte in seine Brust, schien ihm die Luft zum Atmen zu rauben. Jener Verband, unter dem möglicherweise etwas begann, sich auszubreiten und sein grausames Recht einforderte. Die Angst, die er um ihr Leben hatte, war noch nicht aus seinem Körper gewichen. Das Röntgenbild und der Arztbrief lagen in dem blauen Hartschalenkoffer, weit hinten im Flugzeug.

Erst kurz vor dem Start hatte sie ihm erzählt, dass der Diagnostiker etwas darauf entdeckt zu haben schien. Nach der Landung überstellte man sie unverzüglich in eine Spezialklinik in Linz. Sie befand sich nahe dem Waldbad, in dem sie einander zum ersten Mal begegnet waren.

Man bat ihn einfühlsam, heimzufahren und sich auszurasten, sie sei in guten Händen und es gäbe nichts, was er für sie tun könnte. Er übergab der Stationsschwester den verhassten Umschlag und ging. Als er sie am nächsten Tag besuchte und zu ihr wollte, verließ im selben Moment ein Arzt das Zimmer. Es war nichts abzulesen aus seiner unbewegten Miene. Eine ältere Schwester bemerkte seine fragenden Blicke, die an dem weißen Mantel abgeprallt waren.

„Sie können zu ihr, Herr Reiler."

„Weiß man schon Näheres?"

„Das darf ich ihnen nicht sagen. Die Untersuchungen sind jedoch abgeschlossen. Gehen Sie, sie hat bereits nach ihnen gefragt."

Er hatte sich vorgenommen, ihr selbstbewusst und zuversichtlich gegenüberzutreten. Es ging ihm nicht darum, männlich zu wirken oder ihr mit gespielter Souveränität Kraft schenken zu wollen. Er wollte ihr nur ersparen, ihn leiden zu sehen. Es gelang ihm nicht. Als er sie sah, die Augen geschlossen und mit blassem Gesicht unter dem rotblonden Haar, zog seine Brust sich noch fester zusammen. Sie griff nach seiner Hand und lächelte schwach.

„Du bist bei mir."

Erleichtert schloss sie ihre Augen, atmete tief ein und es war genau dieser Moment, der sie in ihrem Entschluss bekräftigte, ihn zu belügen. Er strich über ihre Wange, legte sacht seine Lippen auf jedes ihrer geschlossenen Lider. Sie spürte seine Verzweiflung, las in seinen feuchten Augen, dass er auf die Worte wartete, für die er gebetet hatte. „Ich bin gesund." Drei Worte, die in Bruchteilen von Sekunden unserem Leben eine Intensität verleihen, von der wir nichts geahnt hatten. Drei Worte. Sie treten laut in unser Bewusstsein, wenn wir sie gar zu selbstverständlich mit uns führen. Und sie sprach sie, die Worte, meinte, dass sie jener Rücksicht entsprangen, die die Lüge adelte.

„Ich werde wieder gesund, Liebling!"

Etwas irritierte ihn an der Art, wie sie es sagte. Ihre Stimme, es fehlte ihr der helle Klang der Erleichterung. Er fühlte, dass sie mit ihren Gedanken weit weg war und betrachtete sie stumm. Sie lächelte, nickte ihm bekräftigend zu und drückte seine Hand. Als er sie zweifelnd ansah, spürte sie die Angst, die ihn immer noch gefangen hielt und wich seinem fragenden Blick aus.

Wie hatte der Arzt gemeint? Eine epidurale Blutung, relativ leicht und ohne aufwendige Therapie in den Griff zu bekommen. Schonung, viel Schlaf und keinerlei Stress. Aber da wäre eben noch etwas, das das CT sichtbar gemacht hätte und worüber er sich mit ihr unterhalten müsse. Ein Tumor, ja, er bedaure sehr, es ihr sagen zu müssen, ein Tumor im Bereich der … sie wusste nicht einmal mehr, wie die Stelle geheißen hatte. Man müsse abwarten, weitersehen, hoffen, dass … Ja. Hoffen.

Sie hatte schweigend zugehört, dann hatte der Arzt das Zimmer wieder verlassen und der Boden unter ihr war weg gebrochen. Sie hatte nicht mehr die Kraft besessen, zu denken, war unter ihre Bettdecke gekrochen und hatte geweint. Sie? Sie sollte es sein, die ihrer beider, die sein Glück zerstörte? Die ihn leiden ließ? Niemals! Nicht sie! Er durfte nichts erfahren, nicht zu früh. Und wenn es sich dann doch einmal nicht mehr verheimlichen ließe, dann ….? Nein!

„Es ist alles in Ordnung mit mir! Stell dich darauf ein, dass du mir noch viele Sternbilder zeigen und neue mit mir in den Himmel malen wirst, Thermenprinz. Wer sonst außer uns kann sie erkennen und Geschichten für sie erfinden?"

Ihre Hände lagen ineinander, bis man ihn bat, am nächsten Tag wieder zu kommen. Sie war erleichtert. Er schien die fatale Lüge geglaubt zu haben.

Die genähte Wunde heilte gut und auch das Gerinsel hatte sich überraschend schnell aufgelöst. Als er sie einen Tag vor ihrer Entlassung noch einmal besuchte, begegnete ihm Ruth Woda. Sie verließ gerade die Station, winkte ihm schon von weitem zu.

„Ich bin sehr erleichtert, dass alles gut ausgegangen ist. Und du bist mir nicht mehr böse? Du weißt doch, was ich meine?"

„Ich weiß es", sagte er ruhig und blickte dabei tief in ihre Mandelaugen. Sie spürte die Aufrichtigkeit und versöhnende

Wärme in seinen Worten. Lisa hatte Recht. Er war anders. Sie lächelte, gab ihm einen Kuss auf die Wange und sah ihm nach, bis er in dem Krankenzimmer verschwand.

Auch fünf Tage nach dem Vorfall hatten die Ermittlungen in Barcelona noch zu keinerlei Ergebnissen geführt. Der Täter war blitzschnell in der Menge untergetaucht und wurde von den Zeugen derart unterschiedlich beschrieben, dass kein brauchbares Phantombild angefertigt werden konnte. Auch die Auswertung der DNA-Analyse hatte nichts gebracht. Der Verdacht, den Lisa und Marco gegenüber Staatsanwalt und Ermittlern geäußert hatten, war alles andere als positiv aufgenommen worden. Senor Bernier zähle zu den ehrenwertesten Bürgern der Stadt und verfüge über ein lupenreines Alibi.

„Ich glaube mittlerweile auch nicht mehr, dass Bernier mit dem Anschlag etwas zu tun hat. Was hätte er davon? Ich teile eher die Ansicht des Staatsanwaltes, dass es die Tat eines Irren war. Ich bin sicher, wir können beide beruhigt schlafen, Barcelona ist weit weg."

„Ich will nur so schnell wie möglich hier raus."

„Nur diese Nacht noch, Liebes."

„Patrizia hat sich gestern Abend bei mir gemeldet. Die Mittel für die Suche nach dem Purpurbuch werden eingestellt. Wir werden wohl für das Kulturjahr 09 mit den Prophezeiungen vorlieb nehmen müssen. Aber immerhin, sie allein sind schon eine Sensation. Ich habe schon einige Ideen für eine Kepler-Ausstellung im Ars Electronika Center. Ach ja, und Ruth hat angerufen. Ich soll so schnell es geht in meine Galerie kommen. Alle wollen sich plötzlich einen von den jungen Aignern an die Wand hängen. Ich habe immer schon gewusst, dass die es schaffen werden! Warum blickst du so besorgt?"

„Bitte, schone dich. Wir könnten doch auch für eine Weile verreisen!"

„Nach Sri Lanka?"

„Das heben wir uns lieber für später auf."

„Was meinst du mit später?"

„Wenn du wieder ganz gesund bist! Wie wäre es mit Italien? Es ist nicht allzu weit und du könntest meinen Freund Gianluca kennen lernen. Schon oft hat er mir angeboten, in seinem Strandhaus zu urlauben. Es liegt an einem wunderschönen Strand auf Sardinien."

„Ich würde überall hin mit dir verreisen, aber ... vielleicht hast du Recht. Wir sollten nicht allzu weit von zu Hause wegfahren und lieber abwarten, bis ich wieder voll bei Kräften bin. Wir könnten doch auch ein paar Tage an einen See hier bei uns zu Hause fahren."

Sie lagen allein am Strand vor dem Bootshaus, das er für sie am Salzburger Fuschlsee gemietet hatte. Die weiche Decke unter sich, lauschte sie auf dem Bauch liegend den Wellen des Sees, die leise gegen die Ufersteine klatschten. Seine Hände bewegten sich behutsam über ihre Haut, massierten sanft das Öl in jede ihrer Poren.

„Hast du eigentlich schon einmal darüber nachgedacht, ob du wieder heiraten würdest?"

Er sagte lange nichts und sie war irritiert über sein Schweigen, spürte, wie sein Körper sich spannte.

„Glaubst du, wir könnten es schaffen?"

„Schaffen? Wir? Du zweifelst? Denkst du, es war Zufall, was mit uns passiert ist?"

„Das nicht. Du weißt, dass wir immer miteinander verbunden sein werden. Ich möchte nur erst versuchen, das Glück zu begreifen, das wir erfahren."

„Du fürchtest, unsere Liebe könnte nicht so bleiben, irgendwann in etwas münden, das deinem Leben mit Sabina ähnelt."

„Das ist es nicht. Ich bin mir unserer Liebe sicher, nicht aber unserem Glück. Es muss ihm der Makel der Vergänglichkeit anhaften, damit Menschen wie du und ich es begreifen."

Er war erleichtert, als sie das Thema wieder fallen ließ. Gleichzeitig fühlte er, dass etwas sie bedrückte während der Tage am See. Sie war verschlossen, aß nur wenig und weinte, wenn sie dachte, dass er schlief.

Es beruhigte ihn, dass sie nach ihrer vorzeitigen Rückkehr sein Angebot annahm und bis auf weiteres zu ihm in die Villa an der Donau zog. Er sah ihr heimlich dabei zu, wie sie nachdenklich aus dem Fenster blickte und zwei weiße Möwen beobachtete, die hoch am Himmel elegant ihre Bahnen zogen. Mehrmals änderten sie abrupt ihre Richtung, stießen hinab und segelten in weitem Bogen knapp über dem blaugrauen Strom.

Sanft legte er seine Hand auf ihre Schulter und führte sie in den hellen Raum, der unmittelbar an das Wohnzimmer angrenzte. Hier entspannten sie in der Hängematte liegend, meditierten oder hörten gemeinsam Musik. Schräg hinter einer hellgrünen Zimmerlinde, hing das Bild seines Freundes Curd Nagl. Es zeigte einen Mann, der staunend auf einen Wasserfall blickt, dessen Wassermassen tosend in ein azurblaue Meer stürzten.

Und noch ein weiteres Bild befand sich in dem Raum. Der Künstler war Katalane und hatte Wort gehalten. Er hatte sein Werk vor der lauten Kulisse von La Ramblas in kraftvollem Schweigen vollbracht. Und schweigend nahmen sie es in sich auf, blickten nachsinnend auf die beiden Schatten am weißen

Strand von Sri Lanka. Niemals waren in ihm Zweifel aufgekommen, dass das Bild seinen Weg von Barcelona nach Linz finden würde, nachdem er dem Maler seine Karte und die Geldscheine in die Hand gedrückt hatte.

Ebenso wenig zweifelte er daran, dass er eines Tages mit ihr an eben jenem Strand entlang schreiten würde, der in der Mitte der Leinwand umfangen vom Schatten der hellgrünen Palmen abgebildet war. „Ich liebe dich", sagten sie zueinander, ohne dass ein Laut über ihre Lippen kam. Still und leise tranken sie ihr vergängliches Glück.

Der Strauß bunter Blumen auf ihrem Schreibtisch machte sie verlegen. Sie brauchte nicht lange darüber nachzudenken, von wem er stammen könnte. Gleich, nachdem sie die Bürotür hinter sich geschlossen hatte, klopfte es. Patrizia Dorner und die Mitarbeiter des Lentos begrüßten sie überschwänglich. Patrizia umarmte sie als erste, hielt sogar eine kurze Ansprache. Man hätte sie vermisst, schätze ihr Engagement und niemand sei besser geeignet, die Organisation der Kepler-Sonderausstellung zu übernehmen, als sie.

Als das letzte Glas Prosecco geleert und sie wieder alleine war, trat sie ans Fenster. Nachdenklich sah sie in den Himmel. Dann beobachtete sie die Schiffe auf der Donau und verfolgte dabei die kraftvollen Schläge eines Achters, der sich in den Strahlen der Morgensonne kontinuierlich stromaufwärts schob. Fast sah es aus, als wollten die eintauchenden Ruder den Fluß noch schneller stromabwärts peitschen, anstatt den langen braunen Rumpf voranzutreiben.

Ihre Gedanken folgten dem blaugrauen Strom bis ans Meer, in dessen Wellen sich die Kraft seiner Farben verlor. Das Läuten des Telefons holte sie zurück.

„Lentos Museum der Stadt Linz, Lisa Traunberg."

„Guten Tag, Madame Traunberg. Mein Name ist Claudette Bellemont. Verzeihen Sie mir bitte, wenn ich mich kurz fasse, doch es gibt Gründe dafür. Ich bin Meeresbiologin und lebe in Paris. In dem Magazin, für das ich gelegentlich schreibe, stand ein Artikel über die Prophezeiungen, die in ihrer Stadt gefunden wurden. Die Redaktion gab mir nach einigem Zögern ihre Nummer und ich denke, es ist Zeit, ihnen und ihrem Mann etwas zu übergeben."

„Wir sind nicht verheiratet. Doch worum handelt es sich?"

„Ich erwarte Sie kommenden Freitag um achtzehn Uhr in der Kirche Saint-Séverin nahe der Rue Saint-Jacques. Dort erfahren sie mehr. Au revoir."

Sie rief ihn unverzüglich an. Es überraschte sie nicht, dass er versuchte, ihr den Flug auszureden. Vielleicht wollte er sie nur davon abbringen, einem neuen Schatten nachzujagen, der sich in Nichts auflöste. Unumwunden gab er zu, dass er sich sorgte.

„Aber es könnte die letzte Möglichkeit sein, das Buch zu finden!"

„Ich habe kein gutes Gefühl. Warum hat sie nichts Näheres erwähnt."

„Sie wird wohl ihre Gründe haben. Warst du es nicht, der mich gelehrt hat, trotz aller Vorsicht Wagnisse einzugehen und zu vertrauen? Komm schon, wir fliegen nach Paris!"

Kurzerhand verschob sie den Termin auf der Onkologie.

Bernier atmete ruhig. Die Stimmen waren stumm geblieben seit jenem frühen Abend, waren nachsichtig gewesen, obwohl er seinen Auftrag nicht erfüllt hatte. Jetzt hielten seine Führer Rat, murmelten kaum vernehmbar im Licht ihrer lodernden

Fackeln. Zu leise, als dass er sie hätte verstehen können. Ihr Schweigen hatte eingesetzt, gleich nachdem sein Griff sich um den Schaft des Dolches gelockert hatte und er zur Metro gehetzt war. Er saß allein im Erker seines Museums, als ihn ein Anruf erreichte.

„Hier ist Pleskov, Senor Bernier. Es hat sich endlich wieder etwas getan! Ein Gespräch zwischen Traunberg und einer Claudette Bellemont aus Paris. Bellemont ist Meeresbiologin und sie will Traunberg in einer Pariser Kirche nahe der Sorbonne treffen. Sie sagte, sie wolle ihr etwas geben."

„Gut, Pleskov. Du hörst von mir."

Bernier legte die Glock zurück in den Safe. Gereinigt, kontrolliert und geladen. Seine treue Gefährtin würde sich noch ein wenig gedulden müssen. Es war besser, sie und nicht Pleskov zu dem Treffen in die Kirche mitzunehmen. Sie war bei derartigen Anlässen zuverlässiger als er. Und sie verlangte keine Prämie, sollte es sich tatsächlich um das purpurne Buch handeln, das Bellemont Traunberg überlassen wollte.

Sicher würde sie wieder diesen Reiler mitnehmen. Man durfte ihn nicht unterschätzen. Bernier kannte sich aus mit Männern, die auf den ersten Blick harmlos wirkten. Sie waren zu Hunderten durch seine Hände gegangen während seiner Zeit bei der Legion. Es war die Geschmeidigkeit in ihren Schritten, die Art, mit der sie sie locker und gleichzeitig sicher und beharrlich setzten. Wie die Schritte ihres Lebens. Auch ihr Sterben war ein anderes. Sie starben leiser und traten dem Tod nicht winselnd gegenüber. Und sie töteten selbst, ohne zu zögern.

Er hatte immer gleich erkannt, wer von ihnen bereit dazu war. Wer ein Mann war, wenn es galt zu handeln. Wer von ihnen es mühelos verkraftete, für den letzten Atemzug im Leben eines Menschen verantwortlich zu sein. Reiler zählte nicht zu diesen Männern. Er besaß den Gang, aber nicht die Zähne eines Raubtieres.

Genau das machte ihn jedoch auch unberechenbar.

Kapitel XXII

Avui! (catalàn: Heute!)

Am Strand von Barcelona blickte der berühmte Dichter Miguel Florandos von seinem Baumstumpf aus versonnen über das Meer. Es war ihm fast peinlich gewesen, als seine Anhänger, den Baum für ihn gefällt und unter lautem Gejohle in den Sand gewuchtet hatten. Doch sie hätten ihm noch ganz andere Wünsche erfüllt.

Auf ein müdes Hochziehen seiner dunklen Augenbrauen hätte so manche der schönsten und einflussreichsten Frauen Barcelonas Mann und Haus verlassen, um für immer in seine Arme zu fliehen. Doch Miguel war kein Mann fürs Leben und noch weniger ein Mann für eine Nacht. Dafür liebte er die Frauen zu sehr und ging, ehe er verletzen konnte. Meistens zumindest. Nicht nur Frauen liebten ihn. Auch zahlreiche männliche, meist jüngere Schwärmer, fühlten sich fernab homophiler Sehnsüchte magisch von ihm angezogen.

Nachdenklich kraulte Miguel seinen Kinnbart und wartete auf sein nächstes Gedicht. Sein halblanges schwarzes Haar tanzte im Wind, der stetig vom Meer her Richtung Stadt wehte. Welche der endlosen Wellen, die vor ihm im Sand zerflossen, würde ihn zu ihm tragen, den jungfräulichen Gedanken, den er wach küssen durfte? Langsam erhob er sich, streifte seine Schuhe ab und watete mit hochgekrempelten Hosen durch das flache Meer, das kühl seine Waden umspülte.

Es war fast dunkel, als Venus sich zum ersten hellen Sterngruß des Abends bereit machte. Miguel kehrte zurück zu seinem Baumstumpf, blickte verträumt nach oben und dachte an seine große Liebe:

Elisabeta Remìo-Puértes. Die feurige, geistreiche Elisabeta, die mit ihrer scharfen Zunge und ihrem Witz selbst die Redegewandtesten der Stadt in Unbehagen versetzte. Eine reiche Bankierswitwe, klug und scharfzüngig. Sie waren einander bei ihren früheren Wortgefechten ebenbürtig gewesen, gewiss. Doch hätte sie es gewollt, die Feder wäre in ihrer Hand kühner über das Papier geschwebt, als er es jemals hätte fertig bringen können.

Sie war seine Muse gewesen, königlichste aller Musen, die ihn je inspiriert hatte. So nahe waren bei ihr Lachen und Weinen, Stärke und Verletzlichkeit. Kein Mann, der ihre Spontaneität und ihre Stimmungswechsel hätte zu ertragen vermocht. Bis auf Miguel. Ihre Liebe hatte ihn geadelt.

Das Gelächter der Gesellschaft über den sensiblen Autor und die launische reiche Hexe war an ihm abgeprallt wie ein Tropfen auf einem Lotusblatt. Elisabeta. Seine erste, seine letzte Liebe. Was davor war, glich einer Muschel am Boden des Meeres, in dem er und Elisabeta eng umschlungen getrieben waren. Nach ihnen würde nichts mehr sein können, kein Mann, keine Frau. Die Ewigkeit ihrer Liebe würde es nicht zulassen.

Sie hatte auf seinem Herzen Flamenco getanzt.

Nachdem er zuvor dasselbe mit dem ihren gemacht hatte.

Sie hatte ihn mit ihrem heißblütigen Reitlehrer betrogen, ihn in wilde Raserei und zu feurigen Gedichten getrieben.

Nachdem er in eine stürmische Affäre mit der göttlichen deutschen Schauspielerin Corinna Lafouche gestolpert war.

Beide erkannten, dass sie füreinander bestimmt waren.

Nachdem sie zueinander für immer Lebwohl gesagt hatten.

Zumindest für dieses Leben. Doch er spürte auch, dass eine gemeinsame Zukunft sie zerstören würde. Was blieb ihm außer der Hoffnung, dass ein Abschied auch ein Willkommen sein konnte? Wenn es für sie vorgesehen war, dann würden sie einander wieder begegnen. Solange ihre Sehnsucht stark genug bliebe. Das war vor drei Jahren gewesen. Der Puls von Miguels und Elisabetas Liebe schlug noch, obwohl sie sich in dieser Zeit kein einziges Mal gesehen hatten. Aufmunternd blinzelte Venus ihm vom Abendhimmel zu. Miguel lächelte. Die Menschen, die zuvor noch barfuß durch die brandenden Wellen tanzten, waren verschwunden. Nun endlich konnte er zu schreiben beginnen.

Zart und leise wie ein Wimpernschlag,
verboten, lockend, süß und sanft
erahnten wir der Sehnsucht Glut.
Allein zu kosten sie blieb uns versagt.
Dabei so nah, so Blut an Blut.
Verglühe nun, oh unerfüllte Leidenschaft.
Mach Platz dem stillen Sehnen.
Lass fühlen uns die neue, warme Kraft,
die auch Vernunft nicht mag zu zähmen.

„Handle, Thales. Er zerbricht."

„Das Buch wird sein Trost sein. Mit jeder seiner Zeilen wird ein Stück Schmerz seine Seele verlassen. Späte Liebe soll der Lohn sein für Vernunft und Geduld, seine Verzweiflung Mahnung für alle, die zaudern. Das Purpurbuch wird durch die Geschichte dieser beiden Seelen mächtiger als je zuvor. Vergiss nicht, es drängt! Apophis wartet nicht mehr lange auf den Impuls, der seine Bahn endgültig festlegen wird. Die Fackel des Lichtträgers muss erlöschen, der Orbit seines Wirkens zerstört werden. So war es und so wird es immer sein. Von Buch zu Buch, von Galaxie zu Galaxie. Auch du und ich, Cyrill, sind vergänglich und dennoch ewig. Miguel und Elisabeta sollen den Weg bereiten für Marco und Lisa. Es wird nicht leicht für sie werden."

Tränen rinnen über Miguels Wangen. Plötzlich springt er auf, ballt seine rechte Hand zur Faust und brüllt in den klaren Sternenhimmel:

„Gott, warum quälst du uns! Was haben wir getan, dass du uns zu solchem verdammst. Haben wir gesündigt und müssen büßen? Oder sollen wir geprüft, auf noch Gewaltigeres vorbereitet werden? Sag es uns, Unbarmherziger! Was noch sollen wir lernen!?"

Wütend schlurft er durch den Sand und zieht dabei eine tiefe Furche hinter sich her. Verärgert über seinen Ausbruch, stampft er nach wenigen Metern zornig mit dem Fuß auf. Da spürt er etwas Hartes unter seiner Sohle. Er gräbt seinen Fuß unter den Gegenstand und hebt ihn vorsichtig an. Feinkörnig rieselt der Sand an den Rändern herab und gibt den Blick auf ein quaderförmiges Paket frei. Miguel bückt sich und ist erstaunt, als seine Hand in der Dunkelheit grobes, mit Riemen umwickeltes Leinen fühlt. Neugierig kehrt er zurück zu seinem Baumstumpf und beginnt, die ledernen Riemen vorsichtig zu lösen.

Kapitel XXIII

Das Staunen des Zeus

Auf der Terrasse seiner Villa am Fuße des Tibidabo sehen wir den Dichter Miguel Florandos. Entspannt sitzt er im Schatten zweier Palmen auf einem geflochtenen Stuhl, der mit magentarotem Samt bespannt ist. Auf dem weißen Tisch vor ihm steht eine fast leere Karaffe mit dunkelrotem Wein, daneben ein halbvolles Glas, in dem der Rote vom letzten Schluck des Dichters noch leicht hin und her schwingt.

Dort, wo seine Lippen das Glas berührten, sinkt ein schmaler, in hellem Rot schimmernder Streifen träge nach unten. Im Licht der Sonne baut er eine rosarote Brücke zu einem Teller, auf dem sich schmackhafte Mandonguilles befinden. Das Rosa verblasst, bis nur noch ein blaugrauer Schatten auf die Köstlichkeit weist. Die offene Terrassentür schräg hinter dem Dichter gewährt Einblick in einen geräumigen Salon, an dessen rückwärtiger Wand ein riesiger Teppich zum Nähertreten einlädt.

Auf dem gewobenen Bildnis erkennen wir Zeus, der seine Blitze auf die ahnungslosen Menschen niedersausen lässt. Erleichtert und schadenfroh blicken die neiderfüllten Götter des Olymp über seine Schultern, als die Menschen, von den Blitzen getroffen, über den gesamten Erdball verstreut werden.

Was hatte die Götter erzürnt? In alten Zeiten waren sie eins gewesen, Mann und Frau. Vereint in einem einzigen, vollkommenen Wesen. Auf der einen Seite Gesicht und Körper eines Mannes. Auf der anderen Seite Antlitz und Körper einer Frau. Eng miteinander verwachsen, ergänzend in Harmonie. Seele an Seele. Herz an Herz. Darüber wuchs bei den eitlen und streitsüchtigen Göttern der Neid. Wie konnte ein Mensch perfekter sein als sie selbst? Sie, die immer suchten, und niemals fanden?

So bestürmten sie Zeus, der schließlich die so glücklichen Wesen mit seinen Blitzen spaltete und auf der ganzen Erde in einem unüberschaubaren Durcheinander verteilte. Ein Meer füreinander bestimmter Männer und Frauen, getrennt und in alle Himmelsrichtungen zerstreut. Für jeden von ihnen gibt es nur einen einzigen Teil, der zum andern passen, sich in ihn fügen kann.

Und so sind die Menschen bis zum heutigen Tage damit beschäftigt, ihren fehlenden Teil wieder zu finden. Sie nennen ihn „Die große, die einzig wahre Liebe", die Bestimmung ist.

In der Mitte des Teppichs, aus dunklen Wolken hervorbrechend, strahlt in cremigem Gelb und Orange die Sonne. Ein goldener Nebel auf sattem Grün umgibt sie, in dem wir eng umschlungen die Körper eines großen, muskulösen Mannes und einer anmutigen Frau erkennen.

Die Hand der blonden Frau ruht im Nacken des Mannes und scheint ihn unter seinem halblangen dunklen Haar zu liebkosen. Vor azurblauem Hintergrund schwebt ein Engel über den beiden. Er lächelt. Der Titel des Gobelins lautet „Angekommen".

Miguel hatte ihn vor zwei Jahren von der Komtess Emanuela di Rivaldo als Abschiedsgeschenk erhalten. Auf sein Drängen hin hatte sie ihre Flucht beendet und war zurück nach Venedig gereist, um dort ihren Bräutigam, den einflussreichen Comte di Baresi, zu ehelichen. Miguel war erleichtert gewesen. Der reiche venezianische Adelige ließ bereits überall nach ihr suchen und verfügte über beste Kontakte in ganz Europa.

Es hätte gefährlich für ihn werden können, wenn Manuela in seiner Gesellschaft erkannt worden wäre. Nach drei stürmischen Monaten im Haus des Dichters war sie tränenüberströmt wieder abgereist. Freilich nur widerwillig, doch nachdem Miguel sie überzeugen konnte, dass das Schicksal für sie und ihn keine gemeinsame Zukunft vorsah – zumindest jetzt noch nicht – hatte sie sich schließlich traurig gefügt und war abgereist.

Einen Monat später wurde in die Villa Miguels ein riesiger Wandteppich geliefert. Dem Gobelin lag ein Brief bei, in dem die junge Venezianerin die Sage von den missgünstigen griechischen Göttern und der Trennung der Menschen erzählte. Am Ende des Briefes waren folgende Worte zu lesen:

„Und so weiß ich, mein geliebter Miguel, dass ich meinen „fehlenden Teil" bereits gefunden habe." Miguel wusste, dass dem nicht so war und dachte daran, den Gobelin zurückzuschicken. Doch hätte er dadurch Manuela nicht nur gekränkt, sondern sie auch in Gefahr bringen können. Nach langem Überlegen hatte er das kostbare Geschenk gerührt angenommen.

Wir wollen zurückkehren auf die Terrasse der weißen Villa, wo Miguel gerade das purpurne Buch öffnet. Nicht vieles daraus war ihm in den vergangenen Wochen vergönnt gewesen, zu verstehen. Einige wenige Passagen jedoch, gut versteckt zwischen wissenschaftlichen Abhandlungen, politischen Texten und philosophischen Betrachtungen, berührten und fesselten ihn bis spät in die Nacht hinein. Oft handelte es sich um die Texte von Frauen, deren Genie als Malerinnen oder Schriftstellerinnen nicht ausreichend gewürdigt worden war.

Ihre Gedanken, oft an unvermuteter Stelle platziert, machten ihm Mut. Sie brachten ihm Klarheit und zerstreuten seine

Zweifel, die ihn immer wieder überkamen. Voll Ehrfurcht gegenüber den großen Männern und Frauen, die ihre Gedanken in dem Purpurbuch verewigt hatten, war das Gefühl des Kleinmuts endlich jenem der Überzeugung und Dankbarkeit gewichen. Befreit begab er sich auf die Suche nach seiner Rolle im Plan Gottes. Miguel Florandos ist nun angekommen und bereit, seinen bescheidenen Beitrag zu leisten. Er vertraut dem Buch sein Innerstes an:

Das Wesen seiner Liebe.

In Gedichten, Geschichten und Gedankensplittern. Als winzig kleine Mosaikteilchen bilden sie mit den Zeilen der anderen Personen ein harmonisches Ganzes. Die „Harmonie der Welt", von der der Astronom und die Schmetterlingsforscherin Merian geschrieben hatten, sie schwingt in dem Buch. Die Freude und das Lachen, die der Komponist Amadé aus Salzburg zur Medizin des Lebens erkor und mit bunten Noten seine „Sinfonie der jubelnden Narren" in das Buch malte. Die Achtung allen gegenüber, unabhängig von Rang und Geist, die der abenteuerlustige Venezianer Giacomo Girolamo Casanova, Chevalier de Seingalt, einforderte. Gerechtigkeit, an die die mutige Ärztin Dorothea Erxleben erinnerte.

Alle hatten sie in dem Buch stets die Harmonie des Ganzen betont. Miguel selbst schreibt von der Liebe zu seinen Eltern und Geschwistern, Verwandten und Freunden. Der Liebe, die er bei all seinen Begegnungen verströmte und erfuhr.

Und noch etwas vertraut er dem Buch an: Seine Liebe zu sich selbst. „Ich habe gezweifelt, Angst und Argwohn haben mein Vertrauen erschüttert. Die Liebe, die gibt und sich im Geben erfüllt: Wir müssen sie nur zulassen, denn wir tragen sie in uns, als Teil der kosmischen Allmacht."

Miguel erhebt sich, blickt ernst und erleichtert hinab auf die Stadt.

„Nun findet sie also ein Ende, meine rastlose Suche, mein zielloses Umherirren in all den Verliebtheiten, denen ich leichtfertig die Maske der Liebe aufgesetzt habe. Ich muss meine wahre Liebe nicht mehr suchen. Ich habe sie bereits gefunden. Vor drei Jahren schon."

Er gibt seinem Diener das Zeichen, anspannen zu lassen. Zügig leert er den Rest seines Weinglases, holt Hut und Umhang und besteigt nach prüfendem Blick in den Spiegel seine Kutsche. In hohem Tempo jagen sie den Weg zum schmiedeeisernen Tor entlang, auf dem das Wappen der einflussreichen Aristokratenfamilie Vilferres prangt.

Als der Wagen auf dem Placa de Sant Josep Oriol seine Fahrt verlangsamt, springt Miguel ab und hält mit Riesenschritten auf das dreistöckige Bürgerhaus zu, das Elisabeta nach dem Tod ihres Mannes seit fünf Jahren alleine bewohnt. Meistens zumindest. Auf sein stürmisches Klopfen öffnet der treue Diener José die reich verzierte Eingangstür.

„Was soll das laute Klopfen!! Welcher Flegel erdreistet sich ... Senor Miguel!"

„Die Dame des Hauses, José. Ich muss sie sprechen!"

„Bedaure, Senora Elisabeta ist ausgegangen."

„Natürlich. Wo kann ich sie finden ...? José, bitte. Wo kann ich sie finden! Mein Leben hängt davon ab!"

„Nun, wenn das so ist. Mein Gefühl sagt mir, dass Senora Elisabeta es mir nachsehen wird, wenn ich mich erdreiste und frech mir gestatte euch zu verraten, dass sie ...."

„Sag es endlich, Hornochse!"

„... frech mir gestatte euch zu verraten, dass sie zusammen mit dem Sänger Juanido oben in Gràcia weilt und ..."

„Mit dieser Qualle! Wo sind die beiden!"
„Wahrscheinlich trinken sie Tee im Hause von Pedro Estrillo."

Sie verkehrte also immer noch mit diesem Ausbeuter, diesem fetten, raffgierigen Zwerg, der seinen Fabrikarbeitern die geringsten Löhne von Barcelona zahlte. Der ihn beleidigt, ihn eine literaische Blähung, einen Furz in der Welt des Buches genannt hatte, der unglücklicherweise nicht zu verhindern war, der heraus musste. Zornig hetzt Miguel zurück zum Wagen, springt auf und weist den Kutscher an, so schnell wie möglich in das nördlich gelegene Dorf Gràcia zu fahren. Schwer atmend stürzt er ins Haus und nimmt aus einem der hinteren Salons angeregtes Geplauder und Lachen wahr. Vorbei an Dienern und verdutzten Hausmädchen eilt er entschlossen in Richtung der Stimmen.

Knapp, bevor er eine mit Gold verzierte Tür erreicht, verlangsamt sich sein Schritt und er betritt würdevoll und hoch erhobenen Hauptes den Saal. Vor ihm, auf einem riesigen dunkelblauen Kanapee, sitzt lachend Elisabeta. An ihrer Seite der attraktive Juanido und der rundliche Pedro, der gerade verzückt an Elisabetas Hand herumnestelt. Pedro ergreift als erster das Wort.
„Wer hat euch gestattet, hier einzudringen! Entfernt diesen parasitären Schreiberling aus unserer Nähe!"
„Nehmt den Parasiten sofort zurück, Mops. Elisabeta, verzeihe mein ungeziemendes Eindringen. Doch es war mein Herz, das meinen Verstand in Fesseln legte. Elisabeta. Ich liebe dich. Ich liebe dich, wie mich selbst."

Elisabeta blickt ihn lange an, dann erhebt sie sich wortlos, lächelt und verlässt an der Hand Miguels das Haus.

„Rodrigo! Fahr uns ans Meer"

„Gerne, Don Miguel."

Am weißen Sandstrand von Barcelona, umgeben vom Rauschen der Meereswellen, blicken sie einander tief in die Augen.

„Elisabeta, wir wollen einander für immer vertrauen. Unsere Liebe wird nie verurteilen, sie wird frei sein und ewig währen. Lass uns einander nicht zu fest halten, wir hätten dann unsere eigenen Hände nicht mehr frei zum Fliegen. Ja, fliegen will ich mit dir bis zu den herrlichsten Gärten der entferntesten Galaxien und purpurgoldenen Sternenstaub sanft von deinem Nacken küssen."

Auf der Terrasse der Villa Tomarcos, am Fuße des Tibidabo, steht ein Mann mit dunklem Umhang und purpurnem Hut. Er geht zum Tisch, nimmt ein purpurnes Buch an sich und blickt auf den Wandteppich im angrenzenden Salon. Schadenfroh winkt er Zeus zu.

„Wieder haben zwei Seelen zueinander gefunden. Da staunst du, alter Knabe, was?"

Zum letzten Mal schweben Thales und Cyrill über den Hügeln von Barcelona. Weit unter ihnen entdecken sie Miguel und Elisabeta, die noch immer eng umschlungen am Strand stehen. Fröhlich zieht Thales seinen Hut, schwingt ihn singend über dem Kopf. Es ist ein altes griechisches Liebeslied, das er den beiden mit kräftiger, samtweicher Bassstimme widmet.

Auf ein Zeichen von Thales holt Cyrill Schwung, stößt in ein gewaltiges Vakuum und vorbei am stolzen Berg Montjuic rasen sie nordwärts.

Kapitel XXIV

Der Flug des Ginkgoblattes

Ginkgo biloba

Dieses Baumes Blatt, der von Osten
Meinem Garten anvertraut
Gibt geheimen Sinn zu kosten,
Wie´s den Wissenden erbaut.

Ist es EIN lebendig Wesen,
Das sich in sich selbst getrennt?
Sind es zwei, die sich erlesen,
Dass man sie als EINES kennt?

Solche Frage zu erwidern,
Fand ich wohl den rechten Sinn,
Fühlst du nicht an meinen Liedern,
Dass ich eins und doppelt bin?

(J.W. v. Goethe, 1815)

Der Airbus setzte weich auf, als sie nach unruhigem Flug auf dem Aéroport Roissy-Charles de Gaulle landeten. Sie hatten kein Zimmer reserviert, beschlossen, sich dem Lauf der Dinge in vollkommener Ungebundenheit anzuvertrauen. Der Fahrer des Taxis kannte die Kirche, die sich südlich des linken Seine-Ufers im Quartier Latin, 5. Arrondissement, befand.

Im selben Moment, als sie die Pont de la Tournelle überquerten, näherte sich eine Frau dem Portal des Gotteshauses. Fest umschloss ihre Hand den Griff einer Aktentasche aus braunem Leder. Ihr Gang war vornehm, erinnerte an das noble Schreiten venezianischer Edelfrauen auf der Piazza San Marco. Den Blick selbstbewusst nach vorn gerichtet, als hielte das Leben stets neue Ziele für sie bereit, ließ auch die Haltung ihrer Schultern Geist und Bildung erahnen. Das Haar hatte sie zu einem losen Zopf gebunden, der sich wie ein seidener Fächer über ihrer Brust wölbte. Gleich nach ihr betrat eine Gruppe von Touristen die Kirche und richtete an ihre französische Führerin wissbegierig eine Frage nach der anderen.

Es war kurz vor 18 Uhr, als Bernier aus dem Schatten des Ahornbaumes hervortrat und sich ihnen anschloss. Seine Hand zuckte nervös, als sie über die Waffe strich, die unter seinem Rock verborgen war.

„Der Ursprung von Saint-Severin geht auf eine Eremitenklause des Heiligen Severinus von Paris zurück, der im 6. Jahrhundert hier gelebt haben soll. An der Stelle, an der sich heute die gotische Kirche befindet, standen seit dem 6. Jahrhundert verschiedene Gotteshäuser.

Nach einer karolingischen Kirche, die von den Normannen zerstört wurde, brannte ein romanischer Bau im 15. Jahrhundert bis auf den Glockenturm ab. Das Triforium der heutigen Basilika, welches normalerweise keine Öffnungen hat, ist durchgehend mit Fenstern versehen. Die moderne Glasmalerei wurde 1966 vom Künstler Jean Bazaine entworfen. An der Südseite befindet sich ein kleiner Garten mit Beinhäusern, den wir nun besichtigen werden. Wenn sie mir bitte folgen wollen."

Die Frau mit dem Zopf hatte in der vordersten Bankreihe nahe dem Altar Platz genommen und schien zu beten. Unter ihrer Bluse trug sie ein kunstvoll gewundenes Amulett aus gebranntem Ton, das sie vorsichtig zwischen ihre Hände nahm und dabei die Wärme ihrer Brust fühlte.

Obwohl die Glocke des Turms bereits zum dritten Male schlug und sie immer noch nicht da waren, blieb Claudette Bellemont gefasst. Sie wusste, sie würden kommen. Es hatte in dem Buch gestanden, dem sie ihre Gedanken hatte anvertrauen dürfen.

Jeder hätte sie ausgelacht für das, was sie im Zuge ihrer langjährigen Forschungen an der Küste Südindiens durch Zufall herausgefunden hatte. Wie man auch all jene vor ihr verlacht hätte, wären sie nicht so klug gewesen, zu schweigen und der geheimnisvollen Kraft zu vertrauen, die ihren Gedanken Flügel verliehen hatte. All unser Sein, bis in das kleinste Korn, ist beseelt von der Macht allumfassender Liebe in ihren unendlich vielen Bildern. Ihre Wellen schwingen durch die Jahrtausende unseres Werdens, in den Wogen des Meeres und in den Strömen der Lüfte. Und in den Stimmen all jener, die auserwählt sind, voranzuschreiten und Veränderung zu leben.

Die Klinke des schweren Holzportals senkte sich mit einem metallenen Schlag, gefolgt vom lauten Knarren des sich öffnenden Tores. Schnell begann der Lichtstreifen, der gleich darauf den Mittelgang der Kirche erhellte, sich wieder zurückzuziehen. In seinem schmäler werdenden Schein setzte jemand leise seine Schritte Richtung Kreuz und Altar.

Als das Tor schwer ins Schloss fiel, wurde der Lichtschein von den kalten Quadern des Steinbodens verschluckt. Auch als die Schritte kürzer wurden und nur noch wenige Meter von ihr entfernt waren, wandte Claudette Bellemont sich nicht um. Der letzte Schritt verhallte und es herrschte plötzlich Totenstille im Inneren des Gotteshauses. Ein Mann bewegte seine Lippen, während er seitlich von hinten an die immer noch betende Frau herantrat.

„Madame Bellemont?"

„Oui, c´est moi. Bonjour Monsieur Reiler. Ich freue mich, dass sie Lisa begleiten. Weiß jemand von unserem Treffen?"

„Wir haben niemandem davon erzählt."

„Es ist wichtig, dass wir einander vertrauen. Die Dinge entwickeln sich immer nur dann, wenn man vertraut."

Niemand bemerkte, dass die Tür des Beichtstuhls sich einen Spalt breit öffnete.

„Sie sagten, sie hätten etwas für uns, Madame?"

„Ja! Doch was ich ihnen geben möchte, liegt bei mir zu Hause. Folgen Sie mir bitte."

„Es ist das Buch, das sie uns geben wollen, nicht wahr?"

„Oui, es handelt sich um das Purpurbuch."

„Warum haben sie es nicht mit."

„Es liegt in meinem Safe. Ich wählte unseren Treffpunkt aus Gründen der Sicherheit. Ihrer, meiner und vor allem jener des Buches. Wir stehen an einem Wendepunkt in der Geschichte der Menschheit. In keinem Jahrhundert war das Buch in so großer Gefahr wie in unserem. Dies mag auch einer der Gründe sein, warum es nicht ganz vollständig ist."

Claudette Bellemonts Wohnung lag am unteren Ende der Rue des Gobelins. Gespannt fixierten Marco und Lisa von einem purpurfarbenen Kanapee aus die mahagonifarbene Schatulle, mit der die Biologin auf sie zutrat.

„Bevor ich Meeresbiologin wurde, war ich für eine Pharmafirma tätig. Ich sah meine Berufung in der Forschung, dachte, nur auf diesem Wege meinen unbändigen Wissensdurst und Ehrgeiz stillen zu können. Dann, während eines Urlaubes auf

Sri Lanka, passierte etwas Sonderbares. Es war bereits spät am Nachmittag, als ich noch einmal zum Schwimmen ging. Ich unterschätzte die Strömung, wagte mich zu weit ins offene Meer hinaus. Was dies bedeutete, wusste ich nur zu gut.

Zwei Tage lang trieb ich unter der brennenden Sonne im Wasser, war schon am aufgeben, als ich plötzlich die leise Stimme eines Mannes wahrnahm. Ich konnte nicht genau verstehen, was er sagte, dachte erst an Halluzinationen. Doch auf ein Mal hatte ich keine Angst mehr. Das Letzte, woran ich mich erinnern konnte, war ein starker, warmer Wind. Dann wurde alles um mich herum purpurn und ich verlor mein Bewusstsein.

Als ich wieder erwachte, befand ich mich genau an jener Stelle des Strandes, von der aus ich ins Meer gesprungen war. Ich schleppte mich zu meinem Strandhaus und entdeckte auf meinem Bett ein Amulett und ein Buch. Beides erstrahlte in hellem Purpur. Eine besondere Aura ging von den beiden Gegenständen aus, die mich anzog und mich umspannte wie ein warmer, samtener Umhang. Es war eine Art Glücksgefühl, das tief in meinem Bauch und meiner Brust wie die Wellen eines Meers auf und ab glitten. Sieben Seiten des Buches waren unbeschrieben und auf jeder von ihnen stand mein Name. Die siebte Seite enthielt darüber hinaus einen Hinweis auf neun weitere Seiten, auf denen einst die Geschichte einer wahren Liebe geschrieben würde. Dann erst sei das Buch vollendet und die Erde würde dank der magischen Kraft seiner Verfasser vor einer drohenden Katastrophe bewahrt bleiben."

„Apophis, der Asteroid, der sich der Erde nähert."

„Ja, es könnte sein, dass er damit gemeint ist."

Sie schob den goldenen Riegel der Schatulle zur Seite und entnahm ihm einen quaderförmigen Gegenstand, der in weißes Leinen gewickelt war. Zuerst schlug sie die oberste Stoffbahn nach hinten, dann faltete sie die nächste Schicht etwa in der Mitte und klappte sie nach unten. Alle drei konnten nun die besondere Aura des einzigartigen Werkes spüren, als hätte es mit jedem Gedanken, jedem Geheimnis, das ihm über hunderte von Jahren anvertraut worden war, immer mehr Energie in sich aufgenommen.

„Ich übergebe Ihnen nun die Zeilen von Männern und Frauen aus mehr als sechs Jahrhunderten. Sie schrieben dieses Buch mit der Liebe ihres Herzens und der Kraft ihres Geistes. Jetzt ist es an Ihnen, zu verhindern, dass die wahre Liebe stirbt."

„An uns?"

„Es waren die Aufzeichnungen eines Mönches aus dem sechzehnten Jahrhundert, die mich auf den Gedanken brachten, dass Sie die nächsten sein könnten. Er lebte in einem Kloster nahe ihrer Heimatstadt. Studieren Sie das Buch und Sie werden verstehen. „

„Das Buch enthält also keine weiteren Prophezeiungen oder wissenschaftliche Erkenntnisse, die verloren gegangen waren? Kein bisher unentdecktes Wissen, das uns vor Apophis und anderen Gefahren aus dem All bewahrt?"

„Wäre es so, ich hätte längst gewusst, was zu tun ist. Nein, es geht um anderes, tieferes Wissen als menschliche Technik je imstande wäre zu erkennen. Jede der Persönlichkeiten, die in dem Purpurbuch zu Wort kommen, beschreibt im Rahmen ihres irdischen Wirkens eine Vision. Die Summe aller Visionen und Lebensbilder soll den jeweiligen Besitzer des Buches prägen und bilden. Er wird dadurch in die Lage versetzt, sein Leben lang jene positiv zu beeinflussen, deren Kreise er berührt. Sehen sie es als eine Art Lehrbuch, das von den Geheimnissen der gewaltigsten Macht handelt, die für uns vorgesehen ist: Der Macht der Liebe. All unser Handeln und Streben muss von ihr durchwirkt sein, getragen von der Freiheit unserer Gedanken und Taten. Erst wenn alle Menschen dies erkennen, wird Friede sein.

Es gibt eine Darstellung auf einer Fassade der Sagrada Família in Barcelona. Der Architekt Gaudi widmete ein ganz bestimmtes Portal der Jungfrau von Montserrat. Auf der rechten Seite der Fassade befinden sich eine Verzierung mit Symbolen und eine Schlange, die einem Terroristen eine Bombe übergibt."

„Wir haben sie gesehen!"

„Gaudi wollte damit auf die Gefahr der Versuchung des Menschen durch den Teufel hinweisen. Er war auserwählt worden und durfte das Buch bereichern. Genau wie der große Mathematiker und Astronom Johannes Kepler, dessen Prophezeiungen in ihrer Stadt gefunden wurden. Die Worte der Prophezeiungen sind natürlich nicht in jener genialen Struktur angeordnet, mit der sie auf den gefundenen Bögen festgehalten wurden. Dies hatte einzig und allein den Zweck, in verschlüsselter Form auf dieses außergewöhnliche Werk hinzuweisen, um das Kepler fürchtete.

Es war Krieg, als er Ihre Heimatstadt verlassen musste, Glaubenskrieg. Auch heute herrscht wieder Krieg in Europa, der im Namen Gottes geführt wird. Er ist kalt und unerbittlich und wird perfide geschlagen. Verbreiten sie die Liebe unter den Menschen aller Religionen. Lesen sie das Purpurbuch und finden sie heraus, ob wirklich Sie beide es sind, die die fehlenden neun Seiten finden und mit der Geschichte ihrer Liebe füllen sollen."

„Dazu werden Sie keine Gelegenheit mehr haben."

Bernier sprach ganz leise, seine Stimme erreichte ruhig und ohne Schärfe das Gehör der anderen. Er war selbst erstaunt über die Gelassenheit, die er beim Anblick des Buches empfand."

„Verlassen Sie sofort meine Wohnung, Monsieur, oder ich rufe die Polizei!"

„Sie denken wohl, ich nehme Ihnen all diesen Schwachsinn ab? Ich allein bin der rechtmäßige Besitzer des Buches, das bereits meine Vorfahren in Händen hielten!"

„Ich weiß, Monsieur Bernier. Die Geschichte ihrer Familie wird in dem Buch erzählt und ich will den Grund nicht näher erläutern, warum sie Paris verlassen musste. Schon ihr Vater und ihr Großvater irrten, als sie dachten, das Buch enthielte Hinweise auf die Kunstsammlung Rudolf II."

„Überlassen sie es mir, das zu beurteilen. Her mit dem Buch, zum letzten Mal!"

„Sie sind nicht würdig, es auch nur anzusehen."

Marco wusste sofort, wonach Berniers Hand griff, als er unter sein Jacket fasste. Die Glock, mit der er auf ihn zielte, zog gnadenlos an dem fatalen Faden, den das Schicksal zwischen ihnen gesponnen hatte. Bernier wusste, dass das Buch innerhalb einer lächerlichen Zeitfuge von nicht mehr als zwanzig Sekunden in seiner Hand sein würde. In weniger als vier Sekunden würde sein Finger den Abzug der Glock zweimal betätigen und zwei Personen mit schmerzverzerrtem Gesicht würden zu Boden gehen. Dann würde er langsam …

Erst nahm er sie nur als Raunen wahr, dann als leises Murmeln, das sich von hinten an ihn heranpirschte. Die Stimmen, sie waren zurückgekehrt, laut und dröhnend. Seine Führer, sie hatten gespürt, dass er sie brauchte. Auf sie war Verlass.

„Ich gehorche euch, wann kommt euer Befehl!"

Plötzlich ein Knall und ein Schrei, beides irgendwo in der Mitte seines Schädels. Diese Stimme war seltsam weich, von sonderbar anheimelndem Timbre. Nun sprach sie ein einzelnes Wort. Griechisch?

Das Trommelfeuer der Kommandos erlosch. Bernier war verwirrt. Seine Lippen bebten, unkontrolliert zuckte die Waffe in seiner Hand.

„Das Buch. Geben Sie es mir!"

„Werden Sie schießen, wenn wir es nicht tun, oder wieder zustechen? Sie sollen das Buch haben. Aber bevor Sie damit gehen, bitte ich Sie, eine ganz besondere Geschichte darin zu lesen. Sie wurde vom Spanischen König Juan Carlos erzählt. Am Beginn berichtet sie davon, wie Missgunst und Habgier unsere Blicke zu trüben vermögen. Die nachfolgenden Zeilen handeln von einer Familie, in deren Obhut das Buch sich einst befunden hatte. Ihr Oberhaupt, ein Pariser Kaufmann, hatte Verbindungen zum Spanischen Königshaus. Trotzdem liefen die Geschäfte schlecht. Erst durch den Besitz des Buches erlangte er großen Reichtum.

Er war aus einem ganz bestimmten Grund auserwählt worden: Mit dem erworbenen Vermögen sollte er dank seiner guten Kontakte soziale und bildungspolitische Impulse setzen. Doch er blieb träge, prasste und verschloss sich vor seiner Bestimmung. Die Familie verlor fast ihr gesamtes Vermögen, verließ Paris und lebte fortan in Barcelona in bescheidenen Verhältnissen."

Bernier nahm das Buch auf, das die Biologin geöffnet vor ihm auf dem Tisch abgelegt hatte und begann zu lesen. Die Führer. Mit jeder Zeile kehrten mehr von ihnen zurück. Immer lauter wurde ihr Gejohle, ging über in ein dumpfes Brüllen, dann in wütende, spitze Schreie, die sich tief in sein Hirn bohrten.

„Sie sehen, Bernier, es ist kein Buch, das uns zu Schätzen oder Wissen führt, durch das wir uns bereichern könnten. Es ist ein Buch des Lernens und Gebens. Es erinnert uns an jene Werte, die uns abhanden gekommen sind. Ihre Vorfahren begriffen nicht den Sinn, der dahinter steckte, als das Schicksal ihnen Reichtum und Vermögen bescherte. Sie vermehrten ihn, ohne Gutes zu tun, begingen Verrat an jenen, denen diese Möglichkeit verwehrt geblieben war."

Die Stimmen schmetterten ihren entsetzlichen Kanon durch alle Poren seiner Haut, bis in die kleinste Zelle seines Körpers.

„Nein!", schrie er mit schriller Stimme, „Nein! Ich werde nicht mehr töten."

Plötzlich wurde er ruhiger, setzte sich auf und blickte überrascht um sich. Er lächelte. Sein Atem ging wieder langsam und gleichmäßig. Da setzte er die Waffe an seine rechte Schläfe und schloss die Augen.

Die Stimmen. Sie waren fortgezogen.

Jemand sprach zu ihm, ein Mann.

Nicht der Grieche mit dem surrenden Timbre.

Diese Stimme klang anders, realer, seltsam vertraut.

„Es ist die Liebe, die uns rettet."

Das waren die Worte, die der Mann sprach. Er öffnete die Augen und sah Marco Reiler vor sich knien. Seine Hand ruhte auf seiner Schulter und es lag ein ganz bestimmter Ausdruck in seinem Blick. Er kannte ihn. Viele Männer hatten ihn angestarrt mit diesen flehenden Augen, ehe er sie getötet hatte. Auch dieser Mann hier flehte um ein Leben. Doch es war nicht sein eigenes, um das er bat. Er flehte um das Leben eines anderen und der andere war er.

Bernier zögerte kurz, dann drückte er den Lauf der Glock noch fester gegen seine Schläfe, krümmte den zittrig am Abzug liegenden Finger.

Drei Millimeter, zwei, ein ... Da verließ die Spitze des Laufs die pochende Schläfe, richtete sich ruckartig auf die Brust des anderen, der erschrocken zusammenfuhr. Eine Frau schrie, dann war es totenstill. Nur das Ticken einer Pendeluhr verriet, dass die Zeit nicht stillgestanden war, dass das verwobene Schicksal der vier Menschen in diesem Raum bereit war, sich zu entflechten. Plötzlich ließ Bernier die Waffe sinken, legte sie neben sich auf den Boden und begann zu singen. Ein altes Lied, das sein Vater ihm immer vorgesungen hatte. Es handelte von einem Maler an der Pariser Seine, der jeden Tag an einem Bild malte. Erst, wenn es vollendet wäre, dürfte er seine große Liebe wieder sehen. Er malte, jede Stunde, jeden Tag, jedes Jahr, doch das Bild wurde niemals fertig. Wann immer er den letzten Pinselstrich über die Leinwand gleiten ließ, war sie im nächsten Moment wieder weiß wie zuvor. Als er die letzte Strophe beendet hatte, sah er, dass auch die beiden Frauen vor ihm knieten.

Es war eng, das Zimmer, in dem er fortan lebte. Ein Schrank, ein Bett. Sonst nichts. Beruhigend und so klar. Ganz anders, als das Museum. Es gehörte ihm nun nicht mehr. Barcelona würde gut darauf aufpassen so lange er hier in der Klinik war. Klein und überschaubar war seine Welt geworden. Ob er für immer in ihr leben dürfte? Er war nicht sicher. Auch die Führer wussten keinen Rat. Sie hatten sich von ihm abgewendet, rekrutierten neue Soldaten für ihre Armee. Gehorsamere. Er war nicht von sich enttäuscht. Er war einfach nur zu müde, um an das Morgen zu denken.

Noch bevor die Polizei eingetroffen war, hatte Claudette Bellemont das Purpurbuch an sich genommen und zurück in die hölzerne Schatulle gelegt. Gleich, nachdem man Bernier abgeführt hatte, trat sie vor Marco und Lisa, nahm vorsichtig ihre Hände und legte sie mit einem Lächeln ineinander.

„Seid ihr stark genug, zu glauben und zu vertrauen? Dann lebt, was für euch vorgesehen ist. Das Universum hält für jeden von uns eine ganz bestimmte Geschichte bereit. Wir müssen sie selbst schreiben, sonst tun es andere für uns."

Lisa spürte, dass er ihre Tränen als Erleichterung über die ausgestandene Gefahr deutete. Doch ihr Weinen war auch Angst, Angst, dass sie einander schon in wenigen Monaten verlieren könnten. „Wir werden sehen" hatte der Onkologe gemeint, als sie die Frage nach ihren Chancen gestellt hatte. Der einst helle Klang ihrer Stimme verlor sich im Orbit ihrer Furcht, die unentrinnbar und immer enger ihre Kreise um sie zog. Leise und verhüllt schien sie sich mit jedem gesprochenen Wort weiter von ihr zu entfernen, ähnlich dem Rauschen von Wasser unter gefrorenem Schnee.

Zum zweiten Mal an diesem Tag löste Claudette Bellemont den goldenen Riegel, entnahm das purpurne Buch und einen gläsernen Gegenstand mit mahagonifarbenem Rand.

„Bei diesem Objekt handelt es sich um ein Tintenfass, in dessen doppelten Glasboden ein ganz besonderes Baumblatt eingearbeitet ist: Das Blatt eines Ginkgo-Baumes. Es stammte von jenem Baum, der Goethe im Heidelberger Schlossgarten zu seinem Gedicht an seine Muse Marianne von Willemer inspirierte. Sie trafen dort einander des öfteren in einem kleinen Gartenhäuschen. Als Goethe einmal früher als vereinbart in dem kleinen Pavillon auf Marianne wartete, hatte er Zeit, die Blätter des Baumes genauer in Augenschein zu nehmen. Später erklärte er seiner Liebsten die merkwürdige Bildung des in sich geteilten Blattes. So entstand das berühmte Liebesgedicht. Das Ganze spielte sich im Jahre 1815 ab, wobei er das Gedicht vorerst nur dem purpurnen Buch anvertraute. Erst vier Jahre später veröffentlichte er den Reim.

Betrachten sie dieses Ginkgo-Blatt als Symbol der Harmonie und ewigen Liebe, die zu schreiben sie auserwählt sind und die selbst der Tod nicht vermag zu trennen. Gehen sie mutig ihren Weg weiter und vertrauen sie auf die alles umspannende Macht: Die Macht der Liebe!

Kapitel XXV

Das Hologramm

Die Eröffnung der Ausstellung im neuen Ars Electronika Center in Linz fand europaweite Beachtung. Der Saal war einem purpurn leuchtenden Weltall nachempfunden, durch den dank modernster Computertechnik Planeten, Kometen und farbige Andromedanebel schwebten. Unter den zahlreich gezeigten astronomischen Geräten befand sich auch der Nachbau eines Keplerschen Fernrohres, von dem aus auf den Boden projizierte elliptische Bahnen den Besuchern den Weg durch die Ausstellung wiesen.

An einer blau schimmernden Wand, umrahmt von den Bildern großer Männer und Frauen aus vielen Jahrhunderten, konnte die abenteuerliche Geschichte des Buches gelesen werden. Wie ein Purpurstern hatte es seine elliptischen Bahnen quer durch Europa gezogen, durchwirkt von jenem Geist, der diesen Kontinent einst groß gemacht hatte.

Das Purpurbuch selbst befand sich im Zentrum der Ausstellung, gesichert hinter einer Kuppel aus Glas. Lisa hatte eine ganz bestimmte Seite in ihm aufgeschlagen, die in gedämpftes, purpurnes Licht getaucht war.

Der Text darauf war kaum zu entziffern. Doch wer sich vertrauensvoll auf den elliptischen Bahnen um das Buch bewegte und dabei nach oben blickte, vermochte die von einem Beamer übertragenen Worte zu lesen. Hell wie Sterne strahlten sie an der Decke des Raumes. Es waren die Worte des Mönches Frowin.

„All ihr Gelehrte, Wissende und Suchende. All ihr Bewohner auf Gottes Erde. Die Sterne, sie zeigen es uns vor. Wir dürfen uns nicht umkreisen, zurückgehalten von Argwohn und Neid. Wir müssen einander näher kommen, uns austauschen, aneinander wachsen. Erst dann lasst uns weiterziehen und neuerlich zueinander finden. Wie die Planeten sich auf ihren Bahnen der Sonne nähern, weiterziehen und zurückkehren im ewigen Wieder der Schöpfung. Wie der Mond wollen wir sein. Ständig in Bewegung, umkreist er sein eigenes Ich, dreht sich um uns und mit uns um die Sonne. Der Mitte von allem, Gottes Liebe und Wahrheit, die ihrem Dasein Kraft und Sinn verleiht."

Viele der Gäste unterhielten sich über ein ganz bestimmtes Gemälde. Es ruhte auf einer Staffelei vor der südlichen Fensterfront des Ars Electronika Centers, hinter der das Lentos den Donaustrom in glutrotes Licht tauchte. Die Initialen des Bildes wiesen darauf hin, dass zwei Künstler es gemeinsam gemalt hatten:

„R.W." und „C.N.". Das Werk stellte einen mächtigen Sturm dar, der eisig über die Weiten Neufundlands Richtung Atlantik wehte. In seinem purpurnen Schatten standen zwei Menschen und hielten einander fest.

„Wird das purpurne Buch für immer in Linz bleiben, Lisa?"

„Es ist ein Buch Europas, Curd. Die Menschen sollen erkennen, dass ihre Spuren nicht verblassen in einem pulsierenden Ganzen. Das Purpurbuch wird für jeweils sechs Monate in einer anderen Stadt zu sehen sein, auch außerhalb Europas. Alle drei Jahre soll es nach Linz zurückkehren, um seine Botschaft im Bewusstsein der Menschen wach zu halten."

„Werden Marco und du nach Sri Lanka fahren, um die fehlenden neun Seiten zu suchen?"

Fragend blickte sie ihn an.

In einer abgedunkelten Nische der Ausstellung, genau gegenüber dem Keplerschen Fernrohr, steht ein schmales, mit dunkelblauem Samt bespanntes Podest. Wenn wir näher treten, entdecken wir auf ihm ein Hologramm.

Der Mann, der in ihm mit wehendem blauen Umhang neben einer ionischen Säule steht, lächelt verschmitzt. Er winkt, lädt uns ein, näher zu treten. Wir dürfen uns zu ihm gesellen, tauchen tiefer zu ihm ein in den magischen Raum. Jetzt zwinkert er uns zu unter dem purpurfarbenen Hut mit der schwarzen Feder. Als wir ihm ganz nahe sind, formt er seine Lippen zu einem griechischen Wort.

„Heureka!!" ruft er freudig und reckt seine Hände den funkelnden Sternen entgegen. „Heureka, ihr Menschen Europas! Schwebt fort mit mir auf den Schwingen Cyrills. Wir wollen die Liebe tragen über alle Ozeane dieser Welt. Über Wüsten und Steppen, Flüsse und Seen, über Berge hinein in das versteckteste Tal unseres blauen Planeten. Dann wird unser Auftrag erfüllt sein."

Epilog

Wir schreiben das Jahr 2029. Der Mann, der die Feder neben dem mahagoniumrandeten Tintenfass ablegt, ist alt. Im Schatten eines Mangobaumes blickt er nachdenklich in die golden schimmernde Flüssigkeit, die kaum erkennbar in dem zerbrechlichen Behältnis vibriert. Der Pulsschlag des magischen Blattes darunter währt bald 200 Jahre in seinem Beet aus Holz und Glas. Soeben hat der Mann die letzte von neun Pergamentseiten beschrieben, deren Purpur zart in der Sonne Sri Lankas strahlt. Die beiden Namen, die am Ende des Textes stehen, hat ein anderer geschrieben.

Der erste gehört einer Frau.

Der zweite ist sein eigener.

Im warmen Hauch des Windes reiben sich die Blätter der Palmen und Feigenbäume, die das säulenverzierte Haus mit der hellen Fassade umgeben. Ihr Rauschen, begleitet von der Brandung des Meeres, wirkt beruhigend auf den Alten. Schwermütig blickt er von der sonnenüberfluteten Terrasse aus auf die bewegte See.

Das kleine Schiff, dessen weiße Segel sich im Wind blähen, kreuzt schon seit Stunden vor seiner Bucht. Jeden Tag war es ihm ein treuer Begleiter gewesen auf seiner langen Reise. Mit jedem Wendemanöver, das es vor seinen Augen vollzogen hatte, war ein weiteres Stück Vergangenheit in sein Bewusstsein gedrungen. Es war die Geschichte zweier Menschen, die er den purpurnen Seiten in goldener Schrift anvertraut hatte. Er wünschte, es wären mehr als neun gewesen. Seine Augen werden feucht, als er in den Regenbogen blickt, der östlich der Bucht schüchtern seine Farben in den Himmel malt.